千年王国の箱入り王女

Ayame Hanakawado
花川戸菖蒲

JN266923

Honey Novel

Illustration

アオイ冬子

CONTENTS

本作品の内容はすべてフィクションです。
実在の人物、団体、事件などにはいっさい関係ありません。

穏《おだ》やかな夜の海に、満天の星が、一つ、二つと流れて落ちていく。

初夏。セフェルナル王国の港町グラーツェンは、潮の香りを打ち消すほど濃厚な、リモネンの花の、甘酸《あまず》っぱい香りで満ちていた。真っ白な長い砂浜は美しく、その後ろの小高い丘には、白い壁《かべ》にオレンジ色の屋根の家々が段々畑《だんだんばたけ》のように立ち並んでいる。

砂浜を断《た》ち切《き》るように、丘から続く崖《がけ》が海に突き出ている。その上に建っているのは、セフェルナルの皇太子が常の住まいとしている海の離宮《りきゅう》だ。昼間の強い日差しを避けるために、バルコニーの代わりに回廊《かいろう》がぐるりと宮殿を取り巻いている。部屋から回廊に出れば、降るような星空も、サラサラと月光を反射させる海も、まるで自分のもののように見渡せるのだ。

夜の遅い港町も、すでに娼館《しょうかん》も酒場も看板を下ろした深更《しんこう》。リモネンの香りを乗せた風がサアッと吹き抜ける宮殿内に、力強く、規則正しい足音が響いた。

「お早いお帰りで、アルナルド」

「カッジオ。俺が恋しくて一人で寝られなかったか？」

快活《かいかつ》に笑いながらアルナルドは答えた。

アルナルド・カルーシュ・シャヴィエル・イル＝ラーイ。セフェルナルの皇太子だ。豊かに波打つ黒髪、力強い光を放つ黒い瞳《ひとみ》。ひとたび戦いともなれば、海だろうが山だろうが先陣を切っていくアルナルドの皮膚《ひふ》は、鞣革《なめしがわ》のようにたくましい。黒い長衣の上に飾帯《かざりおび》を巻き、そこに剣を下げている。同じく黒いズボンに黒いブーツを履《は》き、黒いマントを羽織《はお》っている。遠出をする時は頭から顔を覆《おお》う黒いストールを、今はかぶるだけで風になびかせていた。アルナルドを知らない異国の人がこの姿を見たら、まず間違いなく山賊《さんぞく》、あるいは海賊《かいぞく》、そうでなければ盗賊《とうぞく》と思うだろう。

そんなアルナルドは鞘《さや》ごと腰から抜いた剣を、椅子《いす》から立ち上がったカッジオに手渡した。カッジオはアルナルドの側近《そっきん》だ。セフェルナルは王が支配する専制君主国だが、王族の下に貴族はいない。七つの県からなるセフェルナルは、王都ディーレと、ここグラーツェン以外の五県を、それぞれ有力な一族が治めている。貴族制度に当てはめれば、公爵《こうしやく》、侯爵《こうしやく》に当たる地位――発言権を持っているが、身分は平民だ。カッジオは王都に近い内陸のデラトーレ県を治めるデラトーレ一族の次男で、身長が剣と同じほどしかない頃からアルナルドと遊び、いたずらをし、怒られ、成長してきたアルナルドの無二《むに》の親友だ。

アルナルドはストールもマントも放り投げるようにしてカッジオに渡すと、今までカッジオが飲んでいたグラスを取って一息に飲み干した。

「…っ、おい、リモネン水じゃないかっ」

月明かりだけの部屋だ。グラスの中身をたしかめずに飲んだアルナルドが顔をしかめると、カッジオがフンと鼻で笑った。

「ああ、そうさ。ご主人様を待って、行儀よく子供の飲み物を飲んでいたんだよ。夕食にも酒を飲まずにな」

「ああ、いやカッジオ、…」

「まったくお早いお帰りで。ヴァーゼが運んできた報《しら》せには、昼食までには戻ると書いてあった気がするんだがな」

カッジオはじろりとアルナルドを睨《にら》んだ。

ヴァーゼとはアルナルドが使っている隼《はやぶさ》だ。よく訓練されていて、各種報せをしためた紙片を運ぶだけでなく、獲物を見張り、あるいは襲えと命じれば人をも攻撃する。いわばアルナルドの相棒だ。アルナルドは使用人に酒を運ぶように命じると、寝台にドッと腰を下ろして言い訳をした。

「俺だって昼には戻るつもりでいたさ、本当は昨日の昼には帰るつもりだったんだ。だったんだが、我が王妃殿下に捕まってしまった」

「妃選《きさき》びか。おまえが選《よ》り好《ごの》みしなければすむ話じゃないか。春の女神《めがみ》ほど美しく、大嵐《おおあらし》の神ほど強く、虹《にじ》の女神ほど賢く、緑陰《りょくいん》の女神ほど思いやりがある女だと？　いるわけがない。妥協《だきょう》しろ。強くなくたっていいじゃないか」

「いや、大事だ。セフェルナルは戦《いくさ》になったら王族だろうが平民だろうがみな戦いに出る。あとを守るのは女の仕事だ。攻めるより守るほうが大変なことは、おまえだってわかっているだろう」

「……なるほどな。皇太子妃なら、残った女子供に老人を慰《なぐさ》め励《はげ》まさなくてはならない。寝台の中でふるえていられちゃ困るというものか」

「ついでに攻め入ってきた敵の首の一つでも取ってくれるような女なら言うことはない」

「だから、いない。いないよ、そんな女は。おまえだってもう二十五だろう？　それ以上歳《とし》を食ったら、女のほうから願い下げだと言われるぞ。寄ってきてくれるうちに手を打てよ」

カッジオは呆《あき》れた微苦笑を洩《も》らすと、酒を運んできた使用人から盆を受け取った。ガラスの壜《びん》に入っているのは、淡い金色のリモネン酒でグラーツェンの特産品だ。リモネンの果実の爽《さわ》やかな風味が特徴で、胃がカッとなるほど強い酒だが、風味と後味がいいので、気をつけないと飲みすぎて翌朝ひどい目に遭《あ》う。カッジオは小さなグラスに注《つ》いだ酒をアルナルドに手渡し、自分もグイと一息に呷《あお》った。やっとありつけた酒に満足そうな顔をしたカッジオは、こちらもグラスを口に運んだアルナルドに尋ねた。

「で、どんな話だったんだ。シスレシアの特使とやらが持ってきた話は」

「ああ、くだらない話だった。千年王国シスレシア様の属国になりなさいと、まあそんな話だったな」

「見当はついていたけどひどい言い様だな」

カッジオは派手に笑った。

シスレシア王国は、ボルトア大陸のほぼ全土を領土とする大国だ。ほぼ、というところが問題で、大陸にいくつもあった国々を、それこそ千年かけて次々と併合《へいごう》していったシスレシアだが、ここセフェルナルだけは侵略できなかったのだ。理由は簡単で、両国の国境には大陸を横断する山脈が横たわっているからだ。最新最強の軍備を誇るシスレシアも、そこを軍備えもろとも越えるのは容易ではない。海から攻める方法もあるが、シスレシアの王都は内陸にあり、内から外へと侵略の手を広げていった性格上、船、つまり海戦には非常に弱く、海賊の血を引くと噂《うわさ》されているセフェルナルに太刀打《たちう》ちできるわけがないのだ。

そういうわけで過去には何度も山越えでシスレシアから侵攻されたが、山岳だろうが砂漠だろうが自在に馬で駆けるセフェルナルの兵による奇襲で、ことごとく撥《は》ね返《かえ》した。平地で陣を形作る、という戦略を取らないセフェルナルは、シスレシアから見れば蛮族《ばんぞく》同然なのだった。

カッジオが笑いながら言った。

「いくら俺たちが蛮族だからといって、服属せよとはまた、居丈高《いたけだか》に言ってきたものだな」

「ああ。王にすら礼を取らなかった。俺は王の横でやりとりを見聞きしていたんだが、奴らの見下しかたはちょっと真似《まね》できないぞ。あれは本気で自分たちを神の使いだと思っているな」

「あぁーあ。千年王国シスレシアの聖フォンビュッテル王家、か。度胆《どぎも》を抜かれるほどの美男美女揃《ぞろ》いだと聞いているが、歴史上、自分を神だと言いだした奴らに、ろくな奴はいない」

「まったくだ」

フンと鼻で笑ったアルナルドに、カッジオが苦笑して言った。

「あれだろう、奴らはセフェルナルの塩が欲しいんだろう？　だったらどうしてまともに交易しようとしないんだろうな」

「蛮族相手に金を払いたくないんだろう。属国にしてしまえば塩は独占できるし、俺たちの船を使って東の国や南の国とも交易できるうえ、海戦になっても勝てるとなれば、蛮族を飼い馴《な》らしたくもなるというものさ」

「ああ、そして俺たちは晴れて奴隷《どれい》の身分か」

またカッジオが大きく笑った。できるものならやってみろという笑いだ。海岸線を持つ国はみな塩を作っている。シスレシアも広い海岸線を有しているが、多くは断崖絶壁で人が近寄れないため、国内の需要を賄《まかな》うほどの塩を作れない。ところがセフェルナルは海岸線のほとんどが浜で、しかもその精製技術は非常に高度だ。海の滋養《じよう》をたっぷりと含みつつ、雪のように真っ白な塩を作り出せる。きわめて高値で取引されるため、セフェルナルを小国ながらも豊かな国にしている貴重な産品だ。シスレシアも隣の大陸経由という、馬鹿らしいほどの遠回りと馬鹿らしいほどの高値でセフェルナル産の塩を輸入しているため、その手間と代金を節約するためにもセフェルナルが丸ごと欲しいのだ。

アルナルドはグラスに酒を注ぐと、一口含んで言った。

「セフェルナルは建国の昔から、交易はするがどことも同盟を結ばない、自主独立でやってきた国だ。どこの国も守りに行かないが、どこの国にも守ってもらわない。攻められれば撥ね返すが、こちらから攻めることはない。もうそれは生まれたばかりの赤ん坊にだって染みついている、セフェルナルの特性だ。これから先も、どことも手を組まない。どこにも降《くだ》らない」

「もちろんだ。セフェルナルは暖かい。穀物や野菜の栽培、酪農《らくのう》も盛んだ。海に出れば魚介もふんだんに獲《と》れる。どこかと手を組む利がない」

「そのとおりだ。たとえ同盟を結ばないかと丁重《ていちょう》な申し出を受けたとしても、シスレシアのようななにも産まないカビの生えた国と付き合う必要がない」

「それをあっちはわかっていないよな。俺たちはシスレシアが誇る高度すぎる知識も、高度すぎる技術も、高度すぎる軍備もいらないっていうのに」

「そう。セフェルナルにとってもっとも重要なのは、王族なんてなんの役にも立たないと国民に言ってもらえる平和だ。その平和を保つために、俺たちは戦争ではなく交渉をする」

「だな。そして交渉が決裂して、理不尽にもやられたら、徹底的にやり返す、と。面子《めんつ》を潰《つぶ》されたシスレシアが攻めてきたら楽しいけどな」

「砂漠に山脈だ、重装備の軍を率《ひき》いた奴らには越えられっこない」

そう言ってアルナルドは笑った。

寝台から立ち上がったアルナルドは、グラスを片手にバルコニー代わりの回廊に出た。宮殿には子供はいないという前提の下に作られた回廊だから、手摺《てす》りも柵《さく》もない。間違えて踏み出したら地上へ落ちる、悪くすれば崖から海へと転落してしまうわけだが、ここにいるのは大人だけなのだから、もし転落したとしても、それは不注意な大人が悪いということになる。

今夜は特に星が美しい。星空を眺めながら潮騒《しおさい》を聞き、興奮している神経を鎮《しず》めようと回廊の支柱に寄りかかったアルナルドは、真っ暗な港町を見下ろして溜《た》め息《いき》をこぼした。

「一つ、二つ、娼館は開いていないものかな」

「なんだって？」

「一昨日《おととい》、シスレシアの不愉快な訪問で慌《あわ》てて王都へ行っただろう。奴らを追い返し、すぐさま帰ろうと思ったら王妃殿下に捕まって、結婚しろと延々と説教だ。夜が明けて、さあ帰れると思えば、王妃殿下が急遽《きゅうきょ》招集したご令嬢がたのお相手、それを朝から晩まで、丸一日だ。今日こそ早々に帰ろうと思っていたのに、寝台から出たらご令嬢がたの第二弾が待ち構えていたというわけさ」

「それで皇太子殿下はイライラなさっているわけだ」

「なぜ好きでもない女の機嫌を取らなくてはならないんだ？　娼館の、優しくてものわかりのいい女に慰めてもらいたくもなるだろう」

「彼女たちは仕事だから、おまえなんぞに優しくしてくれるだけだ。もう腹を決めて結婚してしまえよ。妃がいれば、年中無休でおまえに優しくしてくれるぞ。それが妃の仕事だからな」

「まだ運命の女に出会っていない」

「妥協しろ。おまえの理想の女はこの世にいない」

「くそ……。こうなったらカッジオ、おまえを妃にするか。おまえほど俺を理解してくれる奴はいない」

「理解するのは妃の役目じゃない。俺には落ちこんだ時に顔を埋《うず》めさせてくれる柔らかな乳《ち》房《ぶさ》も、優しい腕も、甘い香りもないぞ。おまえはそれでいいのか」

「……たしかに、おまえが妃では癒されないな」

想像して、あまりにも珍奇で笑ってしまったアルナルドは、濃厚に漂うリモネンの香りに、ふと眉《まゆ》を寄せた。

「花の香りが強すぎる……、風がおかしい」

「え？」

「凪《な》いでいる……。夜明けまであと二刻ある、凪《なぎ》でもないのに、なぜ……」

そこまで言ってハッとしたアルナルドは、グラスを乱暴に卓に置くと部屋を出て、物見へと走った。カッジオも緊張した面持ちであとを駆ける。宮殿の屋上にある鐘塔《しょうとう》は、町に時刻を報せる役目のほかに、物見も兼ねている。そこへ向かって人気《ひとけ》のない通路を走っていると、物見から下りてきた伝令にぶつかった。

「イル＝ラーイ!!」

伝令が引きつった顔でアルナルドを見る。アルナルドは落ち着けというふうにうなずいて尋ねた。

「なにがあった」

「王都に、王都の方角に広く火の手が見えますっ」

「火の手……、やはり王都の方角かっ」

それならば本来陸風が吹くこの時間に無風だったわけもわかる。アルナルドは鐘塔のてっぺんへと螺旋《らせん》階段を駆け上がった。

「……!! くそっ」

塔から遠く内陸の王都のあたりを見たアルナルドは、低く吐き捨てた。地面から呪《のろ》いの炎が噴き出てきたように、オレンジ色の火が王都を囲んで広がり、夜空を焦《こ》がしている。カッジオがうめいた。

「王都の外周に沿《そ》って火が回っている」

「ああ。山からの風に煽《あお》られて、瞬《またた》く間にあたりの田畑を焼き尽くす。城下町にも飛び火して、時間を置かずに火の海になるだろう」

「どうするっ」

「王都には国王がいる。避難、消火。的確な指示を出しているさ。くそっ、新たな火の手だっ、あっちも、あっちもだっ」

「村を狙《ねら》っているぞ、アルナルドっ」

「ああ、狙っている。火攻めだ。やってくれたな」

「誰がっ、……まさか」

「それしかないだろう。服従しない蛮族など焼き払ってしまえばいいと思ったんだろうさ」

火の上がり具合を冷静に観察したアルナルドは、一転して早足で塔を下りた。カッジオが言う。

「王都へ行くかっ」

「いや。今から王都へ向かってもなにもできることはない。国王はこちらへ民を避難させているだろうから、途中の町、村に受け入れ体勢を取るように指示しろ。王家からも必要な物資は届ける」

「わかった。グラーツェンも避難民の受け入れをするか？」

「王都からは距離がある。徒歩ならたどりつけて明後日《あさって》だろう。まずは焼けた城下町、田畑の修復に行ける人手を集めろ。避難民には離宮を開放する」

「了解」

うなずいたカッジオが鋭く高い音の指笛を吹いた。緊急、至急の合図だ。耳にした者がさらに指笛を吹き、異常事態が発生したことが、離宮から港町、さらには周辺の村へと伝わっていった。

足早に自室に戻ったアルナルドが飾帯に剣を下げ、マントを羽織った。カッジオが投げてよこしたストールを摑《つか》んで部屋を出る。つき従うカッジオが眉を寄せた。

「おい、王都には行かないと、…」

「ああ、王都には行かない。…馬を出せ!!」

見かけた近衛兵《このえへい》に命じたアルナルドは、階段を駆け下りながら答えた。

「セフェルナルに火を放った愚か者どもを後悔させてくる」

「奴らは一昨日帰途についたんだろうっ、もう丸二日経《た》ってる、とっくに山を越えて砂漠も半分は進んでいるぞ、追いつかないっ」

「輿《こし》に乗ってやってきた玉ナシ野郎どもだ、山越えなんかできるものか。火の手の上がった順番から見ても、商人たちが使う街道を進んでいるはずだ。まだそのへんにいる」

「輿…!?　シスレシアの文官は馬にも乗れないのかっ」

こんな場合だというのにカッジオは大笑いをした。

前庭に出る頃には離宮全体の明かりもともり、下働きの者から兵士まで、みな、自分のなすべきことをこなすためにきびきびと動き回っている。馬丁《ばてい》が引き出してきた、自慢の青毛の駿馬《しゅんめ》にまたがったアルナルドは、夜空に射抜くような眼差《まなざ》しを向けて言った。

「蛮族を怒らせるとどうなるか、奴らに教えてやる」

「……」

カッジオは表情を引き締めた。アルナルドの全身から、怒りの炎が立《た》ち上《のぼ》ったように見えたのだ。ストールを顔に巻きつけるアルナルドに、カッジオは親友ではなく側近として言った。

「各所に救援、避難民受け入れの指示を出したら、あとを追います、イル＝ラーイ」

カッジオからイル＝ラーイと呼ばれるのはずいぶんと久しぶりだ。ああ俺は今、イル＝ラーイの顔をしているのだなと思ったアルナルドは、獰猛《どうもう》な笑みを返して答えた。

「ああ。名に恥じない働きをしよう」

馬の腹を蹴《け》った。黒ずくめの男を乗せた黒い馬が、矢のように走りだす。宣戦を布告もせず、闇《やみ》討《う》ちのように他国の田畑、民家、王都にまで火を放った卑怯者《ひきょうもの》たちの首を、残らず刎《は》ねるために。


シスレシア王国の王都ウンターヴィーツは、夏の盛りを迎えていた。

ほかの国々から千年王国と呼ばれ、また自《みずか》らもそれを自認しているシスレシアは、長い時をかけて貯《たくわ》えてきた知識、築き上げてきた文化によって、絢爛《けんらん》という言葉がふさわしい都市を形成している。あらゆる学問、あらゆる芸術、そしてあらゆる技術の中心がシスレシアであり、またその技術を用《もち》いた最新の武器・兵器を擁《よう》する王国軍により、シスレシアは最強の軍事国家でもあった。

高度な土木技術は都市に上下水道を敷設《ふせつ》させ、きわめて衛生度が高い。それゆえ他国がみなもっとも恐れる疫病《えきびょう》の蔓延《まんえん》を防ぐことに成功し、乳幼児の死亡率も非常に低かった。教育にも熱心で、王都の一般市民という限定——下級労働者や奴隷は除く——であれば、識字《しきじ》率《りつ》は十割近い。

最高の文化と最高の軍備。

他国から羨望《せんぼう》され、恐れられ、憎悪されるシスレシアは、その向けられる感情によって、さらに自分たちを至高の存在だと確信させるのだ。

そしてまたシスレシアを高邁《こうまい》にさせている理由の一つに、この国を統《す》べる王家、フォンビュッテル一族の類《たぐ》いまれなる美貌《びぼう》がある。どこの一族、あるいは他国から姫を妃に娶《めと》ろうとも、生まれる子は必ず混じり気のない黄金色の髪と碧玉《へきぎょくしょく》色の瞳、内に薔薇色《ばらいろ》を秘めた白磁《はくじ》のような肌色を持つ。長じては絵画のような、あるいは彫刻のような「完全な美貌」を備えるにいたり、その美の奇跡の連鎖から、王家には神々がついているのだと人々はみな信じ、一族を聖フォンビュッテルと呼ぶほどの畏敬《いけい》の念を抱かせていた。シスレシアを千年王国と呼ばしめるほどの長きにわたり、内乱も起こさないほどに人々をまとめ上げているのは、王家フォンビュッテル一族の美貌への、ほとんど信仰に近い思いからだった。


その、美しい一族が千年の昔から居を構え、ボルトア大陸のほぼすべて……蛮族どもが住み着くセフェルナル地域以外を治める王都ウンターヴィーツは、周囲を緑豊かな丘に囲まれた盆地だ。街の中央には深い森を抱える山が一つあり、山頂には恐ろしく深く、そして透明度の高い湖がある。

湖の中央に浮島《うきしま》に見える平坦《へいたん》な小島があり、そこに王家フォンビュッテル一族の住む宮殿と、歴代の父祖王たちを祀《まつ》る神殿があった。湖底には王都の東側を流れる河につながる自然の水路があり、干満の影響で水位が変化する。特に新月の日は思いきって水位が下がり、岸と宮殿をつなぐ懸《か》け橋《はし》が現れるが、ふだんは船を使わなければ宮殿へは入れない。……と、一般国民は思っているが、もちろん宮殿の地下には非常用の脱出通路として、水中隧道《すいどう》が造られている。ともかくも岸辺から見る宮殿は湖の上に浮いているようにも見えて、それがフォンビュッテル一族の神秘性をさらに高めていた。

そんな、贅《ぜい》と粋《すい》とあらゆる技術を極めた王宮の奥。花々が咲き乱れる中庭を見下ろせる部屋で、グリューデリンドは見るものを一人残らず虜《とりこ》にする、とろけるような微笑を浮かべた。

「まあ、本当に素敵。これはずっと南のほうの、暑い国でしか咲かない花なのよ。わたしが見たいと言ったことを、スコルツ男爵は覚えていてくださったのね。ああ、香りも素晴らしいわ。そうね、寝室に飾ってちょうだい」

浮き浮きとグリューデリンドは小間使いに命じた。

グリューデリンド・エスタリア・デア・フォンビュッテル。先月十八歳になったばかりの、シスレシア王国第二王女だ。名前を聞くまでもなくフォンビュッテルの直系だとわかる、黄金色の髪に、碧玉色の瞳。たおやかな弧《こ》を描く眉も、夢見るように青く霞《かす》んでいる目を飾るまつげも黄金色をしている。紅を差さなくても薔薇色をしている唇は、男という男が口づけをしたくてたまらなくなる愛らしさだった。

ゆったりと結い上げられた髪や、恐ろしく手が込んでいるが、少女らしさを失わない可憐《かれん》な意匠《いしょう》に仕立てられたドレスを宝石で飾り、さながら等身大の人形のように美しいグリューデリンドは、次々と居間に運びこまれる花や菓子の贈り物に囲まれて、幸福しか知らない少女らしい笑みを浮かべた。

「まあ可愛《かわい》い、ヴェリコだわ。真冬に咲く花だというのに、どうやってわたしにくださったのかしら。ねぇドロテー、どう思う？」

グリューデリンドに無邪気に尋ねられた小間使いのドロテーは、真剣な表情で答えた。

「北の山の洞窟《どうくつ》は、真夏でも氷があるという噂でございます、王女殿下。そのあたりに咲いているのではないかと、わたくしなどは思うのですが」

「ああ、モーブの山の氷穴《ひょうけつ》ね？　でもあのあたりには、雪の怪物が出るという話よ？　そんな危険な場所へ行って、わたしのために花を摘《つ》んできてくださったのね……ウルマン侯爵、とても勇敢《ゆうかん》なかたね」

花に添えられていた手紙を見て、グリューデリンドは心底から感心して、甘い吐息をこぼした。そこに、呆れと怒りの混ざった声が届いた。

「またこのようにたくさんの贈り物を受け取って。花も菓子もすべて突き返せとわたしは言ったはずですが」

「ディアデ」

振り返ったグリューデリンドは、応接室から入ってきたディアデを見て、それは嬉《うれ》しそうにほほえんだ。ディアデはグリューデリンドの侍衛騎士《じえいきし》だ。二十四時間、グリューデリンドのそばで護衛をする立場なので、当然女性だ。グリューデリンドより三つ年上の二十一歳。父親はブリュッケン伯爵でディアデ自身伯爵令嬢という身分だが、グリューデリンドが生まれた時に、もっとも歳の近い貴族の娘という理由で、グリューデリンドの遊び相手の一人に選ばれた。王女の遊び相手とはつまり、将来は王女の侍衛兵になるかもしれないということだ。

そのように教育され、育てられたディアデが、誰よりも自分を頼り、自分に甘え、片時も自分を放そうとしない王女に、恋に似た感情を抱くようになったのも自然なことだろう。ついにディアデは十一歳の時、生涯をかけて王女を守るのだと決意し、自ら進んで近衛兵学校に入ったのだ。

王女もまた、誰よりも自分を大切に思ってくれる凛々《りり》しいディアデを放そうとはせず、王女が十六の成人になったその日、ディアデに騎士の称号を叙賜《じよし》し、正式にグリューデリンド王女の侍衛騎士という地位を与え、自分のそばに置いたのだった。

侍衛騎士らしい華やかな制服に身を包んだディアデに、グリューデリンドは子供のように無邪気に抱きついた。

「どうして今朝《けさ》は起こしてくれなかったの？　朝食も、午前のお茶も、独りぼっちだったのよ？　わたしを放ってどこにいたの？」

「すみません王女殿下、今朝はコンラートに誘われて、近衛兵との訓練に参加していました」

「コンラート？」

「ザウアー近衛兵隊長です」

「ああ、ザウアー伯爵ね」

顔と名前を一致させたグリューデリンドは、軽くうなずくと、今度は拗《す》ねた表情を見せた。

「ひどいわ、ディアデ。わたしより訓練のほうが大事なの？」

「いいえ、王女殿下はわたしの命よりも大事です。大事だからこそ、王女殿下をお守りするために、剣の訓練は欠かせないのです」

「では今度からわたしも訓練を見学しようかしら。そうすればいつもディアデと一緒にいられるもの」

「いけません」

ディアデはたちまち表情を険しくした。

「近衛兵とはいえ、男ばかりが何十人もいるのです。わたしの王女殿下を男どもの目に晒《さら》すなんて、考えただけでも怖気《おぞけ》がします。絶対にいけません」

「ディアデだって女性ではないの。わたしのディアデが何十人もの男性に交じって剣の訓練をしているなんて、わたしだっていやだわ」

「王女殿下……、ありがとうございます。でもわたしは女である前に殿下の騎士です。どこでなにをしていようとも、心は常に殿下のそばにあります」

「本当よ？　ずっとわたしのそばにいてね？　わたしだけのディアデでいてちょうだい」

「誓《ちか》います、王女殿下」

ディアデは恭《うやうや》しくグリューデリンドの手を取り、指先にそっと唇でふれた。満足したようにほほえんだグリューデリンドは、そうだわ、と言ってテーブルに積み上げられている菓子の小箱から一つを取り上げた。

「ディアデの好きなプルーラの砂糖漬けを貰《もら》ったの、あげるわ。それからこれは、コーコスの焼き菓子よ、めずらしいでしょう、とてもおいしいの。これも召し上がれ」

「……王女殿下。前々から言っていますが」

グリューデリンドに手を取られ、その上に菓子の箱を載せられながら、ディアデは眉をひそめた。

「意中の男でもない貴公子からの贈り物は、受け取らずに突き返してください」

「どうして？　花にも菓子にも罪はないわ」

「花や菓子に罪はなくとも、これらを贈ってくる男たちの気持ちを無視する殿下に罪があります」

はあ、とディアデは溜《た》め息《いき》をついた。

「いいですか？　贈り物を受け取るということは、贈った男たちの気持ちも受け取るということです」

「ええ、わかっているわ。皆様、わたしのことをとても好きだと言ってくれるの。わたしも嬉しいわ」

「そうではなく！　貴公子たちが殿下を好きだという気持ちは、友人としての好意ではありません。恋人として殿下のたった一人の男になりたい、ゆくゆくは殿下を妃として迎えたいという気持ちです。友情ではなく、恋愛の感情です」

「そうかしら？　誰もわたしの手を取って、腕の中に引き寄せてもくれないのに？」

「……そんな無礼を殿下にしようものなら、わたしがその場で叩《たた》き斬《き》ります」

本気だと十分に伝わってくる低い声でディアデは言った。グリューデリンドは小鳥のように可愛らしくコロコロと笑うと、贈り物の砂糖菓子を一つ摘んで言った。

「わたしを妻にしたいのなら、はっきりとそう言えばいいのよ」

「言えるわけがありません。殿下は聖フォンビュッテルの王女です。選ぶ立場であって、請《こ》われる立場ではありません。全部おわかりになっていて貴公子たちを惑わせるのは罪でしょう」

「そうかしら」

「そうです。これからは意中の貴公子からの贈り物だけを受け取るようになさってください。いいですね？」

「意中の男性なんていないわ」

「見つけようとなさってください。殿下はもう十八におなりです、とっくに結婚なさって、お子様の一人や二人はいてもおかしくない年齢です、おわかりですか？　選べる年頃の貴公子が揃っているうちに、少しでもましな男を選んでください」

「そんなことを言っても」

グリューデリンドは可愛らしく唇をとがらせて反論した。

「お父様よりお優しくて、お兄様より見目のよい男性がいないのだもの、しかたがないでしよう？」

「王女殿下」

ディアデは最愛の我が王女が、行き遅れの後家になる恐れに苛立《いらだ》ちながら言った。

「ご夫君《ふくん》とは、親とも兄弟とも違います。殿下を一人の女性として敬《うやま》い、大切に扱い、殿下とお子様、両方を守り愛していく存在です。いかに優しくとも殿下をお守りできる勇気がなければ話になりません。同様に、いかに見目がよくとも、蛇《へび》のように冷酷な男ではこれもまた話になりません」

「わたしも蛇はいやだわ」

「殿下。わたしは真面目《まじめ》な話をしております。国王陛下ほど殿下を甘やかし、皇太子殿下ほど見目麗しい男性はいないのですから、そこは諦《あきら》めてください。どんな男であれ、殿下を妻にすれば大切に愛してくださるのですから、この際、家格で選ばれたらいかがかと」

「まあ。どんな男性でもだなんて」

「本気です。フォンビュッテルの王女が夫も持たずに祈りの館に入ることになったら、千年の歴史で一度もない大不祥事になります」

祈りの館とは、父祖王たちに日々、国の安寧《あんねい》を祈る女たちが暮らす館だ。自ら進んで館に入る女もいれば、寡婦《かふ》や、このままではグリューデリンドがそうなってしまうであろう、婚期を逃した女たちが集まっている。生涯をかけて父祖王たちに祈りを捧《ささ》げるのが務めであるゆえ、館に入ったが最後、二度と男性と関係を持ったり結婚をしたりはできなくなる。

グリューデリンドは不満そうに頬《ほお》をふくらませて言った。

「わたしだって、王家の血を残す義務はちゃんとわかっているわ。でも、わたしに見合った相手がいないのだもの。それはわたしのせいではないわ。そうでしょう？」

「殿下……」

「あなたは家格で選べと言うけれど、一番の公爵家はお姉様に取られてしまったもの。二番目なんていやよ」

「二番……、もちろん、王女殿下に二番目だなんてふさわしくありません」

ディアデは深くうなずくと、しばらく考えこんでから、パッと明るい表情で言った。

「それならば、公爵よりももっと上の身分のかたと結婚なさればいいのですっ。ウィクトール王国の皇太子殿下が独身でいらっしゃいますよっ」

ウィクトール王国は西隣の大陸にある中核国で、王国の歴史は三百年と、シスレシアよりは浅いものの、文化はさほど野卑《やひ》ではない。ディアデは名案といった顔つきで言葉を続けた。

「皇太子という身分なら、いずれは国王におなりです、公爵よりもずっと上ですっ、王女殿下にふさわしいおかたではありませんかっ」

「そうね。でもウィクトールの皇太子殿下はまだ三歳でいらっしゃるわ。結婚式の最中にきっと泣きだしてしまわれるわ、一生に一度の式よ、台無しになるのはいや」

「ああ……」

結婚式という問題があったのだとディアデも気づいた。王族の結婚において、相手が幼児であるということはさして問題ではない。重要なのは格と血筋だ。愛のない結婚をするのだから、結婚式くらいは理想どおりに執《と》り行いたいと王女が考えるのも当然だと思ったディアデは、せめて皇太子が五歳であったらと残念に思った。

「ウィクトール以外で独身の皇太子、あるいは第二王子か第三王子がいる国はなかったか……」

ディアデが眉間《みけん》にしわを寄せて考えこむと、その腕に腕を絡《から》めたグリューデリンドが、いたずらそうに笑って言った。

「心配いらないわ。どうしてもわたしに見合う男性がいないとなったら、ディアデと結婚すればいいのだもの」

「なにを仰《おお》せです、殿下っ、わた、わたしはただの騎士です、とても殿下に釣り合う身分ではありませんっ」

「構わないわ、そんなこと。強くて美しくて、誰よりもわたしを大事に思ってくれるディアデだもの。ディアデが夫になってくれたら、とても嬉しいし安心だわ」

「王女殿下……」

キュ、とグリューデリンドに抱きつかれて、ディアデは光栄で嬉しくて、全身を真っ赤に染めて答えた。

「もし、もしも、国王陛下がそれをお許しくださったら、わたしに異存はありませんっ」

「本当に、ディアデ？」

「本当です。わたしは三つの頃より殿下のために生きております。そばにいることを許されるなら、一生殿下をお守りしてまいります」

「約束よ？　ずっとそばにいてね」

「……殿下……っ」

グリューデリンドは甘えた上目遣いでディアデを見つめ、さらにキュウと抱きついて、とうとうディアデの全身から湯気を立ち上らせた。

可愛らしく睦《むつ》まじい二人のじゃれあいが一段落したのを見計らい、小間使いが声をかけてきた。

「王女殿下、お召替えの時間です」

「ああ、今日は昼の託宣《たくせん》の日だったか」

思いだしたディアデが、そっとグリューデリンドの体を離した。

託宣というものの、シスレシアが神と定めているのは父祖王たちだ。この千年、シスレシアを安寧のまま導いたのは王の力であって、天地の神々ではない、ゆえにフォンビュッテル王家は神々の上にある――そうした傲岸不遜《ごうがんふそん》な考えからだ。仰々《ぎょうぎょう》しく託宣と言ってはいるが、実際に神々を下ろすわけではなく、長い時をかけて蓄積してきたあらゆる記録を基に、天候の予測、それにともなう疾病《しっぺい》、病害虫の発生を予測し、不足しそうな作物を備蓄したり、育てるべき作物を指示したり、食料不足、あるいは水不足になるであろう他国からの侵攻に備えたりするのだ。

そうした膨大な種類の記録を管理する文官はもちろん、実際に日々の天候や気温、河や湖の推量を計測する技師もいる。グリューデリンドが託宣の巫女《みこ》として行なう務めとは、要するに、宮殿の後ろの神殿で文官たちがはじき出した各種予測を聞き、それを託宣として政務官を通して国民に報せることなのだった。

小間使いの手で純潔を象徴する純白のドレスを身につける。託宣の巫女は王家の未婚の女性の役目だから、今はグリューデリンドが務めている。すっかりと身仕度を整えて、リリアスの花のようになったグリューデリンドの姿にディアデが見惚《みと》れていると、ゆっくりと深呼吸をしたグリューデリンドが甘えを消した表情で言った。

「神殿へ行きます」

「お供します、王女殿下」

ディアデを連れて神殿へ行く。神殿内へは剣を持つ者……騎士や兵士は入れないので、神殿入口でディアデとは別れる。文官の先導で託宣の間に入り、居並ぶ学者から託宣という名の記録の分析を聞く。それをしたためた宣書も受け取って、ディアデとともに宮殿に戻る。国王や皇太子とともに託宣の間に入り、すでに揃っている各執務官や宮殿詰めの貴族に向けて、父祖王たちから下された神託として予測を告げるのだ。

予測は国民生活に直結しているのはもちろんのこと、水不足ともなればそれで戦争も起きかねないので、質疑は活発に出される。グリューデリンドはそれに対して、渡されている宣書を見ずにすべて答えるのだ。その驚異的な記憶力のよさと質問の意図を正確に摑む明晰《めいせき》さ、そしてもちろん託宣の場でだけ見ることのできる美貌で、グリューデリンドは文官、武官、そして貴族たちからも畏敬《いけい》の念を持たれている。こうしたグリューデリンドに関する話は、上級から下級の役人に伝わり、さらにそこから一般の国民へと伝わるうちに、王女が神を降ろす時には体が光るだの、王女は宮殿の湖水の上を歩くだの、とんでもない尾ひれがついて広まっていき、ますます人々に王家は神秘の神聖な一族だと思わせるのだった。

グリューデリンドは質疑が収まると、ゆっくりと人々を見回して、極上の微笑を浮かべて言った。

「次の託宣まで憂いごとなし。我がシスレシア王国は先王たちに守られている特別な国。この先の千年も繁栄と平和は約束されています。みな安心して、各々《おのおの》のなすべきことに精進するように」

自信を持ってそう言い、グリューデリンドは国王より先に席を立った。続いて王、皇太子、そして執務官たちも立ち上がり、昼の託宣はつつがなく終了した。広間を出て宮殿の奥へ戻る道々、国王が愛娘《まなむすめ》に目を細めて言った。

「いつもながらグリューデリンドの託宣は見事だな。まるで本当にその身に父祖王たちが降りてきたようだ」

「まあ、本当に？」

「本当だよ。賢くて美しい、グリューデリンドはわたしの宝石だ。誰の妃にもやらず、神殿の巫女として閉じこめておきたいくらいだ」

「だったらディアデと結婚させて、お父様。そうすればずっとお父様のおそばにいられるわ」

「ディアデよりよい男子が現れなければ考えよう」

国王の言葉でグリューデリンドは無邪気に喜んだ。花の盛りの娘が可愛くて可愛くて、国王はグリューデリンドにどこまでも甘い。すぐそばでやりとりを聞いていた皇太子もまた、利発で美しい小鳥のような妹を溺愛《できあい》している。グリューデリンドに腕を貸しながら言った。

「グリューデリンドが託宣を下すからこそ、みなも深く納得するんだね。凛《りん》とした姿も、優しく気持ちの籠《こ》もった声も、巫女として本当に素晴らしいよ」

「ありがとう、お兄様。わたし、巫女が向いているのかしら？　お父様もお兄様もそうお思いなら、わたし本当に巫女になってもいいわ。そうすればずっとここで暮らせるもの」

大好きな父と兄に誉《ほ》められて、グリューデリンドは鼻高々だ。十八にもなって幼いが、箱の中の箱の中の箱の中で大切に育てられてきた多重箱入り娘なので、しかたがない。世間知らずもはなはだしいのだが、グリューデリンド自身、自分が世間を知らないということを知らないし、そもそもシスレシア国の王女でありフォンビュッテルの令嬢は、世間など知らなくともいいのだ。

父と兄、双方から優しい抱擁《ほうよう》を受けて部屋に戻ってきたグリューデリンドは、居間に入ったとたん、ディアデに言われた。

「王女殿下、殿下が神殿にお入りになるのなら、わたしもともにまいりますっ」

「まあディアデ、本当?」

「本当です。一生、殿下のおそばにいると誓いました。神殿に入るのなら騎士の位を返上しなければなりません。準備が必要なので、早めに言っていただければと思います」

「たとえ神殿にでも、一緒に来てくれるのね。嬉しいわ、ディアデ」

「当然です。なにがあろうとわたしは殿下のおそばにおります。もしも殿下が父祖王たちのもとへ行かれる時が来たら、わたしも迷わずあとを追います」

「わたしが父祖王のもとへ? ううん……」

グリューデリンドは可愛らしく唇に指を当てて考えこんだ。

「駄目だわ。おばあさんになったわたしなんて、想像ができない」

そう答えて、クスクス笑いながらディアデの腕にしがみついた。自分の若さと美貌は永遠に失われることはない……、そう思っているのだ。傲慢だが、人生の終わりなど想像もできないほど年若いということでもある。

ディアデは丁寧にグリューデリンドを着替え室にエスコートしながら、そっと微笑した。

グリューデリンドは、世界でもっとも美しいこの宮殿で純粋培養された脆《もろ》い花と同じだと思った。宮殿の中でしか、あるいは宮殿と同じ環境でなければ生きていけない。だからこそ、グリューデリンドをこの世のあらゆる汚いことから守るのが自分の役目なのだと、改めてディアデは思った。

「……わたしの王女殿下」

「なあに、ディアデ？」

「…、お茶の用意をさせておきます。託宣でお疲れでしょう」

「ありがとう。ディアデはいつもわたしのことを考えてくれるのね。大好きよ、ディアデ」

「光栄です」

ディアデはそっとグリューデリンドの指先に口づけた。この愛らしく美しい王女のためなら、命すら惜しくはないと思った。


その夜。

貴族たちにも開放されている宮殿表側の小ホールで、グリューデリンドは王女を手に入れたい貴公子や、王女と親密であることを見せつけたい姫君たちとともに、いつものようにお喋《しゃべ》りに興じていた。

「グリューデリンド王女、来月のわたしの誕生会にはぜひおこしください」

「ありがとう、クルト。でもわたしをエスコートしてくれるかたがいないわ」

「それならぜひわたしに、グリューデリンド王女」

「まあ、アントン。あなたにはローゼがいるではないの。そうでしょう、マリア？　それとも二人はもう終わってしまったの？」

「いいえ、グリューデリンド様。アントンとローゼは近々婚約を発表する予定だわ」

「それならよけいにわたしのエスコートなど駄目ではないの。婚約者を放っておくようなかただったなんてアントン、がっかりだわ」

「誤解です、グリューデリンド、婚約をしたいとローゼが勝手に言っているだけなのです。マリア、おかしなことを殿下に言うな」

「あら、ひどいおっしゃりよう。それならローゼに、アントンはあなたと結婚する気はないようよと、教えてあげなくてはいけないわね。グリューデリンド様、どう思われます？」

「そうね、ローゼがアントンを待っていたら可哀相《かわいそう》だもの。アントンのほかに誠実なかたを見つけたほうがいいと、忠告したほうがよさそうね」

ああ殿下、とアントンがうめき、場は笑いに包まれた。グリューデリンドにお代わりのグラスを持ってきた貴公子が尋ねた。

「今夜はあなたの騎士はどうしたのですか」

「あら、ハンス。ディアデは駄目よ、誰にもあげない。わたしだけの騎士だもの」

「あなたのものを取ろうだなんて思っていませんよ」

「それならいいの。ディアデはザウアー伯爵に呼ばれて、なにかの会議に行ってしまったわ」

「コンラートですか？　近衛兵隊長の？」

「ええ。わたしのディアデをさらっていくなんて、憎らしいわ、ザウアー伯爵」

「それならお気をつけください、グリューデリンド。コンラートの熱い眼差しは、ずいぶんと前からディアデに注がれていますよ」

「まあ。それなら可哀相なことになるわね、ザウアー伯爵。ディアデはわたしのことが好きなのよ」

グリューデリンドは真面目にそう言ったのだが、もちろん取り巻きたちは冗談と受けとめて笑い声を立てた。その時だ。なにを言っているのかは聞き取れないが、人の怒鳴り声と、慌ただしく通路を駆けていく足音が耳に届いた。

「なにかしら。宮廷で大きな声を出したり、走ったり」

無礼だわ、と思ったグリューデリンドが眉をひそめたところで、ディアデが無礼そのものに乱暴に扉を開けて入ってきた。

「王女殿下っ」

「なあに、どうしたの、そんなに慌てて？」

首を傾《かし》げたグリューデリンドの前に、大股《おおまた》で歩いてきたディアデは立つと、厳しい顔つきで手を差し伸べて、告げた。

「今すぐ、ここから避難をしてください」

「……どういうこと？」

「事情はあとで説明します。とにかく、早くっ」

「いやよ。理由もわからないのに宮殿を離れるなんて」

生まれてこのかた、家どころか、部屋どころか、椅子からだって追い立てられたことのないグリューデリンドは、たちまち不機嫌な顔をした。ディアデは、抱えて運んでしまいたい気持ちをこらえ、簡潔に説明した。

「南の地域の蛮族が、我がシスレシアに攻め入ってきています」

「まあ、それは大変」

そう答えたグリューデリンドも、取り巻きたちも、一斉に笑った。過去千年、強国といわれる国々が幾度もシスレシアに侵攻しようとしてきたが、一度たりともそれを許したことはない。典雅《てんが》な顔のシスレシアは、軍事大国でもあるのだ。グリューデリンドはクスクスと笑いながら言った。

「南に住む蛮族は、野生の獣《けもの》と変わらないと聞いているわ。そんな蛮族になにができるというの？」

「殿下、……」

「それにわたしは、昼の託宣でも、そんなおかしなことが起きるとは告げられていないわ。シスレシアはこの先も安泰だと、わたしが言ったのよ」

シスレシア王国第二王女グリューデリンドの言葉に嘘《うそ》はないのだと、心底から思っているグリューデリンドは笑った。取り巻きたちも同調をして、万が一密林の猿どもがやってきても自分たちが追い返してやる、それとも捕まえて飼い馴らしてみせましょうか、などと言って、グリューデリンドの歓心を得ようとするのだ。ディアデは取り巻きたちを怒鳴りたい気持ちをこらえ、ただ一人、守らなくてはならないグリューデリンドに訴えた。

「殿下、ディアデのお願いです、今すぐにここから避難してください」

「大丈夫よ、ディアデ。我が国には優秀な王国軍があるのよ。蛮族など遠く辺境のあたりで追い返しているでしょう」

「殿下、わたしが先ほど師団会議に出席したのも、…」

「グリューデリンド王女殿下っ」

ディアデの言葉をさえぎって、近衛兵の声が響いた。部屋に入ってきた兵は、慌ただしくグリューデリンドに礼をすると、ひどく緊張した面持ちで言った。

「王女殿下、お早くここから避難をっ。今すぐに、お早くっ」

「でも、…」

グリューデリンドが反論しようとしかけた時、取り巻きたちがバラバラと椅子から立ち上がり、兵に詰め寄った。

「本当に蛮族が攻めてきているのか？」

「避難が必要なほど危険なのか？」

「今なら屋敷に戻れるの？　宮殿を出られるの？」

「怖いわ、屋敷まで警護をつけてちょうだい」

兵はそれには答えず、避難をしてくださいと繰り返す。先ほどまであんなに勇ましいことを言っていた取り巻きたちは、我先にとホール出入口へ足を向けた。それでもグリューデリンドは背筋を伸ばして椅子に腰かけたまま、取り巻きたちに言葉を投げた。

「わたしを守ってくださると言ったのは嘘なの？　蛮族など追い払ってくれるのではない

の？」

けれど誰一人、グリューデリンドの言葉には耳を傾けず、あっという間にホールから出ていった。グリューデリンドはギュッと唇を引き締めた。人から無視をされることも、自分の周りから人が去っていくことも、生まれて初めての経験だ。かしずかれ、敬われ、大切にされることが当たり前だったグリューデリンドには、めまいすら覚えるほどの屈辱だった。

ディアデは頑《かたく》なに椅子から立ち上がらないグリューデリンドの前に膝《ひざ》をつくと、愛を乞《こ》うように避難を懇願《こんがん》した。

「殿下、お願いです、ここから避難を」

「必要ないわ。シスレシアは神々に守られた国よ。蛮族など、足を踏み入れただけで雷に撃たれて死ぬわ」

「殿下、王女殿下、ディアデのお願いです、危険なのです、殿下、……」

「攻め入られているですって？　いったい誰がそんな馬鹿げたことを言っているのかしら。来てごらんなさい、誰も攻めこんでなどいないことを見せてあげるわ」

「殿下、……」

グリューデリンドは国王が父親であることを疑わないのと同じように、シスレシアが神々に守られた国だということを疑わない。不愉快な「デマ」に心底から憤慨し、きっぱりと椅子を立つとバルコニーに出た。王都の中心部の山、そのまた山頂に建つ宮殿からは、一望のもとに街が見下ろせる。手摺りに寄って街を見下ろしたグリューデリンドは息を呑《の》んだ。

「嘘でしょう……？」

ふるえる手で口元を覆った。ほんの一時前まではいつもと変わらない街の様子だったのに、今は街を囲う丘のすぐ向こう、城壁の外側に火の手が上がっているのだ。火は城壁を囲むように大きな楕円《だえん》に燃え上がっている。

「ディアデ、ディアデっ、あの火のあたりに町や村はあるの!?　民家は!?」

「……いいえ、殿下。あのあたりには物乞いなど、貧しい者たちの粗末な小屋があります」

「ものごい……、ものごいとはなに？」

「道端に座り、通りを行く人々から小銭や食べ物を恵んでもらう者です」

「そんな……、それでは人が通らなかったり、施《ほどこ》しをする者がいなければ、食事さえできないではないの」

「そのとおりです、殿下」

「なぜそんなことをしているの？　なぜ花を育てたり、パンを焼いたりなどの仕事をしないの？」

「そうした仕事に就けないからです。物乞いたちの多くは文字が読めません。計算もできないのです。街の者たちと関《かか》わったことがないので、良好な関係を築くことができません。わたしたちが当たり前と思うことさえ、あの者たちは知らないからです」

「そんな……シスレシアは、この国は、世界で一番豊かな国なのよ……、人々はみな、仕事に就いて、幸せに暮らしているはずよ、だってわたしたち王家は国民のために……、ディアデ、どうして……？」
「……」

初めて宮殿の外……現実というものを知ったグリューデリンドは茫然《ぼうぜん》としている。ディアデは王女の問いには答えず、そっとグリューデリンドの手を取って言った。

「殿下、あの火が城下町に及ぶのも時間の問題です。外の農民たちが街に入ってくれば、混乱は避けられません。そうなる前に、一刻も早く避難をしなければなりません。ともかくまずは国王陛下のもとへまいりましょう」

「火……、シスレシアが……」

神々に守られている国が、蛮族ごときに攻め入られている……、それも王都を。

グリューデリンドにはどちらも受け入れがたい……、いや、信じられないできごとだった。

それでもこれは、現実なのだ。これからどうなるのか、予想もつかない未来に怯《おび》え、小さく体をふるわせた時だ。

「グリューデリンド王女殿下はこちらですかっ」

コンラートが駆けこんできた。真っ先にグリューデリンドの無事を確認し、それからディアデに視線を移してホッとしたようにうなずいた。

「王女殿下、お探ししておりました。国王陛下も皇太子殿下もすでにお揃いです、お早くこちらに」

「なに、なにが起きたの、ザウアー伯爵？」

コンラートに促《うなが》され、ディアデに支えられながらホールを出たグリューデリンドは尋ねた。あたりを厳しく警戒しながらコンラートは簡潔に答えた。

「南の蛮族が攻めてきたのです」

「それはディアデから聞いたわ、どうしてなの、なぜ蛮族がシスレシアを？」

「…お足元に気をつけて」

「ザウアー伯爵、答えてちょうだい。ここから蛮族たちの住む地域まで、いったいどれほどの距離があると思っているの？　それに国境付近の領国は国境の警備が務めでしょう？　なぜ追い払ってしまわないの？」

「王女殿下、お早く」

「もし守りきれなかったとしても、報せが届くはずよ。それもなく、いきなり王都まで侵攻を許すなんて、どうして？　なにが起きているの？　ねぇ、どうしてなの？」

「…っ、報せなら四時間前に届いております、殿下」

コンラートは苛立ったように答えた。

「ただし、ホルスの街からでした」

「ホルス!?」

驚いたように言ったのはディアデだ。

「王都から馬で半日の距離ではないかっ、なぜ会議でそれを言わなかったっ」

「……」

「それまで報せがなかったのか!?　奴らはいきなりホルスに湧《わ》いて出たとでも言うつもりかっ」

「ディアデ、今は王族の皆様方を避難させるほうが先だ」

「答えろ、コンラート！」

「ディアデ。王女殿下を不安にさせるな」

「……っ」

「時間がないんだ。王妃殿下と王女殿下、それに皇太子殿下のご家族をどちらへ避難させるか、国王陛下にお聞きしなければならない」

「……すまない」

低い声でコンラートに言われ、ディアデはハッとして謝った。そうだ、こういうことは王族の耳に入れることではないと思った。グリューデリンドは傍らで青ざめ、体をふるわせている。今自分がすべきは、最愛の主《あるじ》を安心させることだ。ディアデは自分の腕に回されているグリューデリンドの手に、そっと手を重ねた。

「殿下、心配はいりません。ディアデがついております」

「ディアデ……、そばにいてね……？」

「心配はいりません。ディアデはずっと殿下のおそばにおります」

不安からか、グリューデリンドがそっと体を寄せてくる。肩を抱きしめたい気持ちをこらえ、ディアデは王女の背に手をあてた。

コンラートに先導されてグリューデリンドが入ったのは、王族一家の家族用の居間だった。すでに国王と王妃、皇太子、そして主だった家臣たちが揃っている。グリューデリンドはパッと父親に駆け寄った。

「お父様っ、なにが起きたの⁉　どうして蛮族が王都にまで来ているの⁉　なぜシスレシアが攻められなければいけないの⁉」

「グリューデリンド……」

「誰もわたしに答えてくれないのよっ、シスレシアがなにをしたというの⁉　なぜ蛮族ごときが…っ」

「……」

国王は黙って顔を背けた。父親のこんな態度に傷ついたグリューデリンドに、皇太子が代わって答えた。

「グリューデリンド。シスレシアは春の終わりに、セフェルナルに国交を申し入れたんだよ」

「セフェルナル……、蛮族の住む地域……？」

「……わたしたちは地域と言ってきたが、あそこはセフェルナル王国だ。シスレシア以外の国とは国交を結んでいる、一つの独立した国家だ」

「国……、国なの、蛮族の国……？」

「そう、国だ。シスレシアはセフェルナルに国交を申し入れ、そして断られた」

「シスレシアからの申し入れを断ったですって？　わざわざこちらから申し入れたのでしょう、それを断るだなんて……どうかしているわ。それに、断ったのならそれでいいではないの。なぜ今頃こんな……、攻めてくるようなことをするの？」

「それは……」

皇太子はわずかにためらい、それから妹を安心させるようにほほえんで答えた。

「奴らは人ではない。まともな考えなど持っていないのだよ。だからわたしたちが理解することなどできないのだ」

「わけもわからずに攻めてきたというの？」

「そうなるだろうね。ただ単に、暴れたかったのかもしれないよ」

「そんな……」

「未開の蛮族が最新の軍備を持つ王都に入ってこられるはずもないが、万が一のことを考えて、グリューデリンドはお母様たちとここを離れなさい」

「いやよ」

グリューデリンドは昂然《こうぜん》と頭をそびやかして言い返した。

「逃げる必要などないわ。ここは父祖王たちが眠り、守護する王都、ウンターヴィーツよ。蛮族どもが城壁にふれたが最後、神々の怒りにふれて雷に撃たれるわ。その様をここから見て笑ってやりましょう」

その時だ。

「これはまた勇ましいお姫様だ」

「……っ!?」

グリューデリンドの言葉をからからうような、ひどく楽しそうな男の声が耳に届いた。室内が一瞬で緊張する。ディアデがグリューデリンドを背後に守ったのと同時に、なにかが部屋を横切った。たちどころに燭台《しょくだい》の火がすべて消え落ちる。あちこちから不安の声があがり、みな椅子から立ち上がった。コンラートが、今すぐここから避難を、と言った時、出入口のドアが乱暴に開かれ、蛮族たちが乱入してきた。今度こそ、悲鳴があがった。月明かりでも蛮族たちが布で顔を覆っていることがわかる。

「……話に聞く盗賊と同じではないの……」

ディアデの背後で不快そうにグリューデリンドが呟《つぶや》く。コンラートは素早く王のそばへ移動し、王族や重鎮たちに避難を促した。

「早く非常用の通路へっ。ディアデ、扉を開けろっ」

「承知したっ。王女殿下、ここから動かないでください」

グリューデリンドの手をギュッと握って言ったディアデが、風景画を織りだした巨大な壁掛に足を向けようとしたところで、その壁掛が乱暴に払われた。ディアデもコンラートもギクリとする。果たして壁掛の向こうに隠されていた扉から、蛮族が一人現れたのだ。その男に向かい、蛮族たちが口々に、カッジオ、と言う。どうやら賊の名前のようだった。皇太子のうめきが洩れた。

「……こんな、馬鹿な……、脱出通路からも……、賊どもは、まだ城壁の外にいるはず……」

「外からの挨拶《あいさつ》じゃ不満だったか？　城下町に火を放ってほしかったのか。イル＝ラーイの厚情も無駄になったな」

ハハハ、と笑ったカッジオに、グリューデリンドは驚愕《きょうがく》して、思わず尋ねていた。

「城下にも、すでにおまえたちは入りこんでいるというの!?」

「そうだね、お嬢さん。こうして城内にも来ていることだしね」

「……」

カッジオの返答を聞いてグリューデリンドは言葉を失った。四大陸すべての国の中で、最強といわれる軍を持つシスレシアなのだ。その王都が、こうも易々《やすやす》と、なんの兆候もなく敵の手に落ちるなど信じられなかった。グリューデリンドはギュッと眉を寄せて賊に言った。

「おまえの言うことなど信じないわ。ザウアー伯爵っ、ほかの兵はどうしているの!?」

「王女殿下、…」

「そいつには答えられないよ、お嬢さん」

コンラートをさえぎって、おかしそうにカッジオが答えた。

「兵たちがどうなっているのかは、お嬢さんがその目でご覧になればいい。ま、お勧めはしないけど」

カッジオの言葉の意味を正確に理解したコンラートとディアデは奥歯を噛《か》んだ。宮殿内にいる自分たち以外のすべての兵は、捕われたか切り捨てられたかだと。

賊の数は四人。こちらは兵二人。賊を仕留められなくとも傷を負わせることができれば、王族だけでも逃がすことができる。

コンラートとディアデは同じことを考え、ほぼ同時に剣を抜いた。カッジオはコンラートに視線を向けると笑いながら言った。

「やめておきなよ、兵士一人じゃなにもできやしない。犬死にするだけだ」

「…っ、兵ならここにもいるっ」

眼中にないという扱いをされたディアデが、カッとして言う。けれどカッジオは、プフ、と笑うと言ったのだ。

「女は女、兵士じゃない」

「……っ」

もっとも言われたくない言葉で馬鹿にされた。頭に血が昇ったディアデがカッジオに斬りかかろうとしたが、コンラートに鋭く、王女のそばを離れるな、と言われ、ハッとした。プライドを傷つけられた怒りで、グリューデリンドを守るというもっとも大切な使命を見失うところだった。ディアデは深呼吸をして気持ちを鎮め、剣を構え直してグリューデリンドの前に立った。カッジオがニヤリと笑った。

「賢明だ。ここであんたが動けなくなったら、困るのは女子供だ」

カッジオはグリューデリンドと王妃をあごで示した。悔しいが、それは事実だとディアデは歯を食いしめて思った。

重苦しい沈黙が落ちる。カッジオたちはなにかを待っているのか動こうとはしない。その時、それまで黙っていた国王が、しわがれた声で言った。

「おまえたちの目的はなんだ。欲しいのは、わたしの首か」

「…お父様っ」

グリューデリンドは目を見開いた。敬愛する父親が、こんな蛮族どもに殺されるなんてありえないと思った。なにより父親は、シスレシアの国王なのだ。蛮族ごとき、本来なら顔を見ることもできないというのに。

カッジオは退屈そうに国王を見ると、ひょいと肩をすくめた。

「なにが欲しいかは、イル＝ラーイに聞かないとわからない。俺たちは王族を集めておけと言われただけだ。もともと俺たちは、シスレシアなんてカビの生えた国は欲しくもないしな」

「カビの生えた国ですって？　獣のごとき蛮族が、聖なるシスレシアを侮辱《ぶじょく》するなど許しませんっ！」

不安よりも怒りが勝ったグリューデリンドが、反射的に言い返した時だ。

「威勢のいいお嬢ちゃんだ」

ガラス扉を開け放っているバルコニーから、新たな男の声がした。ハッとして振り返ったグリューデリンドは、バルコニーから入ってきた男を見て言葉を忘れた。

月明かりでもわかる。黒いマントをひるがえしてそこに立った男。下に身につけた黒い服も見たことのない異国の服だ。風に揺れる髪も同じく黒。輪郭も鼻もなにもかもがっしりとしていて、宮廷で見るなよやかな貴族たちとはまるで違う。鋭い光を放つ黒い目が、まっすぐにグリューデリンドを見つめている。

「……獣のように……」

美しい男だと思った。そうそれは、野生の美しさというものだ。生きる力がみなぎり、暴風のようにグリューデリンドに吹きつけてくる気がした。不遜な態度も、傲岸な表情も、とても王家を敬う気持ちは感じられない。無礼にもほどがある。それでも、たしかに男は美しかった。獣、それもずっと東の国に住むという黒豹《くろひょう》のような男だ。

男もまた、グリューデリンドを見つめ返してきた。貴族たちが自分を見るような、甘く、熱い眼差しではない。まるでグリューデリンドのほうが珍しい生きものだとでも言うような、じろじろと遠慮のない視線だ。こんな不躾《ぶしつけ》な目を向けられたことのないグリューデリンドは立腹した。

「蛮族め。汚《けが》らわしい目でわたしを見ないで」

「気が強いな。気に入った」

男がひどく楽しそうに笑い、そう言うものだから、グリューデリンドはますます腹を立てた。

「気に入ったですって？　わたしはシスレシアの王女、聖フォンビュッテルの娘よ。気に入ったなどと不遜な。ひざまずいて許しを乞いなさいっ」

「俺にひざまずけと言う女は初めてだ。ますます気に入った」

男は大笑いをした。「女」と十把一《じっぱひと》からげにされたグリューデリンドは、あまりの屈辱でギリッと拳《こぶし》を握りしめた。なにか言い返してやろうと思った時、カッジオが言った。

「イル＝ラーイ、どこに行っていたんだ、待ちくたびれたぞ。だいたいなんで窓から入ってくる？」

「悪かった。上からここへ来るのに、階段を使っていたら時間がかかるからさ」

大股で力強く室内に入ってくる男は、イル＝ラーイという名らしい。ほかの蛮族たちより立場が上のようだわ、とグリューデリンドが思っていると、カッジオが眉を寄せて男に尋ねた。

「上？　上なんかになんの用だ」

「子供たちが泣いてたんでね。あやしていた」

「……子供たち……!?」

とたんに皇太子が顔色を変えて男に言った。

「子供たちと妻になにをした!?」

「だからあやしてた。あれはおまえの妻か？　子供と一緒になって泣いていたぞ。母親ならもっと強くなれと言っておけ」

「妻を侮辱するなっ」

「侮辱されるような妻を持つな。小さいほうの子供が二人、抱いても歌っても泣きやまないものだからね、俺の鳥を貸してやっている」

「…鳥……？」

「こいつだよ」

男の代わりにカッジオが答え、短く指笛を吹いた。どこにとまっていたのか、大型の鳥がカッジオの肩に舞い降り、とまった。この鳥がさっき燭台の火を消したのだわ、とグリューデリンドが思った時、男が低く笑って皇太子に言った。

「こいつはカッジオの隼だ。俺の隼はおまえの子供たちをあやしている」

「隼だと……？　子供、子供たちにっ、なにをしたっ!?」

「心配するな。命じなければ襲ったりはしない。が……、狩りに連れだす時は空腹にしてあるからな。獲物を前に、いつまでもおとなしくしているかは、主の俺にもわからない」

「なんて、ことを……」

子供たちを獲物と言われた皇太子は、真っ青な顔で言葉を失った。国王も孫を人質にされて、蒼白《そうはく》な面持ちで男に言った。

「なにが、なにが望みだ……、わたしの首か、シスレシアの王位か……、どちらもくれてやる、くれてやるから王子たちは助けてやってくれ……っ」

「勝手なことを言うな」

それまで笑っていた男が、とたんに笑みを消した。ゆらりと、青白い炎が見えるような怒りをまとい、冷たい声で国王に言った。

「闇討ち同然にセフェルナルの女子供や年寄りたちを焼き殺しておいて、自分の孫だけは助けろだと？　都合のよすぎる話じゃないか、そうだろう」

「待ってちょうだい、なにを言っているの!?　セフェルナルの民をそんな……っ、そんなこと、あるわけがないわっ」

とんでもない言いがかりだと思い、グリューデリンドはディアデを押し退《の》けると、男の正面に立って反論した。

「シスレシアは文明国よ、おまえたちの国と違うわっ、戦火を交える時はきちんと宣戦を布告するし、戦う相手だって兵士だけよっ」

「へえ？」

「そうよっ。戦になれば一般国民にも被害が及ぶでしょうけれど、商人や農民を標的にすることなんてありえないわっ、いい加減なことを言わないでっ」

「箱入りのお嬢ちゃんらしい」

男はフンと鼻で笑った。

「こっちから話してやることでもない。自分の父親がなにをしたか、お嬢ちゃんが自分で聞いてみろ」

「……っ」

思いきり見下すような男の表情。グリューデリンドはギッと奥歯を噛むと、勢いよく父王を振り返った。

「お父様っ」

「ああ、グリューデリンド……」

国王は歪《ゆが》めた顔でちらりと男を窺《うかが》うと、弱々しい微笑を作ってグリューデリンドに言った。

「このような者どもの、話を、聞くことはない……、シスレシアは、おまえが誇ってもよい、素晴らしい国、…」

ハッ、と、国王の言葉をさえぎって男が短い笑い声を立てた。腕を組み、傲岸に国王を見下ろしながら、黒い瞳に怒りを燃やして言った。

「王宮まで制圧されて、それでもまだいい父親、いい国王の顔をしてみせるか」

「……っ」

「お嬢ちゃん。お父さんはどうしても本当のことを言いたくないらしい。お兄ちゃんに聞いてごらん。お兄ちゃんだって知っていることだ。そうだよな」

男の怒りに燃える目が皇太子に向けられた。皇太子はビクリと体をすくめ、男から顔を背ける。お兄様、とグリューデリンドが説明を求めても、頑なに口を開かない。男がハハハと笑った。

「どうした。言えないのか。優しいお父さんやお兄ちゃんが本当はなにをしてきたのか、お嬢ちゃんに知られたら、軽蔑《けいべつ》されるもんなぁ」

「……っ」

「言えないならいいとも。おまえの罪を、おまえの子供たちに償《つぐな》ってもらう」

「…っ、待て、待ってくれっ、子供たちにはなにもしないでくれっ」

指笛を吹こうとした男を慌てて皇太子が止めた。男は刺すような眼差しを皇太子に向けた。

「それなら、お嬢ちゃんに話して聞かせろ。おまえたちがセフェルナルになにをしたのか」

「あ、あ……」

皇太子はグリューデリンドの視線を避けるように目を閉じて、うめくように言った。

「シスレシアは……、国交を拒んだセフェルナルを……、セフェルナルの村々を……、なんの、布告もせず、焼き払った……」

「……」

ヒュ、と音をさせて息を吸いこんだグリューデリンドは、両手で口を覆って呼吸を止めた。目を見開いて皇太子を見つめるグリューデリンドに、そうだ、と冷たい声で男が言った。

「真夜中……、いや、夜明け前だ。みな、ぐっすりと眠っている時間だ。王都でも、離宮のある町でもない、ただの農村だ。陸風で煽って王都を火で囲もうとしたんだろうな。一ヶ所だけじゃない。自分たちが一番逃げやすいように、街道へと向かいながら、いくつもの村に、畑に、火を放った」

「……」

「みな眠っていたからな。気づいた時にはあたり一面、火の海だ。消そうと外へ出た男たちは火に巻かれ、女や子供、年寄りたちは家の中で蒸し焼きにされた。生まれたばかりの赤ん坊までがだ。悲鳴、泣き声……、わかるか？　想像できるか？」

「……っ」

「農民たちが焼き殺されている間、おまえたちがよこした特使はなにをしていたと思う？　のんびり輿に揺られてお休みだったよ。それはそうだろうな、自分の手で村に火を放ったわけでもなければ、女や子供たちの悲鳴も聞いていないんだ。おまえたちが命じたくせに、まるで他人事《ひとごと》だ。だから呑気《のんき》に寝ていられたんだろう、シスレシア国王、おまえのように」

グリューデリンドの目から涙がこぼれて落ちた。体が止めようもなくふるえた。恐ろしくて、ただただ恐ろしくて。

「…どうして……、お父様……、国交を、断った……、敵国にも、なっていない国に、火を……、文明国の、やることでは、ないわ……」

「その文明国が、この千年の間になにをやってきたか。箱入りのお嬢ちゃんはなにも知らないんだろう？」

「シスレシアはっ…」

男から思いきり嘲《あざけ》るような口調で言われて、グリューデリンドは涙声で言い返そうとした。シスレシアは神々の国、この千年、国の繁栄と国民の豊かな暮らしを守ってきた、と。けれど、ディアデに教えられたことが頭をよぎった。物乞い、という者たちの存在。

シスレシアには飢《う》えや貧しさで苦しむ国民はいないと聞かされてきた。けれどもしも、もしもそれが嘘だったら。

(もちろん、我が国に誇りを持っているわ。お父様のこともお兄様のことも心から信じているわ。だけど……)

箱入りのお嬢ちゃん、と憎らしい口調で男に言われたが、もしも本当に自分が「真実」を知らないだけだとしたら。

「……」

自分の足元がぐらついた気がした。ただただ可愛がられ誉めそやされてきた自分、シスレシア王女グリューデリンドとは、中身のない人形なのではないかという気がした。

傍目《はため》にも落ちこんでいることがわかるグリューデリンドを見て、男は、へえ、と思った。

(宮殿が世界のすべてだと思ってるようなわがまま嬢ちゃんなら、なにを言われたって聞く耳持たずってところだと思っていたが……)

高慢で頭が空《から》っぽなのではなく、馬鹿のように素直に教えられたことを信じているのか、と思った。綺麗《きれい》な鳥……、そう、綺麗な鳥だ。それを観賞するようにグリューデリンドを見ていると、カッジオが焦《じ》れたように言った。

「イル＝ラーイ。お嬢ちゃんを泣かすのもいいが、この高慢ちきどもをどうするんだ。俺はもういいかげんに帰って、酒と女を楽しみたい」

「ああ」

「ああというのはなんだ。首を刎ねればいいのか、それともこいつらにやられたように、火であぶるのか。どっちだ」

「そうだなぁ……」

相変わらず綺麗な鳥を眺めながら男がぼんやりと答えると、その美しいグリューデリンドが、ハッとしたように顔を上げ、涙も拭《ぬぐ》わずに言った。

「お、お父様の首を刎ねて…、それで、おまえがっ、王の位に就くつもりなの……!?」

「うーん、鳴き声も悪くないな……」

「なにを言っているの!? 未開の、ば、蛮族の、長《おさ》のようだけれどっ、おまえごときにシスレシアは統べられないわ…っ」

「面と向かって蛮族というか。本当に気が強いな、お嬢ちゃん」

ハハハ、と楽しそうに笑った男は、ニヤニヤしながら答えた。

「心配しなくとも、こんなになにも生まない国は欲しくもないさ。頼まれても王になんかなりたくない」

「…っ、そ、それならどうしてっ、攻めてきたりしたの!?」

「やられたからやり返しに来ただけだろう。お嬢ちゃんのお父さんがセフェルナルにしたように、城下町を火の海にしてやろうか？」

「罪のない人々を、…」

「先に焼き殺したのはそっちだ。そこの、シスレシア王だ」

「……っ」

絶句するグリューデリンドに、男は冷たい声で言った。

「神々の国だとか、自分たちは神の子だとか、恥ずかしいことを臆面《おくめん》もなく言って、楽しかったか？　ものを知らないお嬢ちゃんだけじゃない。そこの国王も、皇太子も、フォンビュッテルの一族は綺麗な鳥同然だと、わかっているのか？」

「よ、よくも、鳥だなどと、…」

「鳥だよ。籠《かご》で飼われている鳥だ。安全な籠の中に入って、ねだらなくとも旨《うま》い餌《えさ》を差し入れてもらっている。だから外のことがわからないんだろう。シスレシアはもう、何百年も昔から、フォンビュッテル王家の国じゃない」

男は国王に向き、怯えきった目を射抜くように見つめて言った。

「シスレシア王フェーリクス。おまえに尋ねる。なぜ俺たちが国境を守る領主たちと戦わずにここまで来られたのか。なぜ王都に入るまで誰も俺たちのことをおまえに報せなかったのか。なぜ最強だという軍が俺たちの侵攻を防げなかったのか。どうしてだ、シスレシア王」

「……っ」

「答えられないなら教えてやろう。最新最強の軍備とやらで脅《おど》されなければ、誰もおまえの王都を守ろうとは思わないからだ」

「う……」

「このボルトア大陸で千年にわたって侵略し、併合《へいごう》し、属領にしてきた国々は、もうどこもシスレシアの支配は受けない。その最初から、フォンビュッテル一族には憎悪の感情しか抱えていないんだ。俺がおまえの首を取らなくとも、この王都、ウンターヴィーツが欲しいどこかの元領主が、嬉々《きき》としておまえの首を取りに来るだろう」

「……」

よろめいた国王は、崩れるように椅子に座りこんだ。茫然自失という体《てい》だ。グリューデリンドも、自分たちが憎悪されているという事実に、深い衝撃を受けていた。その時皇太子が、長い溜め息をこぼして言った。

「…それで、わたしたちをどうするつもりだ。首もいらない、王座もいらないと言うのなら、なにが目的でシスレシアを攻めた」

「皇太子か。おまえなら話ができそうだ」

男はフンと笑って答えた。

「まずはおまえたちが焼き殺した農民の遺族たちに、償いとして金を払え。親を殺された子供に。夫を殺された妻に。子供を殺された年老いた親に。ビタ一文負けない代わりに、過大にも請求はしない。殺されなければ生涯にわたり遺族が手にできたであろう金を払え」

「承知した」

うなずいた皇太子を見て、グリューデリンドは思わず言ってしまった。

「お金を、お金を払えば、わたしたちを許してくれるの……？」

「なんだ。お嬢ちゃんは家族を殺されても、金さえ貰えば許すのか？」

「……っ」

嘲《せせ》ら笑いとともに言われて、グリューデリンドは表情を硬くした。愚かなことを言っててしまったと思った。ごめんなさい、と呟くように謝罪したグリューデリンドに、男はまた、へえ、という表情を見せたが、すぐに皇太子に視線を戻して続けた。

「あとの一つは、どちらにするか選ばせてやる。お飾りだろうがシスレシアの王は王。他国の民を害虫退治のように焼き殺した責任を取ってもらう」

「……」

「一つは、王と皇太子、そして皇太子の息子の首を差し出すこと」

「ま…、待て、待ってくれっ、息子はまだ十歳と七歳なんだ…っ」

「それがどうした。赤ん坊まで焼き殺しておいて、自分の子供は助けてくれは虫がよすぎるだろう。セフェルナルの子供たちは農民だったから焼かれた。おまえの息子も王族に生まれたからには王族としての責任を取ってもらう」

「あ……、……っ」

皇太子は片手で目を覆い、泣きだした。打ちひしがれている。今頃になってようやく、自分たちがなにをしてきたのか、理解したといったふうだ。グリューデリンドもまた、涙をこぼした。甥《おい》を殺されるという現実と向き合い、初めてシスレシアの非道を認めた。

「…っ、待って…っ」

グイと涙を拭い、グリューデリンドは言った。

「わたしの…、わたしの首を差し上げますっ、だから王子たちの命は助けて…っ」

「女王でもない女の首に価値などあるか」

「…っ、わたしはっ、フォンビュッテル一族の直系よっ、侮辱しないでちょうだいっ」

「へぇ。それならフォンビュッテルの血とやらで償うか？　今ここで、一族根絶やしにしてやってもいい」

「……っ」

グリューデリンドはハッとして口をつぐんだ。いつも、いつも自分のプライドにばかり敏感で、自分が口にした言葉でどうなるのか、それを考えたことが……、責任というものを考えたことがなかったと気づいたのだ。そしてたぶん、その責任を、自分の知らないところで誰かが取っていたのだろうことにも。

うろたえて、恥ずかしくて、顔を伏せたグリューデリンドを、男はニヤニヤと笑いながら見つめ、言葉を続けた。

「首を差し出したくないのなら、代わりの道として、シスレシアの国民の前で、国王が俺にひざまずき、非道の許しを乞え。そして王政の廃止を宣すること。そうすれば王も皇太子も、皇太子の息子も、首と胴をつないでおいてやる」

「そんな……、そんなこと、できるわけがないわっ！　父は千年王国シスレシアの国王よっ、おまえのような蛮族にひざまずくなんて、ありえないわっ」

「それが答えか？」

「そうよっ、思い上がるのもたいがいになさいっ」

グリューデリンドが激高した瞬間、カッジオが剣を抜き、微塵《みじん》もためらいを見せず王に斬りかかった。首を刎ねられる、と思ったグリューデリンドは、悲鳴すらあげられずに固く目をつむった。愚かなプライドからの発言が、最悪の事態を招いてしまったと思った。自分の浅はかさ、傲慢さに気づいてもいなかった、これは報《むく》いだ。

一瞬でそれらを考えたグリューデリンドが、倒れそう、と思った時、血が噴き出る音ではなく、剣と剣がぶつかりあう音を聞いた。恐る恐る目を開けてみる。

「あ、あ……っ」

コンラートが国王の前で、膝をついてくずおれている。血の臭《にお》いが鼻をついた。よくよく見ると、脇腹を押さえたコンラートの指の間から、血があふれ落ちている。国王を守ろうとして深手を負わされたのだとわかった。剣で斬られた人も、血も、生まれて初めて見る。恐怖で体の力が抜けてしまい、よろめいたグリューデリンドは、ディアデに体を支えられた。

ディアデが茫然として呟いた。

「コンラートは、近衛兵の中で、一番優れた、使い手なのに……」

「訓練と実戦は違う。どうせ宮殿の中で威張ってるだけで、人を斬ったこともないんだろ？」

ハハ、と笑ってそう言ったカッジオは、近衛兵が持っている剣とは違う、幅広の剣を構え直して国王に言った。

「シスレシア王。こんな役立たずの兵士は必要ないだろう」

「……」

カッジオは明らかにコンラートの首を刎ねようとしているが、国王はぴくりとも動かず、答えようともしない。グリューデリンドはディアデに支えられたまま、体をふるわせて、なぜ目の前で人が殺されようとしているのに国王は止めないのだと思った。それも、いつも王のそばで警護し、今も王を守ろうとして負傷した近衛兵だ。父王に対する不審の思いを募らせていると、グリューデリンドを支えたまま、ディアデが怒りを抑えた低い声で言った。

「兵ならまだここにいる」

そうしてカッジオに剣を向けた。驚いたグリューデリンドがディアデを止めるつもりですがりつくと、カッジオが呆れ顔で答えた。

「女は兵じゃない」

「……」

「そんな構えて……。本気なのはいいけど、やめておいたほうがいい。剣を払う時、指を折ってしまうかもしれない。俺は女に怪我《けが》をさせたくないんだ。いい子にして、そのお嬢ちゃんを支えていてやれ」

「……」

それでもディアデは引かない。カッジオに向けて剣を構えたまま、黙ってグリューデリンドを皇太子に預けた。

グリューデリンドは混乱した。ディアデも剣が達者なことは知っている。けれどコンラートでさえ一撃で斬り伏せられたのだ。ディアデが敵《かな》うわけがない。カッジオはディアデを斬るつもりはないようだが、突くことが基本のシスレシアの剣と、叩き斬ることが基本らしいセフェルナルの剣では流儀が違いすぎる。しかもカッジオは戦い馴れているのだ。なにが起きるかわからない。

（こんなことになったのも、すべて、わたしたちフォンビュッテル一族のせいなのに……）

万が一にも、大事な大好きなディアデを死なせるわけにはいかない。斬られるなら、血を流すなら、それはフォンビュッテルの者だとグリューデリンドは思った。

「待って、ちょうだい……」

グリューデリンドはこの場の支配者である男に視線を向けると、ふるえる声で、それでもはっきりと言った。

「償う責任があるのは、フォンビュッテルの人間よ、兵士は関係ないわ。首を取るなら、わたしたちの首を取って、早く帰ってちょうだい」

「ふぅん？」

男はニヤニヤ笑いを浮かべると、ふるえるほど恐がっているくせに、言いたいことは言うグリューデリンドを興味深そうな目で見つめた。

「下賤《げせん》な兵士の命より、聖フォンビュッテルの血のほうが大事なんじゃないのか」

「お、おまえがどう思っていようが、知ったことではないわ。王家は、わたしたちは、常に国民の幸せを願っているのよ。兵士だって国民だわ」

「はー……」

大げさに溜め息をついた男は、涙目で睨み上げてくるグリューデリンドの真剣な表情を見ると、我慢できなかったという具合にプッ、と噴き出し、大笑いをした。

「シスレシア王…っ、おまえは娘を、温室で育てていたのか？　なるほどここまで幼いとなれば、嫁にも出せないというわけだな……っ」

男は腹を抱えて笑っている。馬鹿にされたグリューデリンドは唇を嚙みしめたが、いつもならなにがあってもグリューデリンドの味方をしてくれる父王が、一言も男に言葉を返さないのだ。いったいお父様はどうしてしまったの、とまた不安を覚えていると、笑いを治めた男が国王に言った。

「さて王よ。どうする」

その言葉と同時に、カッジオが国王に剣を突きつけた。男が続けた。

「おまえも含め、王族男子の首をよこすか。それとも俺にひざまずいて非道の許しを乞うか。どちらを選ぶ」

「……」

それでも国王はなにも答えない。身じろぎすらしない。どうしたの、と思ったグリューデリンドは国王を窺って息を呑んだ。

「お父様……？」

椅子に腰掛けた国王は、もう以前の国王ではなかった。目は開いているもののどこを見ているのか定かではない。口は力なく開けられ、まるで表情というものがない。脱《ぬ》け殻《がら》、という言葉がグリューデリンドの頭に浮かんだ。

「お、お兄様、お父様のご様子が……」

「……」

うろたえて皇太子を振り返ると、皇太子はグリューデリンドの肩を抱きしめたまま、ひどく難しい表情で国王を見つめていた。こんな厳しい表情の兄は初めて見る。なにか重大な決断を下そうとしているのだと思い、グリューデリンドは口をつぐんだ。ややあって、皇太子はまだ剣を構えているディアデを呼び寄せると、グリューデリンドを任せた。そうしてふっと息をつき、男のほうへ一歩を踏みだした。

「……ご覧のとおり、国王は急な事態の変化による衝撃で、心神耗弱《しんしんこうじゃく》の状態にある。すでに統治能力も失われたと思われる」

「ああ。そのようだな」

「よって、現国王は病《やまい》を理由に退位されたこととする。新国王には、ただ今より皇太子であるわたしが就く」

「で？」

「国王として、国民の前で、あなたがたに……、セフェルナルに謝罪を……、布告もなくセフェルナルに攻撃をし、多数の民間人を虐殺、したことを謝罪する。その賠償金を払ったのちに、王政廃止を宣し、王位を降りる」

「……いいだろう」

冷静な判断を下した皇太子を、男も真剣な表情で見つめ返した。賢明で現実的な男だと思ったのだ。

グリューデリンドはまったく思いがけない皇太子の判断に驚愕したが、感情のまま反対しようとした自分をグッとこらえた。不用意な発言のせいで、コンラートを負傷させたばかりなのだ。

(考えて。考えてものを言わなければ駄目。お父様は本当にこのまま寝込んでしまわれるようなご様子だもの。国王が不在の状態では、この国……いいえ)

グリューデリンドは唇を噛んだ。ボルトア大陸のほぼすべてを支配していたシスレシア王国は幻想だった。今までシスレシア王国だと思い、みなから愛されていると思っていた国は、現実にはこの王都だけだったのだ。

(そう。国王がいなくなれば、王都がどれほど混乱するかわからないわ。お兄様がおっしゃったとおりにすることが、最善ね。せめて城下の人々を戦に巻きこまないことが、わたしたち王族のする最後の仕事)

胸の前でギュッと両手を握りしめ、グリューデリンドは無意識に男にうなずいてみせた。男もまたグリューデリンドにうなずき返すと、皇太子に視線を戻して言った。

「夜が明けたら、ただちに現国王退位、続けて新国王の即位を公示しろ。そこの文官ども、よく聞いておけ。公示ののち、新国王がセフェルナルへの謝罪をする。新国王が責任を持って賠償金を支払うと、公式な文書に残せ。支払いが完了したらシスレシアは王政を廃止することを宣言する。聞いていたか文官ども。賢明な新国王を困らせることのないよう、ただちに儀式の準備に取りかかれ」

男に命じられ、文官たちがよろめきながら部屋を出ていく。男は皇太子に言った。

「一つでも約束を違《たが》えたら、国中を火の海にする。わかったか」

「……わかった。高配、感謝する」

皇太子が安堵《あんど》した表情でそう言った。なぜ兄が感謝するのか、まったく理解できないグリューデリンドが眉を寄せると、男はククッとおかしそうに笑って鋭く指笛を吹いた。たちまち窓から隼が飛びこんできて、男の肩にとまる。驚いて身をすくませたグリューデリンドに、男は当然のような顔をして言った。

「お嬢ちゃんには一緒に来てもらう」

「…っ、待て、待ってくれっ」

グリューデリンドが口を開くより先に、皇太子が言った。

「すべて言われたとおりにする、約束は必ず守る、だから人質は必要ない」

「人質？　そんなものはいらないさ」

ククク、とまた男は笑った。

「裏切られたと知った時点でおまえたちを皆殺しにし、王都を焼き払う。おまえの妻や子供たちの命が懸《か》かっているんだ、人質などよりよほどおまえには効くだろう」

「それならなぜ王女殿下を連れていくなどと言うのだっ」

噛みついたのはディアデだ。口が裂けても言えないが、ディアデにとっては国王より皇太子よりグリューデリンドが大切だ。その大事なグリューデリンドを、こんな蛮族の手になど渡せるわけがない。全身から怒りを噴き出すディアデに、男はニヤニヤと笑いながら答えた。

「なぜだと？　噂には聞いていたが、王女殿下はすこぶる美人だ。こんな綺麗な女は見たことがない」

「無礼者めっ、王女殿下を女だなどと、……」

「それに、気の強さも気に入った。いくら綺麗でも、泣き喚《わめ》いたり、ちょっとしたことですぐに卒倒するような女は趣味じゃない。これくらい気の強いほうが俺の女にふさわしい」

「お……、俺の、女と、言ったか……!?」

「ああ。お嬢ちゃんは、俺の女にする」

「この……、身のほど知らずの蛮族があぁっ!!」

本日最大級にディアデの怒りが爆発した。頭に血が昇り、まともな判断などできなくなったディアデが、怒りのまま男に突きかかる。一撃必殺の思いで正確に男の心臓を狙ったが、まるで羽虫を払うようなたやすさで剣を弾《はじ》き飛ばされ、さらには右手を取られてひねり上げられた。

「離せ、この……っ」

「いい子にすると約束できるなら離してやろう」

「な、なにがっ、いい子…っ」

男がなにか言うほどディアデの怒りは倍増する。抗《あらが》ってみるが、身動きすればするほど肘《ひじ》や肩に負荷がかかって、このままでは腕が折れるか肩が外れるかだと思った。なんとか一矢《いっし》報いたいと歯を噛みしめると、コンラートが荒い呼吸で、ひどく苦しそうに言った。

「…ディアデに、汚い手で、さわるな……っ」

「おい、動くな。動くと切り口から腸が飛び出すぞ」

「ディアデを、放せ…っ」

「へえ？　この女はおまえの女なのか」

男がふふふと小さく笑うと、取り押さえられているディアデが鬼の形相で反論した。

「ふざけたことを言うなっ！　わたしは王女殿下の騎士だっ！　主に命を捧げた騎士に向かいっ、コンラートの女だなどとっ！」

「そいつはコンラートというのか。可哀相にな。こういう女は始末が悪いぞ」

「おまえごときがわたしのなにを知っ…っ」

「黙っていろ。それ以上キャンキャン吠えるなら肩を外す。剣の使えない騎士では大事な王女殿下の役に立たないぞ。口を閉じておけ、わかったな？」

「……っ」

たしかに腕を使えなくされてはグリューデリンドを守れない。ディアデは体中の毛穴から血が噴き出しそうな怒りを覚えたが、奥歯を噛みしめて、なんとかこらえた。よしいい子だ、と、憎らしくも面白そうに言った男が、グリューデリンドに向けてディアデを突き放す。床に倒れこんだディアデが己れの不様に涙ぐむと、グリューデリンドがさっとそばに膝をついて、ディアデを介抱した。

「ディアデ、無茶をしないで。いつもわたしのそばにいると言ってくれたのは、嘘なの？」

「…っ、嘘ではありません、殿下っ」

「それならもう、わたしから離れないで。どこか痛いところはない？　怪我はしていない？」

「申し訳ありません、殿下。わたしはどこもなんともありません」

「よかったわ……」

キュウ、とグリューデリンドがディアデを抱きしめる。見ていた男は呆れたように首を振ると、グリューデリンドに尋ねた。

「おまえの名は？」

「シスレシア国王女グリューデリンドよ。グリューデリンド・エスタリア・デア・フォンビュッテル」

「グリューデリンド……、リンディか」

男はなんとも簡単にそう言った。親からも愛称で呼ばれたことのないグリューデリンドが不愉快そうに眉をひそめると、男はなんともあっけらかんと言ったのだ。

「夜明けとともにここを発《た》ち、セフェルナルへ向かう。それまでに好きな男に抱かれておけ」

「……な、なんですって…っ!?」

「蛮族ごときに女にされるのはいやだろう？　最初くらいは好きな男に抱かれておけと、そう言ったんだ」

「なんて無礼なのっ!!　それが女性に言う言葉!?」

「どう言ったって同じだろう。王女殿下、蛮族に純潔を散らされる前に、意中の殿方に処女を捧げておきなさい、と、こう言えばいいのか」

「おまえは最低最悪よっ」

いくら蛮族だとはいえ、ここまで非礼だとは思いもしなかった。あまりの怒りで体がふるえる。グリューデリンドは男を真っ向から睨みつけて言った。

「セフェルナルですって!?　絶対に行きませんっ。わたしはここから一歩も動く気はないわっ」

「そんなことを言える立場じゃないだろう」

「なんですって!?」

「いいか、言っておく。いい子で俺についてくれば、王女として扱ってやる。いやだと駄々をこねるなら、奴隷の扱いをする」

「奴隷ですって!?」

グリューデリンドが、言い返せぬほどの怒りにとらわれて握りしめた拳をふるわせると、男はフンと鼻で笑って言った。

「どうせあと数刻でフォンビュッテル王家は消滅する。そうしたらおまえはどうやって生きていくつもりだ？　奴隷がいやなら物乞いでもするのか。ああ、そうなったら拾ってやってもいい」

「……まさか、おまえは、わたしたちに、宮殿を出ろと言うつもりなの……？」

「当然だろう。おまえたちは今日から平民になるんだ」

「……」

それこそ、予想もしていなかった言葉だ。王家はなくなる。それは理解していた。けれど宮殿まで……、住む場所さえ失《な》くすとは思ってもいなかった。今夜のベッドはどうすれば、食事はどうすればいいのか。テーブルにつけば当たり前に出されていた食事だ。スープもパンも、どこからどうやって手に入れればいいのか見当もつかない。自分の無知に愕然とした。衝撃で頭がガンガンした。茫然としながら父王を見て、腑抜《ふぬ》けた様子に胸が締めつけられた。自分はともかく、父王には王宮が、いや、住まいが、いや、せめて部屋が、寝台が必要だ。

「お願い……、お父様には、ベッドが必要だわ……、王子たちや、生まれたばかりの姫にも、安全な部屋が、いるの……」

無意識にすがるような目を男に向けると、男が答えるより先に、カッジオが笑いながら言った。

「王女様、それは都合がよすぎるよ」

「お願い……」

「シスレシアが侵略した国々で、まず最初になにをやったと思う？　その国の国王一家を城ごと焼き払うことだったんだけどね」

「……」

なんてことを……。初めて知らされた事実に、グリューデリンドは号泣しそうになった。なにが神々の国だ。なにが人々を幸福にするだ。目の前の蛮族でさえ、まだただの一人も王家の者を手にかけていないというのに、自分たちは……！

けれどグリューデリンドは唇を噛みしめて涙をこらえた。こんな蛮族になど、涙を見せるものかと思った。もうすぐ王家はなくなる。心から誇らしく思ってきたシスレシアが、本当はどれほどの残虐《ざんぎやく》を尽くしてきたのかも知った。それでも自分は千年もの歴史を持つフォンビュッテル一族の王女だ。最後だからこそ、恥ずかしい真似はできない。

グリューデリンドは深呼吸をすると、真っすぐに男を見つめて言った。

「あなたと一緒に行くわ。だから、お父様と子供たちだけは、宮殿に住むことを許してほしいの」

「駄目だ」

「……っ」

間髪をいれず男が却下する。この人でなし！　とグリューデリンドは心の中で叫んで男を睨みつけた。きつい眼差しを受けとめた男は、ふいにニヤリと笑うと言った。

「そんなふうに見つめられるとぞくぞくするな」

「黙りなさいっ」

「俺と一緒に来ると言うなら、バウンホーフの離宮を使わせてやってもいいが、どうする？」

「……本当に？」

嬉しく思う気持ちと疑う気持ち、半々で男を見つめた。バウンホーフの離宮というのは、シスレシア王国……他国を侵略・併合する前の、元々のシスレシア王国領土の北方にあり、王都から馬で三日もかかるたいそうな田舎《いなか》にある、離宮とは名ばかりの小さな館《やかた》だ。

グリューデリンドのそばでおとなしくやりとりを見守っていたディアデが、バウンホーフの離宮と聞いて目尻を吊《つ》り上げた。

「あのような小さな館で、国王陛下はじめ、皇太子殿下、皇太子妃、お小さい王子殿下や王女殿下まで過ごせというのかっ」

「ディアデ、いいのよ」

憤慨するディアデをグリューデリンドはそっと止めた。

「お父様と子供たちには、安心して暮らせる場所が必要よ。この男……」

グリューデリンドは男を振り返って尋ねた。

「お名前を伺っていなかったわ」

「アルナルドだ。アルナルド・カルーシュ・シャヴィエル・イル＝ラーイ。セフェルナルの皇太子だ」

「あなたのような男が皇太子、……」

驚いて口走ってしまったが、ハッとして口を押さえる。アルナルドは機嫌を損ねることもなく笑ってくれたので、ホッとして、ディアデに言った。

「アルナルド皇太子殿下のご厚情に感謝しましょう。本当ならわたしたちは、今日の夜を過ごす場所もなかったのよ」

「王女殿下……」

グリューデリンドの言葉に、ディアデはもちろん、兄も、重傷のコンラートでさえも目を見開いた。あれほどアルナルドを蛮族と言って見下していたグリューデリンドとも思えない変化だ。けれどグリューデリンドはしっかりと自覚したのだ。自分たちは敗戦国の王族で、アルナルド皇太子は戦勝国の王族。今まで自分たちが併合した国々に隷属を強《し》いてきたように、今日からは自分たちが隷属を強いられるのだ。

グリューデリンドはアルナルドに膝を折った。

「一族の命を救ってくださってありがとう。わたしはあなたとまいります」

「よし、いい子だ、リンディ」

アルナルドは綺麗に結い上げられているグリューデリンドの髪を、乱すようにかき回した。子供扱いをして、と内心で腹が立ったが、それを表には出さない。自分は家族の命と引き替えに、この男の所有物になったのだと、はっきりと理解していた。

グリューデリンドは十八にして初めて、自分で自分の為《な》すべきこと……、生きる道を選んだのだった。

王位継承の布告や、それに続く新国王からの謝罪と王政廃止の宣言にかかる準備や、現国王や王妃、皇太子妃と子供たちを離宮へ移動させる準備などで、宮殿内は夜通し人々が慌ただしく走り回っていた。

アルナルドは皇太子と宣言の文言を考えたり、離宮へ移る国王たちに、誰を何人つけるか、なにをどれだけ持たせるかを侍従に指示したり、あるいは捕虜《ほりょ》とした兵たちの処遇をどうするかなど、ありとありゆることに采配を振り、ありとあらゆる場所を歩き回っていた。

「リンディ。……リンディ、リンディ」

「なに？」

執務室から地下の厨房《ちゅうぼう》へと、足早に階段を下りながら、アルナルドは困り果ててグリューデリンド……リンディに言った。

「俺のあとをついて歩くな。好きな男に抱かれてこいと言っただろう、俺に遠慮しなくてもいい」

「遠慮などしていません。わたしには意中の男性などいないもの」

「それならそこの女騎士と部屋でおとなしくしていろ。邪魔なんだ」

「あら、悪かったわね。皇太子殿下にお聞きしたいことがあるから、殿下の手が空くのを待っているのよ」

「ああ……、聞きたいこととはなんだ」

ようやく足を止めてくれたアルナルドに、リンディは首を傾げて尋ねた。

「わたしはいつまでセフェルナルに滞在すればいいの？　ひと月、一年？　それとも一生になるの？」

「いつまで、か」

アルナルドは迷惑顔をニヤニヤ笑いに変えて答えた。

「俺がおまえに飽きるまで、だな」

「飽きるまで、…ディアデ、やめてちょうだい」

無言で剣を抜こうとしたディアデを制し、リンディは冷静に言った。

「わかったわ。ではひとまず、一年分の支度をしておくわ」

「一年分の支度？　言っておくがな、リンディ。小間使いも侍女も仕立て職人も針子も、料理人も菓子職人も、とにかく誰も連れていけないぞ」

「なんですって？　それでは召替えも食事もできないではないのっ」

リンディにとって使用人は手足だ。それがなくなったら生活ができなくなる。驚愕して目を見開くと、ディアデが生真面目な表情で言った。

「殿下、わたしが殿下のお世話をいたします。お召替えも給仕もわたしがしますから、ご安心ください」

「ああ、ディアデ、本当に？」

「本当です。ディアデはどこでも、どんな時でも、殿下のおそばにいます」

恭しくリンディの手を取って指先に口づけたディアデは、すっくと立つと、アルナルドに言った。

「おまえ、…いや、アルナルド皇太子殿下がなんと言おうとも、わたしは王女殿下についていくからな」

「それは構わないが、俺たちはセフェルナルへ帰るんだぞ。コンラートをどうするつもりだ」

「コンラート？　なぜここで奴の名前が出る？　コンラートは近衛兵隊長、わたしは王女殿下の騎士だ。わたしが王女殿下につき従うのは当然だが、なぜ近衛兵隊長までついていくと思ったのだ？　だいたいコンラートはまだ傷口がふさがっていない。歩くのさえ覚束《おぼつか》ないのだぞ、連れていっても王女殿下の護衛にはならない」

「……おまえ、本気か？　ああ、あの男に同情するっ」

アルナルドは大笑いをした。もちろんリンディもディアデも、なぜアルナルドがこんなにも笑うのか、なぜコンラートの名前を出し、どうしてそのコンラートに同情するのか、まったくわからない。二人で顔を見合わせ、この男の考えることは理解ができないと目で会話を交わした。

アルナルドはしばらく笑っていたが、ようやく笑いの虫が去ったのか、息を荒くしながらリンディに言った。

「女騎士を連れていくことは許可する。俺は女は可愛がることしか知らない。世話などできないからな」

「ありがとう、アルナルド皇太子殿下。ディアデがいるだけで心強いわ」

「それからその、アルナルド皇太子殿下と言うのはやめろ。アルナルドでいい。夜明けとともに発つと言っただろう、少し寝ておけ。寝られないなら家族に別れの挨拶でもしてこい、とにかく俺のあとをついてくるな」

溜め息をついてそう言ったところで、外から、イル＝ラーイ、という声がした。アルナルドは、窓から外を見たかと思うや、そのまま窓枠を越えて下へ飛び降りてしまったのだ。

「…っ、ここは三階よっ」

驚いたリンディがディアデとともに外を見ると、アルナルドが二階のバルコニーの手摺りから、さらに中庭へと身軽く飛び降りていく姿が見えた。さすがにあとを追うこともできず、呆気《あっけ》に取られてアルナルドを見ていたリンディは、溜め息をこぼして言った。

「これでは本当に、美しい獣ね……」

「……」

ディアデはギョッとしてリンディを見た。獣はわかる。だがその前の、美しい、というのがひっかかった。よもやまさか我が最愛の王女が、あんな蛮人に、微塵《みじん》でも好意を持ったのだろうかと、訝《いぶか》しむ気持ちを持ってしまったのだ。いやいや、まさか、とディアデは心の中で首を振り、リンディに言った。

「殿下、少しお部屋でお休みになったほうが……」

「そうね。セフェルナルまでは馬で四日はかかるものね。出立《しゅったつ》する前から疲れていては、また侮辱されてしまうわ」

アルナルドが自分をお嬢ちゃんと呼ぶ時の、あのニヤニヤ笑いを思いだすとムカムカする。部屋に戻り、怯えてはいるもののまだ残ってくれていた小間使いの手を借りて寝間着に着替え、寝台に横になった。

「ディアデ、ごめんなさい、ドロテーを手伝って、わたしの荷物をまとめてくれないかしら」

「お任せください、殿下。一年の予定でいいですか？」

「そうね、一年より長く、あちらにいることもないでしょう……」

飽きるまで、とアルナルドは言ったのだ。恋をしたこともないリンディだから、男にとって女がどういうものなのか、わかるはずもない。きっと自分にとっての新しいドレスや首飾りのようなものなのだろうと思い、それなら長くて三月《みつき》で飽きるだろうと考えた。溜め息を呑みこんで目を閉じると、ディアデが遠慮がちに言った。

「…、本当にいいのですか、王女殿下」

「……いいの。わたしはシスレシア王国第二王女よ。今日のようなことがなければ、近いうちにお父様が用意なさったどこかの貴公子と結婚をしたはずだわ。それがシスレシアの王女であるわたしの務めだからよ」

「……」

「わたしがアルナルド皇太子殿下とともにセフェルナルへ下ることも、王女としての務めだと思っているわ。わたしがセフェルナルへ行くことで、お父様や王子たちが安心して暮らせるのだもの。好きでもない男のそばにいるということなら、どこかの貴公子もアルナルド皇太子殿下も同じよ」

「……はい。差し出た口を申しました。支度を整えてまいります」

「お願いね……」

リンディは小さく笑い、ディアデに背中を向けた。

いつのまに眠りに落ちていたのだろう。リンディは、乱暴に肩を揺さぶられて、驚いて目を開けた。

「なに!?　どうしたの!?」

「どうしたのじゃない。もう行くぞ。起きて支度をしろ」

「……アルナルド皇太子っ」

思わずシーツを手繰《たぐ》り寄せて体を隠し、リンディはアルナルドを睨み上げた。

「許しもなく寝室に入るだなんて、いくらあなたでも無礼だわっ」

「王女殿下、どうか……、貴様っ!!」

寝室とつながった隣の部屋で仮眠を取っていたディアデは、リンディの声で飛び出してくるや、アルナルドの姿を認めて剣を抜いた。

「殿下の寝室に押し入るとは、不埒極《ふらち》まるっ!! そこへ直れ…、…っ!?」

「おいおい、ここは寝室だぞ、危ないだろう」

アルナルドのそばにいたカッジオに、いとも簡単に剣を取り上げられてしまった。当然、騎士の剣にふれるなとディアデは激怒したが、うるさいな、と顔をしかめたアルナルドに言われてしまった。

「おまえが剣を持つ必要などないだろう。俺がいるんだ、一個大隊をつけるよりもリンディは安全だ」

「な、なにをうぬぼれて、…」

「事実だ。俺たちが何人でこの宮殿を落としたか教えてやろうか？　聞いたら恥ずかしくて、騎士だ、近衛兵だなんて言えなくなるだろうがな」

「……っ」

「おまえはおとなしくリンディの世話をしていろ。それに盗賊は剣を下げている者を真っ先に狙う。使えもしない剣を持っていると危険だぞ。カッジオに預けておけ」

「つ、つ、使えもしないだとっ!?　あっ、貴様、王女殿下になにをっ」

アルナルドが夫でもないのにリンディを子供のように持ち上げた……、つまりその体にふれたのだ。殿下にさわるな、無礼者、とディアデは激怒してアルナルドをリンディから引き剝《は》がした。アルナルドは呆れたような表情でディアデを見下ろした。

「本心からリンディを守るつもりなら、自分を侮辱されたくらいでいちいち喚くな。リンディになにが必要なのか、俺より先に考えて行動しろ。今で言うなら着替えだよ」

「……っ」

まったくもっともなアルナルドの言い分だ。言い返せず、ギッと奥歯を噛んだディアデに、リンディが優しく言った。

「ありがとう、ディアデ。アルナルド皇太子殿下の言葉など、いちいち気にすることはないわ。あなたがそばにいてくれるだけで嬉しいし、心強いもの」

「殿下……」

「とにかくもう出立する時間らしいから、支度を手伝ってちょうだい。ドロテーは？」

「…、数刻前に、暇《いとま》を取らせました。城下が混乱する前にと思い……、勝手をして申し訳ありません」

「……いいのよ。そうね、もう宮殿にはいられないのだし」

リンディはうつむいて小さな溜め息をこぼした。ディアデも胸を痛めたが、しかし今は互いに悲しみを分け合っている場合ではない。リンディに手を貸して着替え室へ足を向けようとしたディアデは、なんとも当たり前の顔で部屋に残っているアルナルドに怒鳴りつけた。

「殿下の召し替えだっ、部屋から出ていけっ」

「なにを言っているんだ。リンディは俺の女だ。俺の女の体を見てなにが悪い」

「こ、この……っ」

ディアデはあまりに頭にきすぎて罵《ののし》る言葉さえ浮かばない。叩き出してやろうと拳を振り上げたところで、リンディが言った。

「いいのよ、ディアデ。アルナルド皇太子殿下のおっしゃるとおりだわ。皇太子殿下のなさりたいようにしましょう」

「王女殿下っ」

「わたしはアルナルド皇太子殿下からバウンホーフの離宮を買ったの。支払いは、このわたし自身よ。皇太子殿下にはわたしの体をお好きにする権利があるわ」

「王女、殿下……っ」

リンディが毅然《きぜん》として寝台を下りると、アルナルドがニヤニヤしながら言った。

「弁《わきま》えのある女は好きだ」

「ありがとう存じます、皇太子殿下」

リンディは冷たく答え、ケダモノめ、と心の中でアルナルドを蔑《さげす》んだ。

けれど結局アルナルドは、リンディが寝間着を脱ぎ落としたところで、馬がどうしたと言いながら、カッジオとともに寝室を出ていってしまった。ホッとしたが、理由のわからない不快さも心の内にある。リンディは馴れない手つきでドレスを着せつけてくれるディアデに、小さく溜め息をこぼして尋ねた。

「ねぇディアデ。皇太子殿下はわたしのことを、子供だと思っておいでなのかしら」

「……あの、それはどういう……」

「わたしを大人の女性だと思っておいでなら……」

着替えを見ていたのではないかと思うのだ。もちろん、見られたいなどとは思わない。思わないが、自分よりも馬を優先されたということが不満なのだ。まるで自分には女性としての魅力が皆無だと言われたようで。

「……」

「…王女殿下……？」

「なんでもないわ。髪は結える？」

「あの、いえ、わたしは…っ」

「ではわたしが編むから、それをピンで留めてちょうだい」

「は、はいっ、申し訳ありませんっ、早急に習得します…」

ディアデが必要以上に恐縮する。リンディはぼんやりと、そうね、と答え、また溜め息をこぼして髪を編んでいった。

いつものようにとはいかないが、小間使いの手がないにしてはまともな身仕度を整えたところで、アルナルドがガツガツと足音を立てて無神経に部屋に入ってきた。

「準備はできたか」

「ええ、ちょうど」

「……リンディ……」

化粧台の前から立ち上がったリンディを見たとたん、アルナルドが盛大な溜め息をついた。

「なんだその格好は。セフェルナルへ帰ると言っただろう」

「わかっております。あなたにはおわかりにならないかもしれないけれど、アルナルド皇太子殿下、これは長旅用のドレスなのよ」

「アルナルドでいい。本気でそれを着ていくつもりか……？」

「ええ。よくご覧になって、アルナルド。裾《すそ》が短いでしょう、それにスカートもそれほど重ねていないのよ」

「……」

そんなこともわからないの、という顔つきでリンディに言われて、アルナルドは呆れて、わざと頭のてっぺんから爪先《つまさき》までじろじろと見てやった。編んだ髪をまとめ上げただけの髪型はいいが、ピンというピンに宝石がついていて、盗賊への目印のようになっている。スカートはたしかに靴が見える丈の短さだが、光沢のある贅沢な生地だしレースもフリルもふんだんに取りつけられていて、とても旅装とは思えない。リンディ本人がまた、耳飾りや首飾りまでつけているのだ。

まさか、と思ったアルナルドは、たぶんそのまさかは当たっていると思い、おかしくなって噴き出した。

「ああリンディ、おまえは退屈させないな…っ」

「なにがそんなにおかしいの!?」

「いや、これでこそ王女殿下だ」

アルナルドは大笑いしながらリンディを抱き上げた。たちまちディアデが、貴様っ、と言

って剣を抜こうとしたが、カッジオに没収されたままだ。アルナルドはリンディを抱いたまま部屋を出ていきながら、唇を噛むディアデに言った。

「リンディは俺の女だ。馴れろ」

「……っ」

アルナルドにニヤニヤと笑いながら言われ、ディアデは唇を噛みしめたまま、いつか必ず寝首を掻《か》いてやると思った。

アルナルドはリンディを片腕で抱き運びながら、先ほど厨房で作らせた肉包みの蒸しパンを差し出した。

「食べておけ」

「……これはなに？　パンなの、お菓子なの？」

素直に受け取ったリンディは、見たこともない食べ物に目を丸くした。

「蒸しパンだ。セフェルナルではよく食べる」

「パン？　どうやっていただくの？　肉が挟まっているように見えるわ、パイのようなもの？　食器は？」

「ナイフもフォークもいらない。そのまま齧《かじ》りつくんだ」

「……」

あまりに想像外の言葉だ。食器も使わず食べるなんて、まるで家畜《かちく》ではないか。リンディが硬直すると、アルナルドはまたしても笑いながら言った。

「晩餐会《ばんさんかい》でもない。誰もマナーなど気にしない」

「……」

「今食べておかないと、昼になるまでなにも口にできなくなるぞ」

「……わかりました」

リンディは諦めて、恐る恐る未知の食べ物を口にした。

「……おいしいわ……」

驚いてリンディは呟いた。ふわっとしてモチッとしてしっとりとした蒸しパンと、味わったことのない異国の香辛料を用いて濃く味つけされた煮こみ肉が、なんとも絶妙な調和を見せている。馴れない手つきで、かぶりつくというよりついばむように、あくまでも品よくパンを食べるリンディを見て、アルナルドは面白そうに喉《のど》で笑った。

「ものを知らないということが、おまえの不幸だな」

「失礼ね。わたしは誰よりも勉強をしてきたわ。わたしは王女という身だけれど、お兄様と同じ教師をつけてもらっていたのよ。あなたなどよりよほど物事を知っています」

「そうか、それは頼もしい」

そう言いながらもアルナルドは大笑いをするのだ。なぜ馬鹿にするのかしらと思い、リンディはパンを食べながら立腹した。

二階通路を歩いていると、イル＝ラーイ、というカッジオの声がした。後ろから小走りでやってきたカッジオが、アルナルドと肩を並べて歩きながら言った。

「国王と皇太子の家族はバウンホーフの離宮へ向けて発った。馬車三台、アロンソとカルロスを護衛につけた」

「あの二人なら安心だ。腕は立つし、なにより子供に受けがいい。国王の医師は？」

「同行させた。殿医じゃなく軍医」

「それでいい。殿医ではこの先、役に立たない」

アルナルドはうなずいた。セフェルナルにも御殿医がいる。知識は豊富だし薬草の扱いにも長《た》けているが、いざ野原に放り出すと、鎮痛作用のあるセラース草さえ摘んでこられないのだ。片田舎のバウンホーフでは、自力で薬草の調達もできる軍医のほうがよほど役に立つ。

二人のやりとりを聞いていたリンディは、家族のためを思って医師や護衛を選んでくれた二人に礼を言った。

「ありがとう。約束を守ってくださって、それに、お父様や子供たちにも気を遣ってくださって。感謝しています」

「……!?」

そのとたん、カッジオが、目玉がこぼれ落ちるのではないかと心配するほど目を見開いた。驚愕、という表情だ。なにを驚くことがあるのかしら、とリンディが訝しんでいると、アルナルドがハハハと笑った。

「カッジオはフォンビュッテルの奇跡でも見た気分なんだろう」

「意味がわからないわ」

まさか自分たちフォンビュッテル一族が、人に感謝する心など持っていないと思われているとも知らず、リンディは眉を寄せ、可愛らしく首を傾げた。

正面玄関に続くホールの階段を下りながら、カッジオが言った。

「イル＝ラーイ、本当に先に戻るのか」

「ああ。俺がいようがいまいが、あとは関係ないだろう」

「シスレシアの新国王が、セフェルナルに謝罪するんだぞ。皇太子のおまえがそれを受けなくてどうする」

「それは本当なの!?」

カッジオの苦情を聞いてリンディも驚いて言った。

「国と国の交渉ごとよ、こちらが国王を出すのだもの、そちらからも国の代表者を出していただかないと、調印もできないわ」

「構わない。俺はシスレシア王にひざまずいてほしいわけじゃない。犠牲になったセフェルナルの民に謝ってほしいだけだ」

「ええ、あなたの気持ちはよくわかるわ、でもその民がいないのだから、民の代わりに謝罪を受け取る者が必要ではないの」

「あー……」

「それに、あと数刻で消えてなくなる国だけれど、我がフォンビュッテルは千年続いた王国の王を務めてきたのよ。その歴史にくらい敬意を払ってちょうだい」

「ああ……、なんてうるさい女だ」

「うるさい？　うるさいと感じるということは、まだわたしの言っていることが理解できていないということね？」

「わかってる、わかっているさ。すっかり嫁気取りだなと思って、…」

「嫁気取りですって⁉　わたしがいつあなたの妃になったというの⁉　冗談ではないわ、わたしは外交上の礼儀というものを、…」

「わかった、わかった、わかったともっ」

面倒くさそうな口調でリンディの小言をさえぎったアルナルドは、右手の中指から大振りな指輪を外してカッジオに放った。

「カッジオ・デラトーレ。セフェルナル王国皇太子アルナルドの名代を命じる」

「了解、イル＝ラーイ。状況は逐次《ちくじ》、鳥を飛ばす」

カッジオは簡単に答えた。リンディは、間近からアルナルドを見つめて尋ねた。

「どういうことなの？　その指輪はなに？」

「それは俺の印璽《いんじ》だ」

「……なんですって？　そんな大切なものをこんなに簡単に家臣に預けるなんて、あなた、どうかしているわっ」

「カッジオは俺の腹心だ、問題ない」

あっさりとアルナルドは答えた。リンディは信じがたい気持ちでアルナルドを見つめた。

印璽さえ持っていれば、カッジオが皇太子になりすますことも可能なのだ。理解のできない人たちだわ、と思っていると、カッジオがクスクス笑いながら言った。

「心配ないよ、お嬢ちゃん。イル＝ラーイを裏切るような男はセフェルナルにはいない」

「そのとおりだ。裏切るような奴に、逆に会ってみたいものだがな」

男どもは大笑いをする。リンディは呆れ返った。信じるとか信じないとか、裏切るとか裏切らないとか、まるで友達同士のような会話だ。王族と家臣はそんなものではないと思い、男どもの堪《た》えがたい軽さにうんざりとした。

正面出入口から外に出ると、そこにはすでに二頭の馬が引き出されていた。そのうちの一頭、大きな黒い馬にヒョイと乗せられて、リンディは青ざめるほどうろたえた。

「アルナルド、どういうことなの、馬車は？」

「馬車なんか使っていたら、セフェルナルまで十日はかかるぞ」

答えながらアルナルドもヒョイと馬にまたがり、リンディを背後から抱えた。思わずアルナルドの腕にすがり、リンディは怖くてふるえながら言った。

「でもわたしっ、馬に、乗ったことが、ないのっ、高いし、とても怖いわっ」

「だからそんな服でいいのかと聞いたんだ。この服では馬にまたがれない、横座りするしかないだろう？　落ちたくなければ俺に掴まっていろ」

「そんな…っ」

必死になってあたりを見たが、本当に馬車は用意されていない。ひどい、と思ってアルナルドの袖《そで》を握りしめると、アルナルドは笑いながらディアデに言った。

「おまえはその馬を使え。騎士なら馬くらい乗れるんだろう？　乗れないならお嬢さん、あとから馬車でゆっくり来ればいい」

「貴様、馬鹿にするなっ。それより王女殿下の荷物はどうするつもりだっ」

「知るものか。行けっ」

ハハハ、と笑ったアルナルドは、馬に一声かけると、疾風《しっぷう》のごとく走りだした。


「……っ!!」

リンディは必死でアルナルドにすがりついていた。そうしなければ落馬してしまうほどの揺れだ。高いし速いし、怖くて目も開けていられない。アルナルドの腕ががっちりと自分を抱き留めてくれているとはいえ、とても安心して乗っていられるものではなかった。

けれどそのうちに、一定したリズムに気づいた。上がって、下がって。前にひっぱられて、後ろに引かれて。馴れると揺れに合わせることもできるようになって、リンディは恐る恐る目を開けた。

「…ここは、城下……？」

「なんだ。城下に出たこともないのか」

「いいえ、ただ……、こんな様子は初めて見るから……」

夜明けの街にはまだ人影はない。薄く朝靄《あさもや》のかかる街を駆け抜けながら、細い道の両脇にぎしぎしといったふうに立ち並ぶ、おそらく民家や、その民家と民家の窓をつないで渡されたロープにかかる洗濯物を、目に焼きつけるようにじっと見た。これまで城下を出る時といえば、祝賀のパレードだけだった。馬車に乗り、城門から続く広い通りを通っていただけだ。貴族の屋敷やいろいろな役所の建物、あるいは上等な衣類を仕立てる店や宝飾品店。両脇に並んで手を振る人々、建物の上から降り散らされる花びら……、そういったものしか見たことがなかった。こんな、馬一頭しか走れないような細い道や、日が差さないのではないかと思われるほどみっしりと建った家や、その日陰に干してある衣類など、存在しているということすら知らなかった。

「……このあたりは、貧しい人々が住んでいるの……？」

「いや、ごくふつうの都民が暮らしている地域だろう。パンを焼いたり、山羊《やぎ》の乳を配達したり、あるいは花を売ったり、針子をしたりといった民が住んでいるんだろう」

「そうなの、ふつう、なのね……」

リンディの胸がキュッと痛んだ。狭く、日も差さないこんな暮らしが、ふつうなのだ。リンディが昨日まで信じていた、豊かで幸せな国シスレシアの、これがふつう。先ほどアルナルドに、ものを知らないと笑われたが、本当にものを知らなかった。他国の国情や産出物、歴史や地理をどれほど学んでいたとしても、自分の国の城下町のことも、そこに住む人々のことも知らなかったのだ。

「……」

リンディが唇を嚙み、しっかりと目に入るものすべてを見つめていると、ふいにアルナルドが言った。

「シスレシアの公衆衛生は誇っていい。これほど清潔な国はない。赤斑病《せきはん》や死熱病が流行しなかったのはシスレシアくらいだろう」

「……ありがとう」

「この街づくりの技術を他国に売れば、まともに国富が潤うだろうが。おまえの兄にそれができるか、楽しみだ」

「なにを言っているの？　お兄様はすぐに退位なさるのよ……」

しょんぼりとリンディは言ったが、アルナルドは微笑するばかりだった。

路地や裏道など、アルナルドはまるで自分の国にいるように、迷いもせず進んでいく。城壁前の大通りに出ると、そこを横切って、まるで亀裂のように狭く暗い隧道のような城門に突入した。馬一頭がようやく通れるかどうかという狭さだ。城門といえば正面楼門《ろうもん》しか知らなかったリンディは、ぶつかったらと思うと恐ろしくて、思わず体を硬くした。

あっというまに城門を抜け、外へ出たリンディは息を吞んだ。

(物乞い……？)

城壁内の石畳の街とはまったく違う、赤土が剝《む》き出しの地面が続いていた。そこにうずくまる、ボロ布をまとった人々。大人だけではなく子供もいる。みな痩《や》せ細り、なにも見えていないような虚《うつ》ろな目で宙を見つめていた。そこここに汚れた布を棒切れにかぶせただけの、小屋とも言えない小屋が建っている。鼻を突く異臭。

「……」

リンディの目から涙がこぼれ落ちそうになった。けれど、必死になってこらえる。この胸の痛みとこぼれそうな涙の理由を自分は理解していない。ただの同情で泣くのだけはいやだと思った。そんな傲慢な人間にはなりたくないと思った。

涙をこぼすまいと顔を上げた。広がる畑は黒く焼け焦げている。昨夜《ゆうべ》アルナルドたちが焼き払った場所だろう。シスレシアとは違い、アルナルドたちは、民のいない畑だけを焼いたのだ。リンディはまた、涙があふれそうになった。

馬は焼かれた畑からなにかが育っている畑へと、突っ切って走っていく。なぜ街道を使わないのかしらと不思議に思っていたリンディだが、延々と続く畑の中を半刻も走った頃には、もう我慢ができなくなっていた。

尻が痛いのだ。

しかしそんなこと、はしたなくて言えるわけがない。それでも我慢の限界で、リンディはアルナルドを仰《あお》いで言った。

「アルナルド。わたし、馬を下りたいの。下ろしてちょうだい」

「え？　ああ……」

なんでだ、というふうな表情を見せたアルナルドだが、いつものように駄目だと切り捨てることもなく、近くに通っていた細い道へ出ると、馬をとめて下ろしてくれた。ずっと馬に揺られ、なおかつ尻も痛いので、リンディはよろけてしまった。さっと支えてくれたアルナルドが、地形を確認するようにあたりを見回しながら言った。

「疲れたか」

「あの……、ええ、まあ……」

まさか尻が痛いなどと言えない。あいまいにうなずくと、とたんにアルナルドがニヤリといやらしく笑った。

「ああ。尻が痛いのか」

「……っ」

考えられないほど直截《ちょくせつ》に言うアルナルドだ。恥ずかしさで、リンディの顔といわず、全身が赤く染まった。

「よ、よくもそんな、は、はしたないことをっ、口にできるものね…っ」

「本当のことだろう。ここが、痛いんだろう?」

「いや…っ」

あろうことかパンと尻を叩かれて、痛さと羞恥《しゅうち》でとうとうリンディは涙目になった。アルナルドは高く笑うと、相変わらずリンディの体を支えながら道の向こうを指差した。

「この丘を越えたところに村がある。そこで少し休ませてやろう」

「ええ、ありがとう……」

「それはいいが、この姿のおまえを連れて村に入ったら、どこかの令嬢を拐《かどわ》かしてきたと俺が疑われる。どうしたものかな……」

「どこかの令嬢ですって？　わたしは第二王女よ、あなたは誘拐犯と疑われるどころか、大騒ぎになるわ」

なにを呑気なことを言っているの、とリンディは憤慨したが、アルナルドは微苦笑をすると言ったのだ。

「城壁を出たら誰も王族の顔など知らないさ」

「馬鹿なことをっ、……言わないで」

リンディの言葉尻は弱々しかった。考えてみれば、アルナルドたちがたやすく城下に侵入できた事実や、先ほど目にした、昨日までは存在すら知らなかった物乞いたちの姿を思い浮かべ、信じたくはないがそういうこともあるのかもしれない、と思った。シスレシアの国民で、しかも王都にこんなに近い村であっても、王家のことを知らない、興味がない、ということ……。

「……アルナルド」

「なんだ」

「シスレシアの国民にとってわたしは……、わたしたち王族は、それほど遠い存在だったのかしら……」

「今さらなんだ。おまえたちは神の子なんだろう？　遠い遠い。民にとってはフォンビュッテル一族など、物語の中の一族と同じだ」

「……そ、うだったの……」

そう答えるのがやっとだった。毎日毎日、来る日も来る日も、父祖王たちに国の繁栄と平和を願い、祈ってきた。託宣も、国民のよりよい暮らし、豊かな実りを願って行ってきた。それらはすべて、無意味……、独《ひと》り善《よ》がりだったのだ。

自分はなんのために十八年も生きてきたのかと思うと、虚《むな》しくて倒れそうになる。国民にとって自分など取るに足らない……、いてもいなくても構わない存在だったのだ。

「……」

リンディにとってつらすぎる現実だった。足から力が抜けそうになり、思わずアルナルドにすがると、アルナルドはしっかりとリンディの肩を抱いて、言った。

「自分が無力だとわかったか」

「……言わないで……」

「無力だとわかったなら、それでいい。理解をすることは大事だ。理解をして、前へ進め」

「……前……」

「そうだ。ここでメソメソ泣くよりも、本気で国民のためを思うとはどういうことなのか、それを考える力をつけたほうがいいんじゃないのか」

「そうね……、そうね。アルナルドの言うとおりだわ」

国民とはパレードで手を振る人々だけではないのだ。日の当たらぬ狭い家々に住む民や、物乞いたちまでを幸せにするにはどうすればいいのか……、それをこそ、真剣に考えなければばならなかったのだ。

「……手遅れではないわよね」

「ああ。手遅れじゃない。おまえは今、卵から孵《かえ》ったひよこのようなものだ。これからシスレシアという国を隅々《すみずみ》まで見て、そのうえでしっかりと考えろ。おまえの真っすぐな心根は、きっとこの国の未来に役立つ」

「……国の未来って、どういうこと……？」

「おまえの兄は賢明だということだ」

「そんなことは当たり前ではないの」

お兄様をなんだと思っているのかしら、と憤慨しながらも、リンディは身につけていた宝石類をすべて取り外した。

「アルナルド、持っていてちょうだい」

「持っていろって……」

片手に山と宝石を渡されたが、皮袋など持っていない。困ったアルナルドは首に巻いていたストールの端を短刀で切り落とすと、それで宝石を包んだ。その間にもリンディが結ってある髪をほどき、これまた宝石のついたピンをどっさりとアルナルドに手渡した。

「これも」

「……」

まるで下僕のようにアルナルドを使うリンディだ。アルナルドはだんだんおかしくなってきた。自分をこんなふうに扱う女は初めてだし、リンディからは最初に見せた傲慢さが消えていて、きかん気な小娘のように思えるのだ。アルナルドがニヤニヤしながらリンディを見ていると、すべての宝石類を取り去ったリンディが、夜明けの風に金糸のような髪をなびかせて言った。

「あとはどうすれば、あなたの同行者に見えると思う？」

「ドレス。ドレスが致命的だ。絹のドレスなんて、それこそ馬車で移動する王女殿下か、貴族の娘だ」

「ドレスね……」

リンディがふむと考えこんだ時、後方を見たアルナルドが言った。

「おまえの女騎士が追いついてきた」

「ディアデが？　よかったわ、迷子にならなくて」

「あいつが追いついたら、あいつの服をひん剝くか。それをおまえが着ればいい」

「ひどい冗談ね。ディアデに不埒な真似をしたら、許しません。短刀をよこしなさい」

「俺をナイフで脅す気か？」

「黙って。いいから短刀をよこしなさい」

リンディに睨まれたアルナルドが笑いながら短刀を手渡すと、リンディはそれを使って、思いきりよくドレスの裾を断ち切った。見ていたアルナルドが驚いて言った。

「リンディ、おい、正気かっ」

「正気よ。あなたが長い裾では旅に支障をきたすと言ったのじゃない。これなら王女にも、貴族の令嬢にも見えないでしょう？」

リンディは自分の機転に鼻高々だ。さぞアルナルドは感心するだろうと思っていたのに、なんと大笑いをしたのだ。リンディは眉を寄せた。

「なぜ笑うの？　わたしの判断は正しいでしょう？」

「正しい…っ、たしかに正しいが、そういうことじゃない…っ」

「それならなんなの。なぜそんなに笑うの。理由をおっしゃい」

「理由か。理由はな……、短かすぎる」

「え……」

ハッとして下を見て、リンディは顔を真っ赤にした。なんと、膝が丸見えなのだ。ここまで足を晒すなんて、裸でいるのも同然のことだ。羞恥のあまり硬直してしまうと、アルナルドがクックッと笑いながら、自分がまとっていたマントを脱ぎ、羽織らせてくれた。

「その潔さは買う」

「あ、あ、ありがとう…っ」

リンディは燃えるほど顔を熱くしながら、マントの前をかき合せた。

「王女殿下っ、遅れて申し訳……」

そこでようやくディアデが追いついたが、リンディのひどい有様に気づくや、鬼の形相に変わった。ディアデは馬を飛び降り、アルナルドに殴りかかった。

「貴様あぁっ、王女殿下になんということをーっ」

「無実だ。俺はなにもしていない」

アルナルドはまだニヤニヤと笑いながら、ディアデの拳をさらりと流す。勢い余ってたたらを踏んだディアデに、リンディが慌てて言った。

「違うのよ、ディアデ。これはわたしが自分でしたことなの。アルナルドは悪くないわ」

「……王女殿下が自ら!? なぜ、どうしてそんな……そんな……」

「この先に村があるそうなの。そこで休憩を取ってくださるそうなんだけど、わたしの身なりでは問題があったのよ。わかるかしら、ドレスや宝石は、馬で旅をする女性にふさわしくないというのかしら……」

「……ああ。はい、わかります。たしかにこの男……、アルナルド皇太子殿下、が、王女殿下を拐かしたふうに見えます」

「そう、そういうことなの。だからディアデも、記章はすべて外してちょうだい。あなたが王室近衛兵だとわからないようにしてほしいの」

「承知いたしました。……が、侍衛騎士の記章も外さなくてはなりませんか」

「そうね」

リンディは顔を曇らせるディアデの前に立つと、自分の手で侍衛騎士を証する記章を外してやった。

「記章などなくとも、あなたはわたしのたった一人の騎士よ。そうでしょう？」

「王女殿下……、はいっ、わたしは殿下の忠実な騎士です…っ」

「大丈夫よ、ディアデ。わたしはちゃんとわかっているわ。だから悲しまないで」

リンディはそっとディアデを抱きしめた。ディアデが感無量という顔をする。間近で二人を見ていたアルナルドは、なんだこいつらは、という表情で言った。

「おまえたちはデキているのか？　つまりその、男と女というか、女と女の関係なのか？」

「……下劣《げれつ》なことを考えるかたね」

リンディは冷たく言い、ディアデはかわされるとわかっていても拳を繰り出した。

野盗のような男と、膝を丸出しにした女と、兵士のような服を着た女……まったく共通性がなく、まるで旅芸人が衣装を着たまま歩いているような三人は、馬を引きながら丘を越え、村を目指す。リンディは昼間の暑さを内に秘めたような生暖かい風に吹かれながら、どこまでも広がる青青とした畑を眺めた。深呼吸をすると、緑の匂《にお》いが濃くする。気持ちがいい、とリンディはほほえんだ。これが外というものなのだと思った。

緩やかな丘を越えると、すぐに粗末な柵が迎えてくれ、村に入ったことを教えてくれる。日が出たばかりだという早朝なのに、村人たちはもう外に出て、いろいろな作業をしている。感心なことだわ、とリンディが思っていると、アルナルドが驢馬《ろば》に荷車をつないでいる農夫に言った。

「おはよう。馬に水を飲ませてもらえないか」

「おはよう。あっちに共同の水場があるよ」

「ありがとう。水を貰うよ」

アルナルドは終始笑顔だが、三人をジロジロと見る農夫は訝しそうな表情を崩さない。おかしな三人組だものね、と思ったリンディは、クスクスと笑いながら小さな村の真ん中にある共同の水場に向かった。馬をつないだアルナルドがリンディに言った。

「少し休んでいろ。なにか聞かれても、王女だなんて言うなよ」

ニヤリと笑ってそう言ったアルナルドは、村で一番大きな家へと足を向けた。リンディが水場に置いてある巨大な石に腰掛けて、アルナルドの姿を目で追う。家から出てきた農夫に、なにを説明しているのか、アルナルドがこちらを指差す。二人で家の中へ入っていき、出てきた時には、リンディには用途の知れない木製の道具と、毛皮を何枚か持っていた。水場に戻ってきたアルナルドが、その道具を馬の背に乗せた。

「女用の鞍《くら》だ。これでずいぶんと楽になるはずだ」

「ああ、そうだったの。ありがとう」

「殿下を馬でお運びするつもりだったのなら、それ相応の用意をしておくものだろうっ」

リンディが素直に礼を言ったのに、ディアデはやはり突っかかる。アルナルドは苦笑しながら言った。

「文句を言う暇があったら、おまえの大事な主のために、鞍の具合をよくしてやれ」

「……」

もっともだ。ディアデはアルナルドをひと睨みすると、しっかりと鞍を取りつけ、できるだけリンディが快適に騎乗できるようにと、何枚も毛皮を重ねた。そんな作業をしているうちに、三人の周りに村人たちが集まってくる。リンディは人に見られることも取り囲まれることも馴れっこだ。これまでの習性で、つい、やんごとない女性特有のほほえみを振り撒《ま》いてしまった。村人たちがざわりと浮き足立つ。おや、と思ったアルナルドが振り返ると、よそ者見物をしていた村人たちの中から、中年の農夫が進み出て、リンディを指差して言った。

「あんたたちは、旅回りの芸人か」

「……」

リンディは硬直した。自分の顔など村人は知らないとアルナルドに聞かされてはいたが、まさか自分、シスレシア国第二王女が旅芸人と思われるだなんて、すさまじい衝撃だ。茫然としてしまったが、自分の主を侮辱されたディアデは黙っていない。農夫の前に立ちはだかり、怒鳴った。

「無礼者っ、斬り捨ててくれる、そこへ直れっ」

腰に手をやったがもちろん剣はない。あ、と思った時には、アルナルドが進み出て、晴れやかな笑顔で言った。

「とまぁ、こんなふうにね。騎士や姫君が出てくる小歌劇をやって回っているんだ」

「あぁーあ」

農夫も、周りにいた村人たちも、みな納得したように笑顔でうなずいた。農夫がリンディを見て、眩《まぶ》しそうな表情で言った。

「たしかになぁ、たしかにすごい美人さんだぁ、さすがに女俳優だねぇ。あんたもまぁ、男前でぇ。あれか、王子様の役かい」

「いや、お宝のついでにお姫様をさらう怪盗なんかだ」

「へぇ〜、ちゃんと衣装を着たあの子を見てみたいもんだ。このへんは昨夜、山賊が来てねぇ、畑に火を放ってってさぁ。消すのが大変だったんだ。あんたたちも城下町に入れなかったんだろ？」

「まあ、山賊が？」

小さく噴いたリンディが口を挟んだ。ちらり、とアルナルドに小馬鹿にしたような視線を向ける。

「山賊だったの？」

「山賊に決まってるよぉ、畑を焼くだなんて馬鹿なことしくさってなぁ。城下に入れなかった腹いせだよ。村々を襲わなかったのはよかったけどねぇ。だいたいどっかの国が攻めてきたなら、軍が出てくるはずだものよ」

「……軍は来なかったの？」

「ああ、一人も来なかったね。まあ、畑を焼かれたくらいなら、立派な兵隊さんたちを出すこともないってさ、偉い人たちは思ったんだろうね」

「消火を手伝いにも、来なかったの……？」

「だから、来なかったって。まあ、麦の収穫期なら来ただろうけどね」

「……」

リンディは顔を強《こわ》ばらせた。そんなリンディを見て、アルナルドは微苦笑をすると、笑顔を作って農夫に言った。

「さっき城門に着いたんだが、夜明けになっても門が開かないんだ」

「ああ、山賊を警戒してるんだろう。きっと今日は旅の者は入れないんじゃないかねぇ」

「そうか。もう夜が明けたし、山賊は襲ってこないよな。昼間の移動なら少しは安心だし、このまま南のほうへ回ろうかと思っているんだ」

「ああ、それがいい。ちゃんと街道を通っていきなよ、下手に森なんかに入ったら駄目だよ、奴らはふだん、森の中にいるんだから」

「ありがとう、そうするよ。鞍と水、どうも」

アルナルドは笑顔でうなずいて、馬の手綱《たづな》をほどいた。リンディたちを連れてのんびりと街道を歩き、森の陰になって村が見えなくなったところで言った。

「ここから四時間ほど走ると、わりあいと大きな街に着く。馬に乗っていられるか？」

「……無理と言っても乗るしかないのでしょう？　乗るわ」

「鞍もつけたし、おまえの騎士が座り心地のいいようにしてくれたようだし、そんなに尻も痛まないだろう」

「そのことはもう黙っていてちょうだいっ」

頬を染めて怒ったリンディは、けれどすぐにしょんぼりとうつむいた。先ほどの村人の言葉が頭から離れない。城下のすぐそばの畑を焼かれていたというのに、あれほどたくさん王都に常駐している兵士たちは、誰一人城壁から出てこなかったというのだ。この国は、兵士ですら、守りたいと思ってくれる国ではなかったのだと思い知らされた。

「……」

小さな溜め息をこぼすと、ひょいとリンディを抱き上げたアルナルドが、鞍に乗せながら言った。

「せっかく鳥籠から出たんだ。その目で真実を見て、その耳で人の言葉を聞け」

「真実……、そうね、本当の、真実をね……」

リンディはますます落ちこんだ。今まで自分が事実だと思っていたことは、第二王女にとって耳触《みみざわ》りのいい理想、物語のようなものだった。あれほど書物からも教師からも学んだ自分は、真実というものを少しでも知っているのだろうかと思った。

アルナルドに鞍に乗せられたリンディは、あら、と思った。なるほど非常に乗り心地がいい。きちんと摑まるところもある。その代わりアルナルドの鞍は取り外され、毛皮が数枚重ねて馬の背にかけてあるだけだ。身軽くリンディの背後に乗ったアルナルドに、リンディは申し訳なさそうに言った。

「ごめんなさい、わたしの鞍を乗せたせいで、あなたの鞍を乗せられなくなったのね……」

「気にするな。俺は裸馬でも乗れる。おまえのように柔らかい尻でもないしな」

「…っ、わたしのっ、…ふれたこともないくせにっ」

「なぜ怒る。女の尻は柔らかいものだろう」

「アルナルド。わからないようだから言っておくけれど、わたしはそういう話題を不愉快に感じるの。二度と口にしないでちょうだい」

「ああ、はいはい、お姫様」

男のくだらない話をさらりとかわすこともできないリンディが、幼いと思うが可愛い。そういえばまだ男を知らないのだったなと思い、ニヤニヤ笑いながら甘い香りのする髪に口づけた。

「女騎士」

アルナルドは馬上からディアデを振り返った。

「ヴァイヒェンへ向かう。そこで休憩と昼の食事を取る予定だ。街道を使ってやるから、遅れずについてこい」

「わたしを誰だと、…」

ムッとしたディアデが言い返そうとした時には、アルナルドの馬はすでに走りだしていた。

言葉どおり、アルナルドはヴァイヒェンまで止まることなく駆け通した。鞍と毛皮のおかげで、尻は我慢のできないほど痛くなるということはなかったが、生まれて初めて馬に乗ったリンディは、ずっと緊張していたせいで、街に着いた時には疲れきっていた。

「ヴァイヒェンについた。大丈夫か、リンディ」

「ええ。ただ、とても疲れたわ……」

「よく頑張った。今休ませてやる。そっちの女騎士もな。よくついてきた」

「……」

当たり前だとディアデは言い返したかったが、息が上がっていて言葉が出ない。アルナルドがククと笑うと、リンディが溜め息をこぼして言った。

「宿を取っているのね。ありがたいわ、少し横になりたいほど疲れているの」

「リンディ。敵の城を落としに来た俺たちが、宿など取れるわけがない」

ハハハ、とアルナルドは笑った。リンディは驚いて尋ねた。

「セフェルナルから王都まで、馬で四日の道程《みちのり》と聞いているわ。陣を張ったのでもないのなら、宿に泊まらなくてはならないではないの」

「四日？　俺たちなら二日の距離だ」

「二日!?　半分の日にち!?　あなたたちの馬はとても速いのねっ」

リンディは素直に驚いたが、ディアデは別の意味で驚愕し、目を見開いてアルナルドを見た。その視線に気づいたアルナルドは、そのとおり、とうなずいた。

「おまえが考えたとおりだ。セフェルナルとシスレシア。正式に開戦したとしても、おまえたちの軍が国境にたどりつく頃には、俺たちは王都近くまで攻めこんでいるということだ」

「そんな……」

「ついでに言うと、四日あれば、開戦状態だろうと城を落とせる。昨日みたいにな」

「……」

ディアデは慄然《りつぜん》とした。つい昨晩味わった衝撃がよみがえる。王都近くの村に忽然《こつぜん》と敵が現れたという報せが届いた時にはすでに、城下の兵は制圧、それどころか城内の近衛兵も、極秘であった王族専用の脱出通路まで押さえられていたのだ。蛮族と侮《あなど》っていたが、この千年、一度も降すことのできなかったセフェルナルに、手を出してはいけなかったのだと、今さらディアデは思った。

目抜き通りから裏道へと入り、なんとはなくいかがわしい雰囲気が漂うあたりで、アルナルドは馬を下りた。

「リンディ、下りろ」

「はい」

アルナルドの伸ばした腕に、リンディは自然と身を任せて、馬から抱き下ろしてもらう。ディアデはピクリと眉を寄せた。馴れたということもあるだろうし、そうしなければ馬から下りられないからだということもわかっているが、なんとなくリンディがアルナルドに懐《なつ》いてしまった気がして、ディアデは面白くなかった。

アルナルドはリンディを片腕に抱いたまま、ディアデに、馬を預けてきてくれと頼むと、すぐそばの店に入った。ガラス扉に大きなガラス窓という、王都にある菓子店のような店構えから、お菓子を買うのかしらとリンディは思ったが、店内には菓子どころか、なにも陳列されていなかった。リンディは首を傾げて、小声で尋ねた。

「ここはなにを売る店なの？」

「ここか。ここは時間を売る店だ」

「まあ、時間ですって？」

リンディは目を丸くした。恐らくなにかの比喩《ひゆ》だろうとは思うが、いったいどういうことなのか見当もつかない。興味津々で、アルナルドが帳場《ちょうば》の女性に硬貨を支払う様子や、その女性になぜかいやな目つきでジロリと見られたことや、ギイギイきしむ階段や、短い距離におかしくなってしまうくらいずらりと並んだ部屋の扉をしっかりと観察した。

アルナルドがたくさんの扉の中の一つを開ける。中は宮殿の休憩所よりも狭く、粗末な寝台、テーブル、椅子が、それぞれ一つずつあった。アルナルドはリンディを寝台に下ろすと、部屋に合わせて狭い窓を開け、指笛を吹いて隼を呼び寄せた。すぐにバサバサと巨大な猛禽《もうきん》類《るい》が飛びこんでくる。アルナルドの肩にとまった隼に、少し怖《お》じけながらリンディは言った。

「利口なのね。ずっと空を飛んでついてきたの？」

「そうだ。街に入った時は、こうして居場所を教える」

アルナルドは隼に干し肉のようなものを与えると、また空に放した。

「これで、呼べばいつでもこの部屋に来る」

「本当に賢いわ。ところでアルナルド。時間を売る店とはどういう意味なの？　時間とはなにをたとえているの？　店に入った時からずっと、注意をしてあちらこちらを見ていたけれど、時間にたとえられそうなものはなかったわ」

「ああ、それか」

アルナルドはストールと剣をテーブルに置くと、ドカッと椅子に座って教えてくれた。

「銅貨一枚で一時間。二枚で二時間。買った時間の間は、誰もこの部屋に入ってこない、邪魔をされない。そういう意味だ」

「ああ、わかったわ。つまり自分だけの空間を確保するということね。わかるわ、宮殿にいた頃は、寝る時以外はいつも誰かがそばにいたのよ。みなに平等に接するのはとても疲れることだったわ。……なにを笑っているの」

アルナルドがふいに爆笑したのだ。たちまちリンディはムッとした。

「あなたはわからないかもしれないけれど、わたしの立場では、どんなに嫌いな人にも笑顔で相手をしなければならなかったのよ。それがどれほど疲れることか、…」

「違う、違う、そうじゃない…っ」

アルナルドは笑いすぎて涙をにじませ、リンディの言葉をさえぎった。

「ここは孤独を楽しむための部屋じゃない。買った時間で、なにをするか教えてやろうか？」

「ええ、教えて。わざわざ人払いをして、いったいなにをするというの？」

「たいていはここで、男が女を抱くんだ」

「まあっ」

リンディは思わずベッドから立ち上がってしまった。

抱く、という意味をリンディは知っている。宮廷で取り巻きたちとなにをしていたかといえば、恋の話だ。もちろんあからさまに大きな声で、抱く、抱いた、などとは言わなかったが、耳打ちされることの大半は、誰に抱いてもらったとか、誰を抱いたとか、明け透けなことだった。だからここで男女が愛を交わすということはわかるが、しかし、なぜ「ここで」なのかがわからない。

リンディはパッと寝台から離れ、アルナルドに尋ねた。

「なぜここなの？　そういうことは自分の部屋でなさったらいいではないの。なぜわざわざお金を払ってまで、この部屋を、時間を買うの？」

「娼婦を自分の部屋に連れてはいけないからさ」

「ショウフ？　ショウフとはなに？」

「男から金を貰って、抱かせてやる女のことだ。男に抱かれることが、娼婦の仕事だ」

「……仕事……」

リンディはまた衝撃を受けた。宮廷にも、次々と恋人を変える貴公子や姫君がいたが、それでも相手のことが好きだから、好意を持っていたから、抱いた、抱かれたという話になるのだ。けれど今アルナルドが言った、抱かれることが仕事というのは、きっとたぶん、好きどころか、顔を見たこともない男とそういうことをするということだろう。

「なぜ、そんな、仕事……、そういうことは、恋人や、夫とするもの……、どうして、針子や、菓子職人をしないの……」

「そうだな」

アルナルドはニヤニヤ笑いをひっこめると、真面目な表情で答えた。

「つい昨日まで、おまえは自分がこの世で最上等の人間だと思っていただろう？　最上等の人間がいるということは、一番下の人間もいるということだ。そういうことを考えたことはあるか？」

「いいえ……、いいえ……」

言われてみればもっともなことなのに、今の今までそんな考えは頭の片隅にも浮かばなかった。最上等があれば、最底辺がある、ということが。アルナルドは続けた。

「おまえは食事が出てくることが当たり前だと思っていただろう？　その食事にパンがついてくることも、当たり前だと。そのパンは農民から集めた麦と、国民から集めた税で雇った職人が作っている。その税は、最底辺の娼婦たちだって払っているんだ」

「……ええ……」

「娼婦たちのほとんどは、税が払えず親に売られた農民の娘だ。税のために売られ、今は体を売って税を払っている。おまえが卑《いや》しいと思った旅芸人も、蔑んでいるおまえのために、危険な旅を続けて芸を見せて税を払っている。畑を焼かれても消火にも来てくれない軍を養うための税を、畑を焼かれた農民たちは払っている。そうした人々からの税で作られたパンを、おまえは昨日までなにも考えず食べていたんだ」

「……ええ、ええ……っ」

「世の中には、たしかに蔑むに値する人間がいる。だがそれは、身分の上下とは関係がない。

そのことをしっかりと考えろ。おまえに足りないのはリンディ、世界を知るということだ」

「ええ……」

リンディの目からボロボロと涙がこぼれて落ちた。自分の無知による偏見。それを痛いほど知らされた。卑しい仕事、眉をひそめる仕事、そういう仕事に就く人々を蔑んでいた自分は、そういう人々から召し上げげた税で作られたパンを、それこそなにも考えず、まるで空気でも食べているように当たり前に食べていたのだ。自分こそが蔑むべき人間だと思った。

アルナルドは泣きじゃくるリンディを膝の上に乗せると、子供をあやすように背中を叩いてやりながら言った。

「自分を責めることはない。おまえは昨日まで籠で飼われていたも同然なんだ。民の生活を知ることのない立場にいた。そしてそれを誰も教えなかった。おまえだけが悪いわけじゃない」

「……っ」

「だが、せっかく籠を出たんだ。おまえは驚くほど美しい女だし、人を疑うことを知らない綺麗な心を持っている。……まあ、それも善《よ》し悪《あ》しだがな」

「ど、いう、意味……」

「宮殿で俺が渡したパンを素直に食べただろう。毒が入っていたらどうする」

「ああ……、そういう意味ね……」

リンディは泣きながら小さく笑った。アルナルドもふふふと笑い、リンディをキュッと抱きしめた。

「それからおまえは、自分の無知を泣ける賢さもある。後悔も反省もできるし、なによりごめんなさいと謝ることのできる、強い心もある。これからその空っぽの頭と心にいろいろなことを詰めこんでいけば、最上ではなく、最高の女になれる。俺が手伝ってやるから、そういう女になれ」

「……そうね。なれたら、いいわね……」

リンディはゆっくりと深くうなずき、とても大事なことを言ってくれたアルナルドの胸に、そっと体をあずけた。

場所柄に似合わない、静かで穏やかな時間だった。リンディはアルナルドの腕の中で、不思議な安堵と満足を覚えて内心で首を傾げた。父や兄に抱きしめられる時とはまったく違う。男に抱きしめられるとはこういうことなのかと、初めて抱く感情に少し驚いていると、まるで蹴破る勢いで扉が開けられ、ディアデが鬼の形相で飛びこんできた。

「貴様っ、娼館に殿下を連れこむとはどういう料簡《りょうけん》だっ！」

そして、アルナルドの膝の上で、目を真っ赤にして、涙で頬を濡らしているリンディを見た。鬼の形相が悪鬼の形相に格上げした。

「この外道があぁっ！　このような昼間から殿下に不埒な真似をするとは許せぬっ!!」

ニヤニヤと笑うアルナルドを殴り飛ばそうと、まずは大事なリンディをアルナルドの膝から慎重に下ろす。改めてアルナルドを振り返り、拳を振り上げたところでリンディがディアデにすがった。

「違うのよ、ディアデ」

「王女殿下っ、このような外道の蛮人、かばうことはありませんっ、殿下は優しすぎますっ」

「本当に違うのよ、ディアデ。アルナルド皇太子殿下は外道でも蛮人でもないわ。今のわたしにもっとも必要なかたよ」

「……殿下……、殿下、もしや熱でも……」

想像外のリンディの言葉でディアデは混乱した。アルナルドは間違いなく外道だし蛮人だ、リンディの必要とするような男ではないとディアデは思っている。失礼します、と断ってリンディの脈を取ると、見ていたアルナルドが大笑いをした。

「このまま小歌劇になるな…っ」

「黙れ、下郎っ。殿下をこのように泣かせておいて、…」

「泣いてはいるが、俺はなにもしていない、なにかをするつもりもない」

「それではなぜ殿下をこのようないかがわしい場所にお連れしたっ、下心があるとしか、…」

「グリューデリンド王女とその侍衛騎士。身分を明かして上等な宿を取るか？」

「それは……っ」

「男と女が身を隠すなら、娼館が一番なんだ」

「……っ」

ディアデが歯噛みをする。言われてみればもっともだが、アルナルドに言われたことが気に入らないのだ。アルナルドはディアデのことを、リンディが飼っている焼《や》き餅《もち》焼《や》きの犬みたいだとおかしく思いながら、椅子から立ち上がった。

「昼までここで休憩する。ここを出たらワスタスへ向かう」

「ワスタス……、砂漠の町か」

「ああ。昨夜は寝ていないんだろう、リンディを寝かせてやれ。その間に俺は、リンディに必要なものを仕入れてくる」

「王女殿下に必要なものなら、わたしが買いに行くっ」

「そうか？　おまえが行きたいなら止めないが、その間、俺とリンディを二人きりにしてもいいのか」

「言語道断だっ」

ディアデは血相を変えてリンディを背後にかばった。アルナルドはまた大笑いをしながら、剣を摑んで部屋を出ていった。

窓からアルナルドが表通りへ向かう姿を確認したディアデは、マントを脱いで寝台に腰掛けているリンディの前に膝をついた。

「王女殿下。奴がいない今が好機です。ここから逃げましょうっ」

「まあディアデ。なにを言うの？」

「笑い事ではありません。わたしは本気です。あの男のそばにいても、殿下にとっていいことは一つもありません」

「いいえ」

リンディはそっとディアデの肩に手を置いて言った。

「わたしはここにいます。逃げたりしないわ」

「殿下…っ」

「聞いてちょうだい。もしここで逃げたら、わたしはずっと、空っぽのままになってしまうの。グリューデリンド王女という名前のお人形にね」

「そんなことは、…」

「アルナルドのそばにいて、わたしは本当にものを知らないということを知ったの。だからわたしは、もっと世界というものを見なければいけないの。教師に教えられたほんの小さな世界ではなく、シスレシアの国内だけではあっても、そこで懸命に生きている人々のことをね」

「殿下……」

ディアデは頭を抱えた。リンディの言うことはよくわかる。つまり世間を知りたいということだろう。だが。

「殿下、あの男は殿下の忠実な従者でもなければ、学者でもありません。殿下の見聞を広めるためにともに行動をしているのではないのです」

「わかっているわ」

「いいえ、おわかりになっていません。このままでは殿下の身が危険です、どうかお願いです、逃げましょうっ」

「ディアデ。逃げるといっても、どこへ逃げるつもりなの？」

リンディは微苦笑をした。

「昼を待たずにシスレシア王国という国はなくなるわ。もしかしたらもう、お兄様は……いいえ、新国王は王政廃止を布告したかもしれないのよ。わたしはもう王女ではないの。フォンビュッテルという一族の、ただの二番目の娘よ」

「殿下……」

「それにね、ディアデ。先ほどアルナルドは、店の女主人に銅貨を払って、この部屋でくつろぐ時間を買ってくれたわ。でもわたしたちには、その銅貨一枚もないのよ。ここから逃げたとして、今夜眠る部屋も、食事も、わたしたちだけではどうすることもできないの」

「それは……」

「アルナルドの言ったとおり、わたしはこれまで、宮殿という鳥籠で飼われていた鳥同然なのよ。寝床も、餌も、水も、黙っていても与えられたわ。それらを自分で用意する方法すら知らないの。昔、教師から聞いたのよ。人に飼われていた鳥は、野に放たれたら死ぬだけなんですって」

「殿下……、殿下、そんなことはありませんっ」

ディアデは首を振り、必死になって言った。

「わたしが、ディアデが、すべてなんとかしますっ。お金も、殿下がお過ごしになる部屋もっ、食事もっ、どんなことをしてでもわたしが用意しますからっ」

「ディアデ……」

「王宮での暮らしのようにはいかないと思います、わたしの力不足で慚愧《ざんき》に堪えませんが、しかしっ、あの男のそばにいるよりはずっとましだと思うのですっ」

「ありがとう、ディアデ。あなたがわたしのことを思う気持ちは、とてもよくわかったわ」

リンディは興奮しているディアデを落ち着かせようと、にっこりと優しくほほえんだ。

「ねぇディアデ。わたしのこの姿を見て」

リンディは自分の足に視線を落とした。ばっさりと裾を切ったドレス。腰掛けているので腿《もも》の半分まで見えてしまっている。下着でさえこんな丈の短いものはない。リンディを気遣って視線を逸《そ》らしたディアデに、小さく笑ってリンディは言った。

「髪を結い、裾を引くドレスを着て、宝石を身につけていなければ、誰もわたしをこの国の王女だとは思わないのよ。それくらいわたしは存在の軽い人間だったの。もしかしたら国民にとってわたしは、存在していないも同然なのかもしれないわ」

「殿下、そのようなことは…っ」

「けれど、わたしはここにいるわ。現実に、ここに、ヴァイヒェンの街に、何者でもない空っぽの自分として、ここにいるわ」

「……」

「でもね。もう空っぽでいるのはいやなの。王女という身分がなければ、わたしはこういう女性ですと言えない自分がいやなの。旅の芸人としてでもいいわ。こうした宿の女主人としてでもいい。……さすがに、娼婦になる勇気はないのだけれど」

「殿下、なんということをっ」

「とにかくね。わたしはこういう女性だと、ちゃんと人に言える人間になりたいの。そのために、この目で見て、この耳で聞いた、本当のことを、自分の中に詰めこんでいきたいのよ。物語の中のお姫様ではなく、グリューデリンドという一人の女性になりたいの。そのためには、アルナルド皇太子殿下とともに行くことが重要なのよ」

「殿下のお考えは十分にわかりました、しかしわたしは、それでもあの男と行動をすることには反対です」

ディアデはリンディを思えばこそ、真剣な眼差しを向けて異を唱えた。

「これまではよかったかもしれません。殿下も物《もの》見《み》遊山《ゆさん》の気持ちでおられたでしょう。しかし、いつまでもこのままですむわけがないのです。あの男は近いうちに必ず殿下を汚します」

「ええ。承知しているわ」

「殿下っ」

「あなたも聞いていたでしょう、ディアデ。わたしはバウンホーフの離宮を、皇太子殿下から買ったの。この身でね」

「……っ」

「だから、皇太子殿下がわたしをどう扱おうが、それは皇太子殿下の自由なのよ」

「……っ、あんな、あんな蛮人に……っ」

ディアデは心底悔しそうに唇を噛みしめた。リンディはふふっと笑って言った。

「敗戦国の王族など、みな、このようなものでしょう。シスレシアが攻め落とした国々の王族に、どれほど非道なことをしてきたか、わたしは知ってしまったもの。それを考えたら、皇太子殿下がわたしたちに下された処遇は、高配どころのものではないわ」

「それは……」

「それに、皇太子殿下はお父様の首を刎ねるどころか、城下の人間も、その外の農民も、誰一人犠牲にしていないわ。不意打ちでセフェルナルの村々に火を放ち、一般国民を虐殺したシスレシアのほうが、よほど野蛮よ。いいえ、野蛮という言葉では足りないくらいだわ」

そう言って、リンディは苦しそうに眉を寄せた。ディアデも、それについてはなにも言い返すことはできない。指揮系統の違う王宮警備の近衛兵だから、そんなことは知らなかったではすまない話だとわかっている。

リンディはやっと納得してくれたらしいディアデの頬に軽く唇を寄せ、言った。

「少し横になるわ。今眠らないと、次の移動の最中に、うたた寝をして馬から落ちてしまいそう」

「あっ、すみません殿下、気がきかず…っ」

ディアデはさっと立ち上がり、丁寧な手つきでリンディを寝台に横たわらせた。この寝台が通常、どのように使われているかわかっているだけに、そんな不潔な寝台に寝かせたくはなかったが、今はこれしかないのだと自分に言い聞かせた。

「さあ殿下、ゆっくりお休みください。ディアデがここについておりますから」

「ありがとう。安心して眠れるわ」

「はい……っ」

信頼の言葉を貰い、ディアデは目を輝かせてうなずいた。あんな男より自分のほうが、よほど王女の役に立てる、と思った。


正午近くなり、気温もかなり上がった。部屋には窓が一つしかないので、風もあまり入ってこない。リンディが寝苦しいだろうと思い、ディアデが帳場で借りてきた扇《おうぎ》で風を送って不寝番ならぬ昼寝番をしていると、ようやくのことでアルナルドが戻ってきた。

「リンディは眠ったか？」

「ああ。貴様が出て少ししてお休みになられた」

「二時間ほどは寝ているな。ゆっくりと休ませてやりたいが、少ししたらここを出ないと、夕刻までにワスタスに着かないからな」

「おい……、夕刻までにワスタスだと？　行けるわけがない、どんなに馬を飛ばしても一日半はかかる距離だぞ」

「まあ、そうかな」

ククク、とアルナルドが笑うので、こいつは距離の計算もできないのかとディアデは呆れた。アルナルドは抱えていた荷物をドサッとテーブルに置いた。

「リンディの着替えを仕入れてきた。旅芸人の女俳優にしても、その格好はいただけない」

「同感だ。殿下にこのような破廉恥《はれんち》な格好をさせておくわけにはいかない」

「ところで女騎士。俺たちだけの時ならいいが、みなのいる前でリンディを王女殿下と呼ぶのはやめろ。無用な混乱は避けたい」

「ああ……。しかしそれなら、なんとお呼びすれば……グリューデリンド様ではよけいにまずいだろう……」

「リンディ様とでも呼んでおけ。リンディ、リンディ、起きろ」

「殿下にさわるなっ、わたしがお起こしするっ」

寝台に近寄ろうとしたアルナルドをさえぎって、ディアデはそうっとリンディの肩を揺すった。

「殿下。王女殿下……」

「んん……、もう、出立するの……？」

「はい、殿下。お支度を。……あの者がお召し物の用意をしてくれました。お召し替えのお手伝いをします」

「あら、そうなの」

リンディは眠い目をこすり、ディアデに背を支えられながら、のろのろと体を起こした。アルナルドの用意した衣服を素直に自分に着せようだなんて、ディアデも少しずつ今の状況……アルナルドに頼るしかないのだということを、受け入れる気になったのだと思い、少し面白く思った。

ディアデは、着替えだ、出ていけとアルナルドに命じて部屋から追い出すと、粗末な麻袋に放りこまれていた衣類を寝台に広げ、たちまち固まった。見たこともない形なのだ。寝台から下り立ったリンディもディアデの横に並び、衣服を見て首を傾げた。

「まあ、めずらしい衣装……、どのように身につけるのかしら……。これはズボンのようなもの？」

「そう、なのでしょうか……、しかしスカートもあります」

「スカートではないのかもしれないわ。肩掛けのように使うのかも……。こちらは上着よね？　そうすると、これを下に着るのかしら……。でもどの服にもボタンがないわ。上着だって前が合わないもの。どうやって着るの？」

「ど、どうやって……」

ディアデはじっとりと汗をかいた。リンディのためにできることはなんでもする、お世話もすると堂々と言った手前、わからないとは言えない。もしや上着のようなものが下着で、下着のようなものはオーバードレスのように着るのだろうか？　寝台に衣装を並べ、二人であれやこれやと悩んでいると、ノックもしないでアルナルドが入ってきた。

「出発するぞ」

「貴様、女性の部屋に入る時はノックをして許可を得ろっ」

お約束のようにディアデが噛みつく。アルナルドはフンと鼻で笑って言った。

「着替え終わったんだろう、構わないじゃない……」

そこまで言って、呆れ返った表情をした。

「なんだ。どうして着替えていないんだ。それともおまえはその、裸同然の格好で俺を誘惑でもしたいのか」

「誘惑ですって？」

カチンときたリンディが言い返す。

「なぜあなたを誘惑しなければならないの。冗談にしてもつまらないわ。この服の、着方がわからないだけよ。わたしに召し替えをさせたいなら、小間使いとは言わないから侍女も用意しなさい」

「女ならそこにいるだろうが。それとも役に立たないか」

アルナルドにあごで示されたディアデは、役立たずとはなんだと怒ったが、それをさらりと無視してアルナルドは言った。

「俺が着せてやるから、脱げ」

「……」

リンディは硬直した。脱げ、などと乱暴なことを言われたのは初めてだし、ディアデや小間使い以外に体を見せたことはない。なにより、体を見せていい異性は夫だけだと躾けられてきているのだ。もちろんディアデも愕然として、顔を真っ赤にしてアルナルドに怒鳴りつけようとしたが、リンディが止めた。

「いいの、ディアデ。皇太子殿下に着せてもらいましょう」

「殿下っ」

「皇太子殿下しか、この服の着方を知らないのよ。それにさっき言ったでしょう。わたしは皇太子殿下のものよ。肌を見せるくらい、どうということはないわ」

言葉を失うディアデの前で……、つまりアルナルドの目の前で、リンディは潔くドレスを脱ぎ捨てた。旅装だからコルセットはしていない。薄い肌着の下に、体が透けて見えている。思わず顔を背けたディアデをアルナルドが鼻で笑うと、リンディは毅然として尋ねた。

「下着も脱ぐのかしら」

「ああ、全部脱げ」

「わかったわ」

真昼の光が差す明るい部屋で、リンディはふるえることもなくすべての衣類を取り去った。一糸まとわぬ姿で挑むようにアルナルドを見つめる。アルナルドはしげしげとリンディの体を眺めると、真剣な表情で感心したように言った。

「美しいな。素晴らしく綺麗だ。フォンビュッテルの直系ってやつは本当に、宝石のように

美しい」

「ありがとう」

そっけなくリンディは答えた。この手の言葉は子供の頃からいやになるほど言われてきているので馴れている。せっかくの誉めことばを嬉しいとも思わずに言った。

「さあ、早く衣装を着せなさい」

「しばらく観賞したいほどだ」

「時間がないのでしょう？　ご覧になりたいなら、今夜の宿でご覧になればいいのじゃない」

「……それもそうだな……」

「わかったのなら、早くわたしに衣装を着せなさい」

リンディは召使いに用を言いつけるようにアルナルドに命じた。素っ裸だろうがなんだろうが、王女は王女だと内心で感心したアルナルドは、寝台から単衣の綿のズボンのようなものを手に取ると、リンディの前に召使いのようにひざまずいた。

「これらはもっと南のあたりの装束だ。これは女用の、いわば下着だ。足を入れろ」

「南のほうは、女性も男性のような衣装を着るのね」

「ああ。あのあたりの女は男と同じように馬に乗る。だからこうした、馬に乗りやすいような服を着るんだ」

「女性も馬に乗るの!?」

王都では女が馬に乗ること自体、考えられないことだ。けれどそれもまた、自分だけがそう思いこんでいるだけなのだろうか？　リンディは不安になり、尋ねた。

「それでは、馬に乗れない女性は一人前とは見られないのかしら……」

「うん？　いや、そんなことはない。馬に乗るのは理由があるからだ。王都で馬に乗る女はいないだろう？」

「そうだけれど……」

理由というのがわからない。王都では女性は馬に乗らない。けれど南では女性も馬に乗る。なぜ？　リンディは眉を寄せ、難しい表情をして言った。

「馬に乗る女性と乗らない女性。違いの理由を考えるわ……」

そう言ったとたん、アルナルドが笑った。リンディはムッとして言った。

「笑わないでちょうだい。これからいろいろなことを知ろうとしているところよ。あなたは幼児に向かって、文字も書けないのかと馬鹿にするの？」

「馬鹿にしていないさ。笑ったのは、嬉しかったからだ」

「……なにが嬉しいというの？」

ムッとしたまま尋ねたが、アルナルドはそれには答えずに、クスクス、クスクスと妙に笑いながら言った。

「次はこれだ。これも下着だ。コルセットのような馬鹿馬鹿しいものはいっさいないから、楽だぞ」

「これは下着だったの……。ボタンがないし、前が開いてしまうのよ。これはどうやって着るの？」

「覚えるか？　これは右を下にして、左を重ねる。そして腰のところの紐《ひも》を結んで、前が開かないようにするんだ」

「ああ、ええ、ここを結ぶのね」

薄手の綿の長ズボンのような下履きと、上半身には、これも薄手の綿の尻まで丈のある下着を着た。次に身につけたのは紺色のズボンだ。宮廷で男性たちが穿《は》いていたようなぴったりしたものではなく、かなりゆとりがある……というよりも、だぶだぶだ。これもボタンではなく紐で腰周りを調整して穿いた。そのズボンに重ねて、桃色のふわりとしたスカートを穿いた。最後に華麗な刺繍《ししゅう》が施された、鮮やかな赤色の上着を着て着替えは終了だ。

「ずいぶん重ねて着たけれど、涼しいわ……」

「強い日の光をさえぎり、風はよく通すように作られている。馬に乗るにも砂漠を越えるにも、この格好が一番だ。……それにしても可愛らしいな。刺繍の美しいものを選んでよかった」

「あら、わたしのために吟味してくださったの？」

「当然だ。俺は女を可愛がることに手は抜かない」

「まあ。可愛がるだなんて」

「なぜむくれる。女はみな、綺麗な服が好きだろう？　綺麗な服と、甘い菓子と、宝石。嫌いだという女に会ったことがないぞ」

「あら、ずいぶんとおもてになっているのね」

「妬《や》くな。べつに恋人というわけじゃない」

「妬いておりませんっ」

なんて図々しいことを考えるのかしらと思い、リンディは思いきり頬をふくらませた。最後にアルナルドが、これもまた見たことのない形の靴を手に取った。ブーツの一種だろうとは思うが、見るからにだぶだぶで、靴ひももついていない。これでは履いたそばから脱げてしまいそう、とリンディは思った。アルナルドがリンディの前に膝をつき、靴を揃えてやる。リンディは当然の顔で、アルナルドの立てた膝に素足《すあし》を置いた。履かせなさい、ということだ。王女として育ってきたのでリンディにとっては当たり前の行動だが、下男扱いをされたアルナルドを、ディアデは思わずプッと噴いてしまった。

当のアルナルドは一瞬呆れた表情を見せたが、すぐにほほえむと、立て膝に乗せられたリンディの足にそっと口づけた。その瞬間、リンディは思いがけないふるえが体に走り、当惑した。

(熱い、唇……)

足の甲に押しつけられた唇が、まるで火のように感じられた。アルナルドがそっと唇を離すと、その熱が、ゆっくりとリンディの胸に伝わっていった。

顔を上げたアルナルドが、リンディの目を真っすぐに見つめてくる。ほほえんでいるが、からかう気持ちは感じられない。ずっとリンディにしたかったことを、今やっとできたのだ、というふうな微笑だった。リンディは静かな表情で言った。

「知らないなら教えておくけれど、足の甲への口づけは、シスレシアでは奴隷が主人に隷属を誓う時にするものよ」

「セフェルナルに奴隷はいないから知らないな」

「……」

うろたえることもなく言ったアルナルドの漆黒の瞳に、リンディの顔が映っている。この異国の瞳は、今、自分しか見ていないのだ……。そう思ったリンディは、口づけられた足に熱をよみがえらせ、今度は胸をふるわせた。

ああ、この男はわたしが欲しいのだわ……。

そう直感した。理由はわからない。あえて言うなら、女の勘というものだろう。そんなふうに思うのは初めてのことだが、けれどそれは正しいはずだとリンディは思った。この男は、毎日花や菓子を贈ってきた宮廷の貴公子たちが、誰一人できなかったこと……、本当の本気で、リンディが欲しいのだと伝えてきた。

リンディもアルナルドを見つめ返し、そっと言った。

「わたしは敗戦国の王女よ。もうなんの身分もないし、どんな利用価値もないわ」

「それがなんだ」

アルナルドはひざまずいたまま、自信にあふれた笑みを見せた。

「そういうおまえでいい。まだ何者でもない、無知な女でいい。これからその頭にいろいろなことを詰めこんでいくんだろう？」

「ええ。たくさんね」

「それでいい。いつかおまえは最高の女になる。そういう女が俺はいい」

「……そう」

リンディはゆっくりとうなずいた。初めて自分を「女」だと言ってくれた、「男」。

胸の内にともった火は消えそうにない。

それを確認して、リンディはアルナルドに手を伸べた。

「許すわ」

「シスレシアでは誓いのキスは手にするのか？　だが、セフェルナルではこうだ」

アルナルドはさっと立ち上がるやリンディを腕の中に閉じこめて、桜桃《おうとう》色の唇を奪った。

熱烈な口づけで、リンディはめまいがした。このまま食べられてしまいそう、と思ったほどの激しいキスだ。なにも考えられなくなり、体から力が抜けてしまった。アルナルドは喉で笑ってリンディを抱き支えると、ゆっくりと唇を離した。

「リンディ……、グリューデリンド……」

「…なぁに……」

囁《ささや》くような声で答えたリンディの瞳は潤み、頬は可憐《かれん》な桃色に染まっている。アルナルドは満足そうにうなずくと、リンディをそっと寝台に座らせた。

再びその前に膝をつき、靴を履かせてやりながら、傍らで怒りで体をふるわせているディアデに言った。

「おい。突っ立っていないで、リンディの髪をどうにかしてやれ」

「…っ、わ、わかっているっ」

ディアデにとってアルナルドに命令されることは、なによりも腹立たしいことなのだが、最愛の王女殿下がアルナルドを許すと……、なにを言おうがなにをしようが、アルナルドという男を丸ごと許すと言った以上、あからさまにアルナルドに反発できない。こんな無礼な男まで受け入れようだなんて、王女殿下は心が広すぎる、と苛立ちながらリンディの背後に回った。櫛《くし》もブラシも持ってきていないので、とりあえず手櫛で丁寧に髪を梳《す》いたが、そのあとが困った。

(たしか殿下は、編んでいらしたが……)

見ていたはずなのに、どうやればいいのかわからない。手に取った髪房を見つめ、困ってじっとりと汗を浮かべると、靴を履かせ終えたアルナルドが、溜め息をついた。

「おまえは女のくせに、髪をまとめることもできないのか。本当に使えないな」

「…っ、で、殿下、申し訳ありませんっ」

斬りつけるような目でアルナルドを睨んだディアデだが、今は主に使えない自分を謝るほうが先だと思ってそう言うと、リンディは寝台に腰掛けたまま振り返って、ディアデの手を握って優しくほほえんだ。

「いいのよ、ディアデ。騎士は髪が結えなくて当たり前だもの」

「きちんと、一つの街に落ち着きましたら、すぐさま習得いたします……っ」

「覚えなくても構わないわ。あなたはわたしのそばにいてくれるだけでいいの。本当よ、ディアデ」

「殿下……」

主従愛に違いはないのだろうが、見つめ合ってほほえみを交わす様子はイチャついているようにしか見えない。アルナルドは呆れながら、どけ、と言ってディアデを追い払うと、手際よくリンディの髪を二つに編んだ。もちろんディアデは、髪も編めるアルナルドに驚き、同時に猛烈な嫉妬《しっと》も抱いた。必ず三つ編みを習得してやると心に誓ったところで、窓に寄ったアルナルドが自分の隼を呼び寄せた。

「よし、いい子だ、ヴァーゼ」

隼の足に文が取りつけてある。それを読んだアルナルドは、表情を厳しくしてリンディに言った。

「シスレシア新国王が、王政廃止を宣した」

「……っ」

わかってはいたが、リンディは少なからず衝撃を受けた。生まれ育ち、故郷であるシスレシア王国は、本当になくなってしまったのだ。強ばった表情で黙ってうなずいたリンディに、アルナルドもうなずき返した。

「この報せがここに届くのは、明日あたりになるだろう。一気に国情が混乱するはずだ。そうなるまえに、シスレシアを出る」

「ええ……」

リンディが胸の前でギュッと両手を握りしめると、アルナルドは励ますようにリンディの肩に手を置いた。

「おまえの父親は駄目な男だったが、兄は見込みがある。国民に犠牲を出さないために、大きな決断のできる男だ」

「……」

「帰る場所を失い、心許《こころもと》ない気持ちだろうが、それもしばらくのことだ。この広いシスレシアだ。服属を強いられてきた元国王たちは、誰一人まとめられないだろう」

「……それぞれが、独立するのではないの……？」

「できっこない」

アルナルドは断じた。

「善くも悪くもこの千年、シスレシアの軍に守られてきたんだ。それを奪われて、他国からの侵略に自力で抗することなど、文句を言いながらもシスレシア軍に守られてばかりいた元国王たちにできるはずがない」

「では、共和制になるのかしら……」

「そうなるだろう。そして恐らく、おまえの兄が新しい元首に選ばれるだろう。立候補はしないだろうが、まあ、押しつけられるさ。シスレシア共和国という名前に変わるが、おまえの故郷は残る」

「でも、シスレシアを支配しているのは、セフェルナルでしょう？　それならあなたのお父様がシスレシア国、いいえ、このボルトア大陸全土の支配者になるのではないの？」

リンディの疑問はもっともだ。けれどアルナルドは笑いながら首を振った。

「俺たちは、シスレシアに謝罪をさせたが、支配した覚えはない」

「……理解できないわ。支配が目的でもないのに他国を攻めるなんて……。それに、もしお兄様が共和国の元首になったら、今度はセフェルナルを攻めるかもしれないわ。それでもいいの？」

「その心配はない」

アルナルドはまたしても断言した。どうしてそう言いきれるの、とリンディが首を傾げると、アルナルドはフンと鼻で笑って答えた。

「シスレシアはセフェルナルに勝てないからさ」

「……」

自信満々で断言されて、そうかしら、とリンディは思ったが、しかしつい昨晩……、そう、昨晩だ。たった数時間で王宮を落とされたことを考えると、そうなのかもしれない、とも思った。今までシスレシア王国軍こそ最強だと信じてきたが、それは自分が世界を知らないからかもしれないのだ。蛮族と見下してきたセフェルナルが、本当はこれほどまでに戦上手だと知らなかったように。

考えこんでいると、そっと頬にふれたアルナルドが言った。

「リンディ、もっと単純に考えろ。おまえの兄は、妹が嫁《とつ》いだ国を侵略するような、情けを知らない男なのか？」

「それはないわ」

間髪をいれずにリンディは答えた。

「お兄様は世界で一番、わたしを大切にしてくださるのよ。たとえどこにいようと、それは変わらないわ」

「そこに噛みつくのか、リンディ、おまえは本当に面白い」

アルナルドは声を立てて笑ったが、なにが面白いのかリンディは少しもわからなかった。

「よし。食事をしたら出発する。リンディ、あまり寝ていないだろう。歩けるか」

「ありがとう、平気よ」

「よし。行くぞ」

アルナルドはリンディの手を握り、部屋を出た。黙って後ろにつき従うディアデが、アルナルドの後頭部を睨みつけ、嫁ぐとはなんだ、なぜ王女殿下は否定しないんだ、と怒りと混乱を抱えていることなど、睦まじく手をつなぐ二人はまったく知らなかった。

娼館から街に出て、リンディは目を輝かせて街並を眺めた。王都の建物は石造りだが、ここは薄いオレンジ色の漆喰《しっくい》と木で造られている。正面から見ると三角にとがった屋根も可愛らしい。小石を踏み固めた道は石畳だった王都の道より歩きにくいが、足には優しい感じがした。役所の前の広場に面して、たくさんの店が並んでいる。花や菓子の露店、看板の形状や絵柄から、パン屋や酒屋、食堂と見分けられる。なにしろリンディはこうした小さな商店を見るのも初めてなので、興味津々で窓から中を覗いていると、ふふふと笑ったアルナルドが、一軒の店の扉を押し開けた。

入ったとたん、なにかの煮込み料理と酒の匂いが交ざって鼻に届いた。びっくりするくらい低い天井や梁《はり》は、煤《すす》のせいか、黒く光っている。狭い店内はカウンターもほとんどのテーブルも埋まっていたが、アルナルドが目ざとく奥の空きテーブルを見つけてそこを陣取った。リンディはめずらしくて面白くて、そわそわと周囲を見回しながら言った。

「ここは食堂ね？　それとも、お酒を飲む店？」

「どっちも同時に楽しめる店だ。酒といってもおまえたちが飲んでいる葡萄酒《ぶどうしゅ》ではない。もっとずっと安価な麦の酒だ。飲むのは勧めない。葡萄酒に馴れたおまえには、風味が違いすぎて恐らく飲めないはずだ」

「お気遣いありがとう。でもわたしはどうしてもという時以外は、お酒は飲まないの。お水をちょうだい」

「こういう店に水はない。高価なんだ」

「……そうだったの」

リンディは目を見開いて、顔を赤くしてうつむいた。水が高価だということすら知らなかった自分が恥ずかしかったのだ。アルナルドは優しくほほえんでリンディの頭を撫《な》でると、言った。

「アプフェル水を頼んでやる。……ああ、いいか」

通りかかった女給を呼び止めると、アルナルドはなんとも馴れたふうに注文した。

しばらくしてテーブルに料理が並べられた。パンのようなものがスープの中にべっちゃりとひたされているものや、玉葱《たまねぎ》をくりぬいた中に挽肉《ひきにく》が詰められているものや、トマトしか入っていないように見えるパイや、たっぷりのソースをかけた、たぶん厚切りのハム。どれも初めて目にするものだ。真緑色のスープは宮殿でもたまに供されたので、まずはそれから口をつけたリンディだが、予想外の味に固まった。アルナルドがプクク と笑った。

「ブラーコリのスープだと思っただろう」

「ええ……、これはなんのスープなの……？　とても……、なんていうのかしら、自然の味というのかしら、個性的な……」

「お育ちがいいと表現も控えめだな。遠慮せずに、青臭いと言えばいい。これはそのへんにボーボー生えているオレーラ草のスープだ」

「まあ、あの……、そうだったの、草のスープなのね」

リンディは一瞬、ぎょっとした顔をしてみせたが、すぐにうなずいて、再びスープを口にした。アルナルドが取り分けてくれる料理を、黙々と食べる。どれも個性が強く……、この土地の味、ヴァイヒェンの味ということなのだろうが、王都の料理とは違いすぎて、おいしい、とは言いがたかった。きっとこれが素材の味を活《い》かす味付けということなのよ、と自分を納得させながら食べていると、アルナルドが笑顔で自分を見ていることに気づいた。そっとスプーンを置いて、リンディは首を傾げた。

「なに？　とても嬉しそうよ」

「ああ。こんな町場の食堂の料理など、不潔だのまずいだのと言って、食べないと思っていたからな」

「そんな失礼なことはしないわ。どこの国へ行っても、出されたものは残さずきちんといただきます。それが礼儀ではないの」

「おまえのそういうところがいいんだ」

アルナルドはますます嬉しそうに笑う。リンディは溜め息をついた。皇太子のくせにその程度のマナーも知らないのかしらと訝しみながら、独特すぎる薬草の香りがする塩漬け肉を口に運んだ。ディアデのほうは軍の訓練で、とても食べ物とは思えない兵糧《ひょうろう》を定期的に食べているので、基本的にどんなものでも食べられる。リンディが野生味が強すぎると思う料理も、特にまずいとも思わず平らげた。

それぞれ十分に腹を満たして店を出て、その足で預けてある馬を引き取りに行く。鞍を載せ、その上にリンディも乗せたアルナルドは、ディアデを振り返って言った。

「ワスタスまで止まらずに駆ける。俺たちを見失ったら探そうとはせず、そのままワスタスへ向かえ」

「おい、ワスタスまで止まらずなんて、…」

「急げよ」

ニヤリと笑ったアルナルドは、身軽く馬にまたがると、ディアデを置いて馬を出した。

街を出ると、アルナルドは一気に馬を加速させた。速さにも馬の動きにも馴れたリンディは、恐がることもなく馬に揺られながら、眉を寄せた。

(ワスタスとは砂漠の手前の村よね。ヴァイヒェンからだと馬で一日半はかかる距離よ……)

頭の中の地図を睨みながら思う。

(丸一日走り通すなんて、できるのかしら……わたしも不安だし、ディアデだって無理かもしれないわ……)

途中の村か町で一泊したほうがいいと言うべきかどうか悩んでいると、ふいにアルナルドが馬首を変えた。街道を逸《そ》れ、脇の畑の畦《あぜ》を爆走しだしたのだ。

「アルナルド、アルナルド！　畑に落ちたらどうするつもり!?」

「俺も馬もそんな間抜けではない」

ハハ、と楽しそうにアルナルドは笑うが、しかし畦は細いのだ。もしも馬が畦を踏み外したら、落馬どころか放り出されて大怪我をしてしまうかもしれない。リンディはドッと汗を噴き出し、鞍の持ち手とアルナルドが自分を抱いてくれている手をギュッと握った。

広大な畑の畦を突っ走り、畑が森に変わると、今度は森の中を疾走した。当然、道どころ…て四時間だ。疲れもする。…ないわ……」
あとでほぐしてやろう。
…は飛び降り…無謀なの…

なんて無謀…
ような様子で走るのだ…
（ああ、そうだったわ。アルナ…
　そう思ったら森を駆け抜けることも当た…
かしくなって、うふふと小さく笑った。きっとアルナルドにとっては…決まりごと……、た
とえば人は街道をゆく、などということは無意味なのだろう。目的を達成させるために、最
短の道を進むことが当たり前なのだ。たとえばシスレシアの王宮を落とす時は、軍の隊列を
組んでしゅくしゅくと街道を進む、などということはしないように。

　濃厚な緑の香りを楽しみながら森を走る。途中途中でアルナルドが短く指笛を吹くと、それに応《こた》えて指笛が返ってくる。リンディには見えないが、仲間がいるのね、と思った。

　木漏れ日の差し具合がずいぶん斜めになってきた。夕刻に近いのだろう。恐らく三、四時間は走っていると思う。またしても尻が痛いし、ずっと同じ姿勢でいるための体の疲れも限界になってきた。少しでもなんとか体勢を変えられないかと、落馬に注意しながらもぞもぞと動いていると、ふいに馬の速度を落としたアルナルドが言った。

「もう少し行ったところで休ませてやる。それまで頑張ってくれ」

「ええ……、ありがとう」

馬での移動といい、娼館での休憩はしかたないとしても、食事の店選びといい、リンディのことなどまったく気にかけてくれていないようでいて、労《いたわ》るべきところはこうしてちゃんと労わってくれる。リンディの気を引くために、なんであろうが甘やかしてくれた宮殿の貴公子たちより、リンディに本当に必要なことはわかってくれるアルナルドのほうが、なぜか優しく感じる。おかしなものね、と思いながらしばらく森を進むと、泉のある場所に出た。さして大きくはない泉だが、鮮やかなオレンジ色の花をつけた枝垂《しだ》れヴァインが泉にかかっていて美しい。あたり一面をハート型をした草が覆っていて腰掛けたい誘惑に駆られる。木々に絡んだ蔦《つた》植物はよい香りのする小さなクリーム色の花をたくさんつけていたり、星の形をした桃色の花が、あちこちでこんもりと群生している。

「まあ、綺麗……、絵のようね……」

うっとりとそう言うと、馬を止めたアルナルドがさっと下り、リンディも下ろしてくれた。

「ここで休憩する。そこの湧き水は飲んでも問題ない」

「そうなの？　喉が渇いていたの」

さっそく飲もうと思ったが、下草がふかふかした地面に下ろされたとたん、膝が笑ってぺたんと座りこんでしまった。馬に乗っていただけだが、無意識に体のあ
いたらしく、予想以上に疲労していた。

「アルナルド、足に力が入らな

「横座りで

アルナルドが皮袋の水を捨て、泉から新鮮な湧き水を汲《く》んでくれた。口にすると、甘味を感じるほどおいしい。体に染みわたる、ということを実感していると、それまでまったく人の気配など感じなかったというのに、あちこちから男たちが現れた。山賊!? と思ってリンディは体をちぢこまらせたが、みな、シスレシアではほとんど見かけない黒い髪に黒い目だ。だとすればアルナルドの家臣なのだと思い、ホッとして下草に足を伸ばした。年若い男から、父親ほどの年齢の男までいる。みなが交わす話し言葉は、なんとなく察しがつく、という程度にしかわからない。これがセフェルナルの言葉ね、と思ったリンディは、そういえばアルナルドは流暢《りゅうちょう》にシスレシアの言葉を使いこなしているわと気づき、感心した。みな、明るい笑顔できびきびと気持ちのいい動きをしている。髪と目の色が違うだけで、自分とまったく変わったところのない人間だ。

(どんな人たちなのかも知らなかったのに、昨日まで、セフェルナルの人間は蛮人だと思っていたわ……、恥ずかしい)

本当に、無知とは恥ずかしいことだ。そう思って視線を落とすと、ふと目の前に人が立った。リンディが顔を上げたのと同時に、目の前の男がひざまずく。

(ああ、挨拶ね)

王女として育ってきたリンディは、人から礼を受ける時は、自分は立っていなければならない、と躾けられている。急いで立ち上がろうとしたが、足も腰もガクガクで、立ち上がることすらままならない。これでは無礼になってしまう、困ったわ、と焦り、なんとか立とうとするのだが、そのたびに転がり、めげずに立とうとして転がった。なんだか立つことに挑戦する乳幼児のようだ。見ていたアルナルドが、笑いを噛み殺しながらひょいと抱き上げてくれた。いつものように片腕でリンディを抱いたまま、言った。

「これでいいか?」

「ええ、ありがとう。座っているよりは無礼ではないわよね?」

「座ったままでも、こいつらは無礼だなどと思わないよ。あまり気を遣うな」

「ありがとう。けれど礼儀だけはきちんとしなくてはいけないわ」

生真面目な表情でそう言って、ひざまずく男に右手を伸べた。男はリンディの手を取ると、口づけではなく額に押し当てた。なるほど、とリンディは思った。

(これがセフェルナルのマナーなのね)

一つ覚えた。男が立ち去ると、アルナルドがその場にあぐらを組んで、その上にリンディを乗せた。

「あの男はシスレシアで言えば、小隊長の位置にある。みなを代表しておまえに挨拶をした」

「そうだったの。……わたしがシスレシアの王女だと、知っているの……?」

「ああ。おまえを持ち帰ると伝えてあるからな」

「そう……。よかったわ、ひどいことを言われなくて……。これでも、覚悟はしていたのよ……」

「誰もおまえを恨んだり憎んだりはしていない。やられたことは、倍にしてやり返した。それでご破算にするのがセフェルナルの流儀だ。いつまでも、どこから攻められた、どこにやられたなどと言っていたら、一年中、戦になってしまうさ」

「そう……。潔い国なのね」

また一つ覚えた。自分たちが占領し、属領とした国々に、あらゆる面で差別をしていたことを考えると、それが大国を統べる一つの方法だとわかっていても、いやな気分がした。ふっと小さな息をついたリンディに、アルナルドが、手を出せ、と言った。素直に従うと、手のひらに、紅に近いオレンジ色の、一口サイズの果実をたくさん載せてくれた。

「今採《と》ってきたピルチホーフの実だ」

「まあ、野生のピルチホーフ？　初めて食べるわ……、すごく甘いっ」

甘味も香りも芳醇《ほうじゅん》で、宮殿で食べていたピルチホーフは偽物かと疑ってしまうおいしさだ。まるきり子供のようにせっせと頬張っていたリンディは、アルナルドに話しかける全員が、アルナルドのことを「イル＝ラーイ」と呼んでいることに疑問を抱いた。ふと人が途切れたところで、アルナルドに尋ねる。

「ねえ。なぜみんな、あなたのことを皇太子殿下ではなく、イル＝ラーイとファミリーネームで呼び捨てるの？　その、セフェルナルの風習を悪く言うつもりはないのよ、でも王族に対して敬意がない気がして……」

「ああ。ファミリーネームに思えるが、イル＝ラーイ自体が尊称なんだ」

「……どういうこと？」

「俺の名前、アルナルド・カルーシュ・シャヴィエル、ここまでが本来の意味での名前だ。そのあとにつけるイル＝ラーイというのは、王号だ。王族でも皇太子、つまり次の王になる男児だけに与えられる特別な名だ。俺には弟が三人いるが、あいつらは王号を持っていない」

「ということは、お父様である国王陛下も、お名前の最後にイル＝ラーイとついているの？」

「いや、王号は代々引き継いだりしない。一人の王に、一つの王号だ。だから過去のどの王も同じ王号は持っていない」

「シスレシアとまったく違うのね。イル＝ラーイって、本来のお名前とずいぶん響きが違うけれど、神話から取っているの？　それとも古語かしら」

「古語だ。今はもう、学者と王族しか使えないがな。訳すと、海の神とか、太陽の神という意味になる」

「わかるわ、加護があるようにということね」

深くうなずいたリンディは、素朴な疑問を抱いた。

「でもそれでは、いつか神が足りなくなるのではない？　まさか、海の神二世などとはつけられないでしょう？」

「そのとおりだ。すでに足りなくなっているよ」

アルナルドは声を立てて笑い、答えた。

「今の国王、俺の父親だな。父親の王号はツィ＝ロニエという。訳すと、シトローネの神になる」

「まあ」

リンディは驚き、そしてクスクスと笑った。

「とても清々《すがすが》しく、楽しい号でいらっしゃるのね。ではあなたのイル＝ラーイとは、どういう意味？」

「魔王という意味だ」

「魔王ですって!?」

リンディは再び驚き、今度は心配をあらわにした。

「不吉ではない？　魔王の加護だなんて、あなたになにが降りかかるか……」

「逆だな。魔王の名を持つということは、俺が魔王ということになる。魔王のいる国には誰も手を出したいと思わないだろう？　国民のために、もっともいい名だ」

そう言ってアルナルドは明るく笑った。リンディも釣られて笑い、うなずいた。たしかに、シスレシア攻略の手際を思うと、魔物のようだった。自分は軍や戦のことはわからないから、まあ大変、と思っただけだが、父王をはじめ、戦というものを知っている兄や兵士たちはすさまじい衝撃を受けたのだろうと思う。千年もの間シスレシアからの侵略を撥ね返してきたことからも、セフェルナルという国は、たぶん、もっとも敵にしたくない国なのだろうと推測した。

うなずきながらピルチホーフの実を口に入れたリンディは、ある考えが頭に浮かんで眉を寄せた。

「あなたが魔王なら、あなたのものであるわたしは、放埒《ほうらつ》な魔女ということになるのかしら。納得がいかないわ」

「ふうん？　シスレシアでは魔王の女は放埒な魔女ということになっているのか」

「そうよ。シスレシアではとても嫌われているの。でもわたしは放埒ではないもの、納得がいきません」

口をとがらせてリンディが言うと、可愛らしい表情を見たアルナルドは、ひどく愉快そうに笑った。

「心配するな。セフェルナルでは、魔王の女は春の女神ということになっている」

「そうなの？　素敵だわ。でもどうして？　魔王と女神では対立する関係ではないの」

「俺とおまえのようにな」

ふふふ、と笑ってアルナルドは説明した。

「魔王が踏み荒らした土地に、春の女神が種を播《ま》いて豊かに再生させるためだ。つまり、男の尻拭いをするわけだな」

「まあ。いやよ、わたしはあなたの尻拭いなど絶対にしません。尻拭いが必要な愚かなことなど、最初からさせなければいいのよ」

「もっともだ」

頼もしいリンディの言葉を聞いて、アルナルドは大笑いをした。

リンディを横向きに抱き直したアルナルドが、足を揉《も》みほぐしてくれる。痛いが気持ちもいい。重かった足が瞬く間に軽くなっていく。

「ありがとう。とても気持ちがいいわ」

「ここからもしばらく馬で走るからな。ワスタスに着いたらまたほぐしてやる。女騎士が追いついていないが、そろそろ出発する」

「え、ディアデを待たないの？」

「予定より遅れているんだ。日暮れまでにワスタスに着いていたいからな。女騎士が心配か？　あいつは街道を走っている。森で迷ったりはしていない」

「そう、それならいいの……。わかったわ。平気よ、ディアデならわたしがどこにいようと、必ず来てくれるもの」

リンディはディアデの素晴らしさを自慢するような表情で言った。まるで自分の男を自慢する女の表情だ。アルナルドはまたしても不審の芽をふくらませた。

「おまえたちは本当に、デキているわけではないんだな？」

「あなたは本当に、おかしなことを気にするのね」

なぜそんな思いに至るのか、リンディは少しもわからない。少し呆れて答えた。

「気になるのなら、ご自分でたしかめればいいではないの。その権利を皇太子であるあなたは持っているでしょう？」

「……権利？」

「そうよ。本当にもう、何回も疑って、はっきり言うけれど、うっとうしいわ」

リンディの表情は、うんざり、という気持ちを雄弁に物語っている。その時、馬の世話をしていた男が、ひどくなまってはいたが、シスレシア語で「妃殿下」とリンディを呼んだ。

王女殿下の間違いよ、いいえもう王女ではないから、名前で呼んでもらおうかしら、などと思いながらリンディは立ち上がり、男のそばへ向かった。

一人、草地にあぐらをかいていたアルナルドは、リンディの後ろ姿を眺めながら、権利とはなんだ、と考えて首をひねった。

「あの女騎士とデキていないことをたしかめる権利？　皇太子の権利？」

むう、と草地を睨んで考えていたアルナルドは、ああ、とそれに気づいて顔を上げた。

「初夜権か！」

理解して、一人で笑ってしまった。シスレシアに未《いま》だにそんな風習が残っているとは思えないが、それを信じているリンディが可愛いと思った。

皮袋に湧き水を補充して愛馬に寄ったアルナルドは、気の荒さでは国内一の馬と仲良くじゃれ合っているリンディを見てほほえんだ。

「こいつが俺以外に懐いているのは初めて見る。馬が好きか」

「馬にさわるのは初めてよ。とてもまつげが長くて可愛いわ。気難しい馬なの？　でもキスをしてくれたわよ？」

「キスだと？　おいラウフ、俺の春の女神だ、横取りするな」

「この馬はラウフという名前なのね。いい子ね、ラウフ、たくさん走って偉いわ」

リンディがキュウと馬の鼻面を抱きしめると、馬は満更《まんざら》でもないという表情を見せる。アルナルドはラウフをすっかり手懐《てなず》けたリンディに感心しながら、馬の背に鞍を載せた。

「女用の鞍ではないが、乗れるか」

「え……」

馬の背を見ると、ふつうの鞍が載せられている。ということは、馬にまたがる、ということだ。またがる、足を開いてなにかに乗るなどはしたない。けれど。

(予定が遅れていると言っていたわ……)

たぶん、横座りの自分を乗せていたせいで、馬の速度を落としていたのだ。……あの速さでも。この休憩も、リンディの体がつらくなったから急遽取ってくれたはずで、アルナルド一人だったら走り続けていたはずだ。

(夕暮までにはワスタスに着きたいと言っていたわね。たしかに、暗くなってから走るのは危険だわ)

予定どおりにワスタスに到着するには、これまで以上の速さで走らなければならないだろう。リンディは自分の姿を見下ろした。この服は、騎乗用だ。馬に乗ることが前提の服だ。

またがっても恥ずかしいことはない。

リンディはこくっとうなずき、アルナルドにきっぱりと言った。

「乗るわ。乗れます」

「上等だ。それでこそ俺の春の女神だ」

そう言って、アルナルドはひどく楽しそうに笑った。

いつものように、ひょいと抱き上げてもらって馬にまたがった。思った以上に不安定で、今さら恐怖を覚えると、後ろに乗ったアルナルドが腰に腕を回してきた。

「こうして抱いていてやるから、怖がるな。怖がるとラウフに伝わって混乱する」

「わかったわ。ラウフはわたしを落としたりしないものね。信用しているわ」

体を倒したリンディが馬の首をキュウと抱くと、馬が上に向けて大きく尻尾《しっぽ》を振った。アルナルドはブフッと笑った。今、馬の顔を見たら、嬉しくて確実に鼻を伸ばしていると思った。

「行くぞ」

「ええ」

アルナルドがパンと馬の腹を蹴る。二人はみなに見送られ、疾風のように森を駆けた。

（ああ、すごい……。周りを見ようにも、目が追いつかないわ）

まさに景色が流れていくように見える。これが本来の、馬を走らせる時のアルナルドの速さなのだろう。この速さで的確に進路を決めるアルナルドに驚嘆した。目の仕組みが自分とは違うのではないかと思ったくらいだ。

こうして走ってみると、横座りよりもまたがって座ったほうが怖くないし、馬のリズムにも合わせやすい。それに背中にアルナルドを感じて安堵する。森はそのまま山へとつながったが、山だろうが道がなかろうが当然のようにアルナルドは爆走を続けるのだ。緩やかなジグザグで駆け登っているとはいえ、リンディはアルナルドにも馬にも感心してしまう。頂上にたどり着いたが、下りも当然、ジグザグに駆け下りる。さすがにこれは怖くて、リンディはギュッと目をつむった。

山を下りたところは沢になっていたが、そこもまた、知ったことかとバシャバシャと駆け渡る。まさに傍若無人だ。リンディは思わず苦言を呈した。

「深みがあったらどうするの？　転んでラウフの足が折れてしまうかもしれないわっ」

「浅瀬しか渡らない。深みは川を見ればわかる。もっと深い川は、ラウフも俺も泳いで渡るぞ」

「まあ、大変！　わたしは泳げないのよ、この先に深い川があったらどうするつもり？」

「心配するな、この先に川はない。もしあったとしても、おまえならラウフが乗せたまま渡ってくれる」

アルナルドはプククと笑いながら答えた。ラウフは牡馬《おすうま》だ。気に入らないことはやらないし、唯我独尊なところも自分に似ている。だから自分と同様に、臆病かと思いきや歳に似合った勇気と柔軟性を持ち、前向きで、あらゆる状況を受け入れようとする素直さや、おまけにすこぶる美しいリンディを気に入ったのだろうと思っている。

沢を渡ると向かいの山には登らずに、小石だらけの狭い河原を沢に沿って下った。しばらく走ると切通しが現れ、アルナルドはそちらへ進路を向けた。細い切通しははるか上方に空が見えるが、日が届かなくて薄暗い。山賊に襲われたらひとたまりもないわね、とリンディが思ううちに一気に切通しを抜け、飛び出したところは花の咲き乱れる草原だった。

「まあ、素敵！　綺麗、素晴らしいわっ」

色とりどりの花が競うように、見渡す限り一面に咲き誇っている様は、心が外に向かって大きく開いていくような感動を味わわせてくれる。遠く、炭色の影絵のような山並みが見えた。そこに、今まさに日が沈もうとしている。広い広い空に棚引く雲は、オレンジや桃色、なぜか青色にも染められていて、まるで絵のように幻想的だ。

「山のほうはあんなに夕焼けなのに、真上の空はまだ青いわ。不思議ね」

「空は広いからな」

「ええ……、広いわ、本当に……」

空も、草原も、遠くの山並みも、すべてが広く、そして自分は小さい。こんなにも小さい。自覚したリンディは、なぜか心がふわりと浮き立った。

「ねぇアルナルド。わたし、小さくて嬉しいの」

「小さくて嬉しい？　身長のことか？」

「違います。草原と比べて、空と比べて、山々と比べて、小さいということよ。それがなんだかとても嬉しいの」

「いいことだ。だが、人に対しては大きな人間でいろ。失敗をした人間をいつまでも責めたり、自分にないものを持つ人間を妬《ねた》んだりするな。人はみな、大きな人間についてくるものだ」

「ではあなたは相当大きい人間ということね。あなたの臣下はみな、心からあなたを敬愛していると伝わってくるもの」

「奴らはおまえのことも気に入っているぞ。教えてもいないのに、みな、おまえのことを春の女神だと言っていた。黄金の髪に碧玉の目ということもあるんだろうが」

「神話の絵画があるのね。セフェルナルに着いたら、ぜひ見たいわ」

「王宮にある。金の髪に青の目は春の女神だけだからすぐにわかる。だが魔王の絵はないんだ。不公平だと思わないか？」

「それならあなたの肖像を架けたらいいのよ。魔王本人なのだもの」

リンディはそう返して、声を立てて笑った。

一直線に草原を横断して、そのまま森に突っこむ。進むうちに森の木々はどっしりと根を張り、堂々と枝を張る巨木から、ボウボウと箒《ほうき》のように細い枝を伸ばす木や、幹なのか枝なのかわからないくらい全体に細いヒョロッとした木へと移り変わっていき、最初の星が空に瞬いた頃、ついに、膝くらいまでしかないような低木が点々と生える、岩と砂の原に出た。

「……向こうに村が見えるわ。あれがワスタス？」

「そうだ。暗くなる前に着けてよかった」

低木の原を一直線にワスタス目指して走る。小さな箱が並んでいるみたいだわ、と思ったリンディは、ワスタスに到着すると、本当に箱みたいだわ、と思った。石造りではなく、土を固めた四角い塊を積み上げて造った、四角四面の平屋の家々が並んでいるのだ。赤土が剝き出しになった道は轍《わだち》の跡がいく筋もついていてでこぼこだ。雨が降ったらぬかるんで、出歩くこともできなくなるだろうと思う。家の前に椅子を持ち出してお喋りをしている人々は、真ん中に穴を空けた大きな布をバサッとかぶり、腰に帯を巻いている。

アルナルドはこの村で唯一の二階建で、比較的大きな家の前で馬を止めると、リンディを下ろした。

「夜中にここを発ち、夜明けまでに砂漠を越える。それまでここで休憩だ」

間近で建物を見たリンディは、今にも崩れそうで怖いわ、と率直に思いながら尋ねた。

「ここも娼館なの？」

「いや、ワスタスで唯一の宿屋だ」

「そうなの、よかったわ」

リンディがほっとして微笑すると、アルナルドはふふっと笑って、やっぱり足腰がガクガクで、まともに歩けないリンディを抱き上げて宿屋に入った。

中は、ヴァイヒェンの食堂を二回り小さくしたような食堂になっていて、奥に小さなカウンターがあった。そこに立ったアルナルドが店主と部屋を借りる交渉をしている間、リンディは酒らしきものを飲んでいるワスタスの人々をそれとなく眺めた。髪の色や目の色は王都の人々とさして変わらないが、顔立ちは王都の人間とまったく違う。全体にごつごつとしてたくましい顔だ。話している言葉もほぼ理解できない。

(同じシスレシアなのに……、なにもかも、こんなに違うのね……)

シスレシアは一つの国と思ってきたが、一つとはどういうことなのだろうと考え、なんとも複雑な気持ちになった。

アルナルドに抱かれたまま二階の部屋へ行く。アルナルドが言った。

「おまえの女騎士は律儀に街道を進んでいるそうだ。ここに着くのは明日の夜になるだろう」

「明日の夜!?」

驚いた。ふつうに街道を走るとほぼ二日かかる距離を、自分たちは半日で駆けてきたのだ。森も山も川も無視して、最短距離を走ってきたのだろう。これならセフェルナルから王都まで、二日で到達できるはずだ。さすが、野生の獣は違うわと変に感心しながらリンディは言った。

「あなた、というよりも、セフェルナルの人々には、道など意味がないのね」

「俺たちは海にも出る。海には道がないからな。道のないところを進むのは得意なんだ」

「ええ、セフェルナルは海の民だったわね」

そうだったわと思いだしたリンディは、今ここにいないディアデのことを心配して尋ねた。

「アルナルド。わたしたちは夜中にここを発つのでしょう？　ディアデ一人では砂漠を越えられないわ」

「心配いらない。俺の仲間が女騎士を連れて砂漠を越える。さっき泉で会っただろう？　あいつらが一緒だ」

「ああ、それなら安心ね。みんなとても親切だったもの。よかったわ」

ホッとしたところで入った部屋は、ヴァイヒェンの娼館よりも、なお質素だった。巨大な木箱になにかの詰め物を入れて敷布をかけただけの寝台が一つ。椅子の代わりなのか横長の物入れが一台。家具といえばそれだけだ。床に下ろされたリンディは、とにかく疲れているので、寝台で横になろうとした。ところがアルナルドが大声で、しまった、と言うので、驚いて身をすくませてしまった。

「なに、アルナルド、どうしたの!?」

「リンディ、その寝台に横になるな、腰掛けるな」

「ええ？　どうして？　どういうこと？」

「その寝台はダニの巣になっている」

「ダニ？」

「とても小さな生きものだ。人の血を吸うことはないが、噛まれたところは赤く腫《は》れて、猛烈に痒《かゆ》くなる。皮膚の柔らかなおまえがそこに寝たら、体中を噛まれるぞ」

「……」

リンディは全身に鳥肌を立てて寝台から飛び離れた。床の敷物にもそのダニとやらがいそうで、怖くて木の床が剝き出しになっているところに立つ。不安を丸出しにした顔でアルナルドを見つめると、しばらくなにかを考えていたアルナルドが、うなずいて言った。

「よし、時間を買おう」

「娼館？　娼館の寝台にはダニがいないの……？」

「こんな小さな村に娼館はない」

アルナルドはいたずらそうに笑って続けた。

「娼館でなくとも時間が買えるんだ。少し待っていろ」

「ええ……」

荷物を抱えたアルナルドが足早に部屋を出ていった。一人ダニの巣とともに残されたリンディは、怖くてたまらない。疲れて足がふるえているのでどこかに腰掛けたいが、ダニの習性を知らないので、どこに潜んでいるのかわからなくて、椅子代わりの物入れに腰掛ける気にもならない。困った末に、よくよく窓枠を観察して、「小さな生きもの」がいないことを確認して、窓を開けて桟に腰掛けた。

外に目を向けると、低木や草がまばらに生えるなだらかな丘が見えた。乾いた風が吹きつけてくる。あの丘の向こうはきっと砂漠なのね、と思った。リンディは両足を抱えると、森の泉でアルナルドにしてもらったように、足を揉みほぐした。とにかく疲れたし、埃《ほこり》まみれの体を洗って綺麗にしたいし、なによりお腹《なか》が空《す》いた。

「……食堂へ行けば食事ができるのよね。でも……」

そのためにはお金が必要だということはもう覚えた。お金がなければパン一つ手に入れることができないことも。そして自分は銅貨一枚すら持っていないのだ。

「無力よね……一人では食べるものさえ手に入れることができないのだもの……」

アルナルドから籠で飼われていた鳥と言われたが、本当にそうだと思った。宮殿では手に入らないものはなに一つないという暮らしを送っていたから、自分はこの世のすべてのものを手に入れているのだと勘違いしていた。本当は、すべてのものを与えられていたのだ。自分の力で手にしたものなど、なに一つない。

「……」

沈んだ気持ちで外を眺めた。なにもない荒野だ。なにもないが、広い。ただただ広い、道すらもない。

「ああ……、道がないのね……」

リンディはほうっと吐息をこぼした。うっとりとした眼差しで荒野を眺めながら、胸をドキドキさせた。今の自分はお金もなにも持っていない、心底無力な女の子だ。けれどその代わり、この荒野のように、どこまでも広く、どこへでも行ける自由が、可能性があるのだと気づいた。

「王女のわたしだったら、身分に釣り合う相手と結婚をして、嫁ぎ先の宮殿でも一歩も外へ出ず、周りから与えられるものに喜んで、男の子を産んで、そうして一生を終えたはずよ。

とても安全だけれど、決められた狭い一本の道しかなかった……」

けれど今は違う。なにも持ってはいなくても、好きな道、進みたい道を選べる自由を手に入れた。そちらへ行っては駄目だと止める者も、そちらは危険だと忠告してくれる者もいない。この先になにがあるのかわからないたくさんの道の中から、行き先を自分で選べるのだ。

「そんなこと、考えたこともなかったわ。自分にできると思ったこともなかった……」

けれど今は違うのだ。なにが待ち受けているかわからない未来へ進めるという希望と期待、喜びで、胸が破裂しそうだと思った。

「あなたなら、それをわたしにくれるのね、アルナルド。千年王国の王女にこんな身なりをさせて、こんな辺境まで連れてきたあなたなら」

わけもわからず楽しくなって、クスクスと笑った時、窓の下からアルナルドの声がした。

「リンディ！」

「なぁに!?」

「時間が買えたぞっ、来いっ！」

アルナルドはいたずらな子供のような、なんとも楽しそうな笑顔でリンディを見上げ、両腕を広げた。

「そう、その、時間を買うというのも素敵なのよっ」

リンディはわくわくしながら、自分も子供のような笑みを浮かべて桟に立ち上がった。

「今行くわっ」

リンディは桟を蹴り、二階の窓からためらわず飛んだ。アルナルドという可能性の腕をめがけて。

アルナルドに抱かれたまま連れていかれたのは、村から少し離れた場所に建っていた遊牧民の天幕だった。三つほどある中の、一番大きな天幕に入ったリンディは、毛皮を何枚も重ねたソファ代わりの場所に下ろしてもらった。隣に腰を下ろしたアルナルドに、リンディは少し眉を寄せて言った。

「遊牧民の天幕よね？　ここで遊牧民が暮らしているのよね？」

「そうだな」

「まあ、いけないわっ。ここでの時間を買ったのなら、ここで暮らしていた遊牧民を追い出したということでしょう？　ひどいわ」

リンディが怒ると、アルナルドはニッコリと笑ってリンディの肩を抱きよせ、説明した。

「彼らはふだん、草場を追って草原を移動して暮らしている。今は交易のために村に立ち寄っているところだ」

「交易？　なにを売り買いしているの？」

「ミルク、毛皮、肉を売る。そうして現金を手に入れ、その金で、麦や豆を買うんだ。なるべく高く売ることが、交易に出された男たちの役目だ」

「では家族は草原にいるの？」

「そうだ。羊や山羊をぞろぞろ連れて村には来られないからな」

言われてその様子を想像したリンディは、たしかにそうだわと思って笑った。アルナルドは続けた。

「現金を得ることが交易部隊の重要な仕事だから、売れるものはなんでも売る。天幕を夜中まで売ったりな」

「それに俺は彼らとは友人の関係だ。困っていたらすぐに助けてくれる」

「そういうことだったの。ここを臨時の宿にしてしまったのね。臨機応変で素晴らしいわ」

「そうなのっ。あなたの交友関係はとても広いのねっ」

リンディは素直に驚いた。遊牧民は国とか国境という概念を持たない民だが、ここはまだシスレシアの領内だ。隣国のアルナルドが、しかも皇太子であるアルナルド自身が遊牧民と友人であるなど、本当に驚きだ。アルナルドはふふっと笑って答えた。

「おまえの考える友情とは少し違う。彼らはセフェルナルで塩を仕入れ、それをシスレシアで売っている。友情というよりも、商売相手といったほうがいいか」

「塩……、ああ、そうなのね……。シスレシアも、その塩が欲しくてセフェルナルを攻めたのよね……、交易をすればすんだ話なのに……ごめんなさい……」

「すんだことだ。おまえの兄も謝ってくれたし、おまえも謝ってくれた。それで十分だ」

アルナルドは励ますようにリンディの肩をさすり、話題を変えた。

「彼らは草原や砂漠で迷った者を快《こころよ》くもてなす。客には馴れているんだ。彼らは綺麗好きだし、天幕は風をよく通す作りになっているから、毛皮も敷物も羊毛の詰め物にもダニはいない。村の宿よりよほど快適だ。ここならゆっくり休める」

「ええ、ありがとう」

リンディはほほえんで答えたが、実は困惑していた。ダニがいないことは大変に喜ばしいが、お腹が空いているのだ。遊牧民から食料を買えるとしても、それをどのように調理すればいいのかわからない。村の食堂へ誘うべきかどうしようか悩んでいると、天幕の入口をそろりと開けて、遊牧民がニコニコ顔で入ってきた。

「まあ、夕食？」

木の椀《わん》によそわれた料理が次々と運びこまれてくるのだ。部屋に夕食を運んでもらうなんて、素晴らしい待遇だ。リンディは遊牧民に丁寧に礼を言って、さっそく料理を口に運んだ。

「あ……、うぅん……」

思わずうなってしまうくらい珍奇な味……、というか風味だ。香辛料の問題だろうと思うが、味自体はヴァイヒェンの食堂で食べた料理よりよほどおいしくて、目を瞠《みは》った。スープに煮込み料理に焼いた肉、なにかを搨《す》り潰《つぶ》したものやパン、ミルクに見える飲み物と、品数は多い。遊牧民のおもてなし料理なのだろう。アルナルドはともかく、会ったこともない自分にここまでしてくれて、リンディは感激した。

空いたお腹にせっせと料理を詰めこむ。トマトを使った煮込み料理に見えるものを口に運んだところで、アルナルドがどうもニヤニヤしながら言った。

「おまえが食べていた肉は、ついさっき、裏でさばいた羊だ。そのスープにも、羊の血が入っている」

「そうなの。トマトの赤だと思っていたわ。羊の血なのね。心していただくわ」

「平気なのか。たいしたものだ」

アルナルドに大仰に感心された。リンディはスープを口に運び、言った。

「子供の頃、みなには内緒で可愛がっていた御領牧場の羊がいたの。ほかの小羊たちに比べて体が小さくて、いじめられていた子」

「ああ」

「ある日牧場へ行ってみたら、その子がいなかったの。飼育係に尋ねたら、宮殿の厨房に移されたと言われたわ。つまり、食肉にされたということよね」

「そうだな」

「翌日の晩餐に、小羊の香草焼きが出たわ。わたしはいつもの夜と同じように、笑顔でそれを食べたわ」

それ以外、どうすることもできなかった。みながいる晩餐の席で、王族が泣いたり、不機嫌な顔をしたり、供された食事に手をつけないなど、できるわけがなかった。

アルナルドがなぜか黙って頭を撫でてくれた。なに、と思うリンディに、真面目な声でアルナルドは言った。

「食べるということはどういうことかを、知っている奴は好きだ」

「可愛がっていた小羊を食べるということよね。会ったこともない豚や鴨《かも》や、とにかく昨日まで生きていたものを、食べるために殺すのよ」

「そうだ。だからそれを知っているおまえは、どんなものでもいやな顔一つせずに食べるのだな。おまえは高慢ちきなフォンビュッテルの人間とは思えないくらい、真っすぐだ」

「……それはどうかしら」

リンディは匙《さじ》を置くと、小さな溜め息をこぼした。

「もしまだわたしが王女という立場だったら、あなたから渡されためずらしい蒸しパンも、ヴァイヒェンでの食事も、きっと絶対に食べなかったと思うわ。シスレシアの第二王女にこんなものを食べさせようとするなんて、なんて無礼なのって。そう思ったに違いないもの」

「それはそれでいいんだ」

正直なリンディの額に優しい口づけを落としてアルナルドは言った。

「身分や立場にふさわしい振る舞いをするのは、周りの人間のためでもある。片田舎の街の安食堂で王女が食事などしたら、小間使いや女官たちの首が飛ぶ」

「そういえばそうね。ドレスを着せつけたり、髪を結ったり、出してくれるお菓子でさえも、王女にふさわしいものにするのが彼女たちの仕事だわ」

「そうだ。置かれた状況でどう振る舞うべきか、理解していることは重要だ。おまえはよくやっている」

「ありがとう。たしかにわたしは今、戦勝国の皇太子の手土産《てみやげ》にされた、元王女という名のただの女の子ですもの。羊の血の入ったスープだって、生きるためには残さずいただくわ」

そう言ってリンディがクスクスと笑った瞬間だ。アルナルドに抱き寄せられ、キスをされた。あまりに突然のことでリンディは目を丸くして固まってしまった。今日もやはり乱暴な口づけだ。けれどリンディが欲しいというアルナルドの気持ちが、自分を抱きしめる腕からも、唇からも、火を注がれたように伝わってくる。

(そうだわ、この男は、わたしが欲しいのだわ……)

優越感とも違う、得体の知れない喜びで胸が締めつけられた。体がとろけてしまったように力が入らない。アルナルドの胸にくったりと体を預けると、アルナルドが名残《なごり》を惜しむように何度も唇を吸い上げて、顔を離した。ランプが一つともっただけの薄暗い中、獣のように光らせた強い目でリンディを見つめ、アルナルドは言った。

「シスレシアの王女でなくとも、おまえは俺の王女だ。たった一人の俺の女だ。それでは不満か」

「いいえ。魔王を従えるのも悪くはないわ」

「俺はおまえの下僕になるのか」

はっきりと答えたリンディに、アルナルドは底抜けに楽しそうに声を立てて笑った。

「では王女様。食事のほかにご所望は?」

「そうね。今一番欲しいものは、たっぷりの熱いお湯だわ」

「……湯? このあたりでは、おまえが飲んできたような茶はないぞ」

「お茶ではないわ、体を洗いたいのよ。それともお湯は贅沢品なのかしら……」

「飲むわけではないのなら大丈夫だ。すぐに用意させよう」

アルナルドはリンディに軽くキスをして天幕を出ていった。しばらくして、たっぷりと湯を張った大きな盥《たらい》が運びこまれた。人懐こい笑みを浮かべる遊牧民の男二人に、ありがとう、と言うと、言葉は違うものの通じたようで、にっこりと笑い返してくれた。男たちが出ていったあと、残ったアルナルドが、小さな布袋をリンディに手渡した。

「石けんの代わりだ。中にホーバという薬草が入っている」

「ありがとう、でも、あの、これ……」

「……まさか女騎士がいないと湯浴みもできないなどと、ふざけたことは言うなよ……？」

「……」

「おいおい……、いいか、ホーバの袋を湯の中でよく揉んで、それで体を洗うんだ。それが石けんの代わりだと言っただろう。わかったな？」

アルナルドは心底呆れた表情をして天幕を出ていこうとする。リンディは慌てた。そのまさかなのだ。焦ってとっさに言っていた。

「待って、あなたが洗ってちょうだいっ」

「……なんだと？」

今まさに天幕を出ようとしていたアルナルドが、ゆっくりと振り返った。これまで見た中で最大級に呆れた顔をして、身振りまで交えて言った。

「それを、湯の中で揉んで、こうして、体をこすって、洗うんだ」

「あなたが洗って」

「俺を小間使いにするつもりか？」

「洗って」

「……」

頑なにリンディは言った。初めはうっかり言ってしまっただけだった。けれどどうしても手伝う気はない、天幕を出ていくんだ……、そう、リンディには興味がないんだと言っているも同然のアルナルドに腹が立った。あんなキスをしたくせに、俺の女だと言ったくせに、自分に興味がないだなんて、許せない。

「……」

「……」

挑むような目つきになっていると、リンディは自覚している。アルナルドの顔から呆れが消え、真顔になる。ひざまずきなさい、とリンディは思った。わたしに興味がないような顔は、二度とさせない、と思った。

どれほど見つめ合っていただろう。ふいにアルナルドが動き、リンディに手を差し伸べた。

「立て。服を脱がせてやる」

「ええ」

アルナルドの手を借りて立ち上がった。黙ったまま、アルナルドが丁寧な手つきで服を脱がせていく。上着、スカート、寝間着のような内着、ズボン、そして、肌着……。リンディは王女然として、身じろぎすらしない。一糸まとわぬ体を誇示するようにアルナルドの視線に晒した。アルナルドが低い声で言った。

「盥へ」

「……」

手を引かれて盥の中に立つ。熱い湯が心地いい。アルナルドは袖をめくり、リンディの前にひざまずいた。ホーバの袋を湯にひたし、よく揉んでから、そっとリンディの足を洗った。ふくらはぎ、すね、膝の裏……壊れ物を扱うような手つきだ。背後に回ったアルナルドが腿から尻、腰と洗っていく。姿が見えない分、アルナルドの緊張が伝わってくる。編まれていた髪をといたリンディは、首筋から肩を、まるで愛撫《あいぶ》するように洗われて、甘い吐息をこぼした。アルナルドの手がピクリと止まった。

「……」

「……」

リンディの背後でアルナルドがためらっていることがよくわかる。けれどリンディはなにも言わない。助け船など出してやらない。

くそ、という小さな悪態が聞こえた。リンディはクスクスと笑った。勝った、と思った。リンディの前に回ったアルナルドの顔には、拗ねたような表情が浮かんでいる。リンディは微笑を浮かべたが、アルナルドは頑なに視線を合わせない。リンディの首から胸元、そして乳房を洗う。再びひざまずいたアルナルドが、みぞおちから腹を洗っていく。その手が迷いを見せた。なめらかな腹の下の金色の陰り……、それがアルナルドの迷いの元だ。

リンディはほほえみ、アルナルドの髪をそっと撫でた。髪の中に手を差しこみ、愛撫をするように手で梳く。パシャッとホーバを湯にひたしたアルナルドが、誘惑するな、と怒ったように言った。

「夜中には、ここを出るんだ」

「ええ。知っているわ」

「馬に乗って、砂漠を越えるんだぞっ」

「ええ。それもわかっているわ」

「…っ、ここにはっ」

ついに顔を上げたアルナルドが、リンディの目を見上げて、ますます怒ったふうに言った。

「ローゼリウスの湯もないしっ、花も飾ってなければ柔らかな寝台もないっ」

「でもホーバのお湯があるわ。花々に負けない満天の星と、贅沢な手織りの生地を何枚も重ねた、素晴らしい寝台もあるわ」

「くそ……っ、くそ、くそっ」

何度も悪態をついたアルナルドだが、リンディの手が頬にふれたとたん、弾けたとでもいうような勢いで立ち上がり、リンディをきつく抱きしめた。

「リンディ……っ、リンディ、リンディッ、魔王を手玉に取って楽しいか…っ」

「そうね……、満足だわ」

「くそ…っ、性悪な春の女神め…っ」

熱い唇がまた、乱暴な口づけをしてくる。キスをしたまま抱き上げられ、リンディは織物を重ねた褥《しとね》に押し倒された。

浅い口づけを何度も交わしながら、アルナルドは器用に服を脱いだ。鍛えぬかれた体で包むようにリンディを抱きしめると、リンディがためらいがちにアルナルドの背に腕を回した。

「リンディ、俺に任せておけ。大丈夫だ、怖くない……」

「……あなたを怖いと思ったことなどないわ」

「そうか……」

アルナルドはほほえんだ。吸いこまれそうな青い瞳がアルナルドを見つめている。信頼していると真っすぐに伝えてくる眼差しだ。大切にしたいと強くアルナルドは思った。自分が守りぬくたった一人の女はリンディだと思った。

口づけを繰り返しながらリンディの体に優しく手を這《は》わせた。緊張をほぐすために、丁寧にそっとふれる。腹、脇腹、腕。アルナルドの手に馴れたリンディが、ほ、と小さな息をこぼして体の力を抜いてから、ようやく形のいい乳房を手のひらに包んだ。優しく優しく撫でると、眠りから覚めるように桜桃色の先端が立ち上がる。アルナルドはもう一度軽くキスをして、その口づけを下へと移していった。

ホーバの香りのする濡れた体を、唇で拭うように口づける。胸の果実は時間をかけて舐《な》めて、吸い、転がした。

「あ……」

ピクン、とリンディは身じろぎをした。胸の先を甘く噛まれたとたん、秘密の場所がズキンと感じたのだ。生まれて初めて味わう性的な快感だった。うろたえたが、任せておけ、というアルナルドの言葉を思い出し、体の力を抜いて愛撫を受ける。両方の胸を丁寧に口で可愛がられ、リンディの体温が上がった。

アルナルドがさらに下へと口づけを落としていく。口づけられた場所から甘い痺《しび》れが湧き起こり、下腹はジンジンとうずいて、鈍い痛みさえ覚えた。

「アルナルド……、体が、変なの……、大丈夫なのかしら……」

「変？　ここか？」

「やっ」

ふいにアルナルドが叢《くさむら》に手を伸ばした。指先で軽く叩くようにされたら、ピチャピチャという音がした。リンディは顔を赤くしてうろたえた。

「わ、わたし…っ、不始末を……っ」

「そうじゃない」

アルナルドはなめらかな腹にキスをして答えた。

「感じると女は濡《ぬ》れるんだ。どれほど男が好きか、女はここで語ってくれる」

「…そうなの……」

「男はわかりやすいだろう？　興奮すると立つ。見せてやる」

体を起こしたアルナルドが猛々《たけだけ》しく頭をもたげているものを見せた。まあ、と目を丸くして、リンディはまじまじとそれを見つめた。

「話には聞いていたけれど、本当に立っているわ。男性のそこは、いつもそうなっているの？」

「いや。いつもはこうじゃない。好きな女にふれたり、口づけたりするとこうなる」

「そうなの……。そして女性は、濡れるのね……。とてもわかりやすいわね」

リンディは嬉しそうにほほえんだ。言葉ならいくらでも嘘をつけるが、体は嘘がつけない。自分もアルナルドも本当に互いが好きなのだと思って嬉しかった。

アルナルドはリンディの足の間に割りこむと、膝を立てさせながら尋ねた。

「母親から、男と女のことは聞いているよな？」

「ええ。お母様からも、お友達からも聞いているわ。夢のように素晴らしい体験なのでしょう……？」

「ああ……、頑張る」

アルナルドは微苦笑をしてそれだけを答えた。乙女《おとめ》のリンディが初めての交歓を夢のように素晴らしい体験と思ってくれるかどうか、自分の腕にかかっているのだ。アルナルドは立てた膝にキスをすると、そのままチュ、チュ、とリンディの秘密の場所へ向かって下ろしていった。口づけの行き着く先を察したリンディが、サアッと全身を赤く染めた。

「アルナルド……っ、いやよ、恥ずかしいわ……っ」

「恥ずかしくない。男は好きな女にはみなこうする」

「でも、でも……」

そんなところに口をつけることがあるなんて、誰も言っていなかった。うろたえて、思わず逃げようと身をよじったが、アルナルドにしっかりと足を抱えられていて逃げられない。ふっと笑ったような吐息を足の付け根に感じてさらに体を赤くしたリンディは、たっぷりと蜜《みつ》で潤った洞をチュルッと吸われて悲鳴をあげた。

「やんっ」

アルナルドはそのまま舌を差しこんでくる。ねっとりと中を舐められて、羞恥でどうにかなってしまいそうだった。それなのに……感じる。うずうずとして、アルナルドの舌をキュと締めつけてしまうのが自分でもわかって、さらに恥ずかしくなった。

「やぁ……、アルナルド……」

執拗《しつよう》に舌で犯されて呼吸が荒くなる。アルナルドはヌルリと舌を抜くと、ツ、と上へ向かって舌をすべらせた。舌先がすっかりと硬くしこった花芽に行き当たる。そのとたん、リンディの腰がビクリと跳ねた。

「あっ、やっ」

頭まで突き抜けるような快感だった。舌先で転がすように舐められて、リンディは頭を振ってあえいだ。

「駄目、駄目、駄目ぇ…っ」

熱い泉からトクンと蜜があふれたのが自分でもわかった。しつこくしこりをいじめられて、リンディは短い声をあげ続けた。感じすぎて、自分がパタパタと小さく暴れていることも気づかない。全身が燃えるように熱くなり、背中が勝手にビクン、ビクンと仰《の》け反《ぞ》る。

「いやっ、いやっ、もう駄目ぇ……っ」

舌でなぶられているところから、快感が波のように頭へと押し寄せてきて、リンディは悲鳴をあげて仰け反り、初めて、絶頂というものを迎えた。

「あ、あ……はぁ……」

頭が痺れたような感じがした。体のあちこちが勝手にビクビクと跳ねる。短い呼吸が整わないうちに、アルナルドの指がこっそりと泉の奥へもぐりこんできた。

「ア…ルナルド……」

「痛くないだろう……？」

「え、え……」

「いったばかりで体が開いている。今が一番苦痛が少ない。……リンディ、本当に抱いていいんだな？」

「ええ……許すわ……、でも、苦痛って……」

「女になる痛みだ。こればかりは俺もどうしようもない。最大限、優しくするが……、怖いなら、やめるぞ」

「……怖くないわ……、あなたがわたしにくれるものは、いつも、素敵なものばかりだもの……」

「……誰にもおまえは譲らない。俺のものだ、リンディ」

骨抜きだ、と思いながらリンディにキスをした。リンディの角度を探っていた指を抜くと、脱ぎ捨ててある自分の衣服を丸め、リンディの腰の下に入れた。もう一度指で角度を探り、猛ったものを押しあてる。グッと腰を進め、先端がクチュリと入ったところで、一息に奥まで貫いた。

「いっ……」

鋭い痛みが腹の奥で起きたが、それも一瞬だった。今は鼓動に合わせたようにジクジクと痛む。リンディはうっすらと涙をにじませた目でアルナルドを睨んだ。

「優しくすると、言ったではないの……」

「優しくした。ゆっくり挿《い》れれば挿《い》れるほど、痛みが長引く。一瞬だったろう?」

「……そうね……、髪を、梳く時と、同じね……。絡まって、いる時、ゆっくりと梳かれると、とても痛いの……」

「ああ、まあ……、そういうことだ」

いかにも女の子らしいたとえをアルナルドが小さく笑うと、リンディがキュッと眉をひそめた。つながっている部分に響いたのだろう。すまん、とアルナルドは謝った。

「おまえの体が馴れるまで、じっとしているから」

「ありがとう。優しいのね」

「優しくすると言っただろう。俺は嘘はつかない」

アルナルドはほほえみ、そっと体を重ねて慈しむような口づけを繰り返した。そうしながら乳房も優しく愛撫する。しばらくそうしていると、んん、と明らかに感じている声をリンディがこぼした。アルナルドは乳房から下へ手を伸ばし、快楽を覚えたばかりの花芽にそっと指を押しあてた。

「んんっ、ん……っ、あ、あっ、そこ、駄目…っ」

アルナルドに貫かれたまま、リンディが身もだえる。その自分の動きで花芽を刺激してしまい、さらに感じてリンディは惑乱した。

「あっあっ、いやっ駄目……っ」

キュウゥとアルナルドを締めつけてしまった。それが新たな快感を生む。アルナルドがそろりと腰を引き、押しこむと、クチュ、と音がした。中までしっかりと濡れている。確認をして、アルナルドはじりじりと腰を動かし、次第にその速度を速めた。もちろん可憐なしこりに指を押し当てたままだ。突かれるたびにそこも刺激されて、リンディはあられもなくよがった。

「ああっ、いやっ、駄目ぇっ、また、変になっちゃう……っ」

極みを迎えそうになると、アルナルドがふっと指を離す。同時に果てようと思うアルナルドが快楽を操作しているのだが、リンディにはいじめられているようにしか思えない。

「アルナルド、お願い、お願いぃ…っ」

「もう、少し……っ」

「いじめ、ないで…っ、さっきみたいに、してぇ…っ」

「……くそっ」

予想外に可愛くねだられて、アルナルドは腰にくるほど感じてしまった。リンディを傷つけないように、奥を突かないように気を遣いながら、ギリギリまで自分を持っていく。

「リンディ、リンディ、一緒に…っ」

「あっあっ、いや、いやっ、…もう駄目、もう駄目…っ、あぁぁんっ」

リンディが艶《なまめ》かしく仰け反って絶頂する。綺麗だ、と心底から思ったアルナルドも、リンディのきつすぎる締めつけにさらわれるように持っていかれ、低くうめいてリンディの中を汚した。


アルナルドの腕の中で甘やかされ、リンディはいつの間にか眠っていたようだ。優しいキスと、リンディ、と囁く声で起こされる。

「リンディ、出発の時間だ。起きろ」

「……ええ……」

昼夜逆転どころか、眠れる時に眠っておくという状況なので、体内の調子が整わなくて体が重い。のろのろと褥から体を起こし、眠くてぼんやりした頭で肌着を身につけた。その間にも素早く身仕度を整えたアルナルドが天幕を出ていき、戻ってきた時には湯気を立てる椀を持っていた。

「飲め。バター茶だ。栄養があり、体が温まる。夜の砂漠は寒いからな」

「ありがとう……」

ゆっくりと口に含む。濃厚なミルクの味と塩味。お茶というよりはバタースープといった味わいで、なるほど体が温まり力も湧いてきた。昨日教えられたとおりに服を身につけていくと、ニヤニヤと笑いながらアルナルドが言った。

「一人で服が着られるようになったんですね、王女殿下」

「ええ、物覚えはいいほうなの。あなたは暇そうね、アルナルド。梳《くしけず》って編んでちょうだい」

「……俺を下僕のように扱うのはおまえくらいだ……」

アルナルドはぼやきながらも、丁寧にリンディの髪を梳き、編んでくれた。ちょうどそこへ遊牧民の男が入ってきて、リンディの髪を編んでいるアルナルドを見て笑い声を立てた。なにかをアルナルドに言うと、アルナルドも遊牧民の言葉で答える。遊牧民はリンディに笑顔を向けて、これをどうぞ、という仕種《しぐさ》で、盆に載せた朝食を出してくれた。

「まあ、ありがとう。天幕も、昨夜のお食事も、とてもありがたかったわ。本当に感謝しています」

アルナルドがそれを訳して伝えると、男はさらにニッコリと笑って天幕を出ていった。髪を編み終えたアルナルドが、リンディの隣に腰掛けて盆を引きずり寄せた。

「これは昨夜出た羊肉の煮込みを細かくして、蒸しパンで包んだものだ。食べろ」

「ああ、宮殿であなたがくれたパンと似てるわね。いただくわ」

「こっちが本流だ。朝食ではめったに出ない。おまえのために作ってくれたそうだ」

「そうなの？　ああ、もっと丁寧にお礼を言えばよかったわ……。そういえばさっき、なにを笑っていたの？」

「うん？　女の髪を編んでやるなんて、魔王も形なしだと言うからな。これくらいじゃないと俺の女は務まらないと言ってやっただけだ」

「……？　なんだかあまり誉められている気がしないわ」

どう解釈すればいいのかわからなくて、ぼんやりとそう言ってアルナルドをニヤつかせたリンディは、真面目な表情で言った。

「でもあなたはすごいのね、遊牧民の言葉も使えるなんて」

「言葉が通じないと交易できないからな。よほど東の国でなければ、ほとんどの国の言葉はわかる。片言だろうが訛《なま》っていようが、言いたいことが伝わればいいんだからな」

「……わたしも勉強するわ。シスレシア語を含めて、三つの言葉しか使えないのよ。まずはセフェルナルの言葉からね。よい教師をつけてくださる？」

「俺といればすぐに覚えるだろう？」

「いやよ。あなたはシスレシア語でも悪態をつくのよ？　セフェルナル語だったらとても汚これを噛んでいろ。遊牧民が使っている痛み止めだ。およそあらゆる痛みに効く」

「ありがとう……」

綿入りの手袋をはめた[illegible]思ったが、天幕から一歩外に出て、厚着をした理由がわかった[illegible]

「寒いっ」

そう。真夏だというのに恐ろしく寒いのだ。手袋をした手で頬を覆い、アルナルドに言った。

「あの天幕は素晴らしいわね。中は本当に暖かいもの」

「ああ。そして昼は涼しい。遊牧民の知恵が詰まった住まいだ」

答えながら、アルナルドが顔をストールでぐるぐる巻きに覆っていく。リンディは思わず噴いてしまった。

「アルナルド、あなた、それでは本当に盗賊に見えるわ」

「それこそ誉め言葉には聞こえないな」

アルナルドもくぐもった声で笑いながら、リンディにストールを差しだした。

「笑っていないでおまえも巻け」

「いやよ」

「なにがいやなんだ。これはさっき彼らから買ったものだ、売り物だから新品だぞ。女物だ、花柄だ、なにが不満だ」

「そういうことではないわ。わたしは顔を隠さなくてはいけないようなことはしていないわ。罪人のように顔を隠すなどいやです」

「巻かないとおまえが困るんだぞ」

「いやです。絶対に顔は隠さないわ」

「そうですか。ではお好きなように、王女殿下」

アルナルドはニヤニヤといやらしく笑って、花柄のストールを腰に巻いた。

アルナルドの馬が引き出されてくる。リンディが馬の鼻にキスをしたりなどイチャイチャしていると、鞍を載せたアルナルドがこそりと言った。

「リンディ、乗れるか？　その……、平気か？」

「……正直に言うと、まだ痛むわ」

リンディは微苦笑をした。アルナルドを受け入れた部分も、もっと奥の下腹も、うずくように痛む。でも、とリンディは笑顔で言った。

「大丈夫よ。わたしは痛みを我慢することには馴れているの。お腹が痛くても頭が痛くても、ニコニコと笑って晩餐会に出なければならなかったのよ」

「

アルナルドがそんなところを気にかけてくれることが意外で、けれど嬉しくて、リンディは手渡された、やや肉厚でクシュクシュに縮れている葉を口に入れた。噛んでみると恐ろしく苦い。ふるえるほど苦い。薬草と同じくらい顔をクシャクシャにすると、笑ったアルナルドにひょいと馬に乗せられた。必要最小限の水と食料を持ち、遊牧民に見送られて深夜の砂漠に走りだした。

ところがいくらも行かないうちに、リンディは思いがけない困難に見舞われた。砂だ。風に巻き上げられた砂が、そのままリンディに吹きつけてくるのだ。鼻や口から容赦なく入ってきて、呼吸もままならない。困り果てたリンディは、体をひねってアルナルドのマントの下に顔を突っこもうとした。

「……だから困ると言っただろう。人の忠告は素直に聞くものだ」

馬を止めたアルナルドが、笑いながら腰に巻いていた花柄のストールを外し、リンディの頭と顔を覆ってくれた。ホッとしてリンディは言った。

「ごめんなさい。顔を隠すのは罪人や獄卒だけだという……、そういう文化で育ってきたの……」

「王都では砂に巻かれることはないからな。このあたりでは、砂から顔を守るためにストールを巻くんだ。だから砂漠では、顔を覆っていない男は罪人と見なされる」

「そうだったの。シスレシアの文化とはまったく逆なのね」

「ああ。一族ごとにストールの色と巻き方が違うから、遠目でもどこの者がいるのかわかるようになっている。草原も砂漠も広いからな。近くに寄って顔をたしかめるのは、いろいろと面倒だ」

「そうね、たしかに面倒だわ」

リンディはクスクスと笑った。桃色の地に小花刺繍が施されている、いかにも女の子用といったストールを巻いてもらい、再び出発した。小石混じりだった土が次第に砂だけとなっていく。砂漠に突入したのだ。

見渡すかぎりなにもない。風に交じった砂がストールにあたる、サラサラという音しかしない。月明かりが砂の海を銀色に光らせていた。空を見上げると、星々というよりも光でできた絵画が広がっているように見えた。天の川だけではない。薔薇色や紫色をした靄が、花が咲いているように星空に浮かんでいる。そして絶えることなく流れ落ちていく星。

リンディはただただ感嘆の吐息をこぼした。美しいだけではない。この静寂だ。静寂とこの光景と。二つ揃っていて初めて、奇跡のような美しさだと思えるのだ。

小さく、キラキラ、という音が聞こえる。リンディはうっとりとしながらアルナルドに尋ねた。

「ねえ。星が輝いている音が聞こえる気がするの」

「ああ、それは砂が鳴いているんだ」

「まあ、砂が鳴くの!?」

「風に吹かれて一斉に転がった砂同士がぶつかって、きしむ音だ」

「……」

ロマンチックのかけらもないアルナルドの答えだ。リンディはむくれたが、迷うことなく馬を進めるアルナルドを不思議に思った。

「道もないのに方向がわかるのは、海と同じように、星を読んでいるの？」

「そうだ」

「あなたは皇太子なのでしょう？　それなのに、なんでも一人でできるのね。すごいわ」

「セフェルナルではふつうのことだ。王族も戦になれば先陣を切る。なにもできない、わからないでは、兵が困るからな」

「そう……」

本当になにもかも、シスレシアとは違う。野蛮なのではない。勇猛なのだと、今やっと理解した。そしてアルナルドは知性も教養もある。リンディはほほえんだ。宮廷の貴公子たちなど太刀打ちできるはずがない。アルナルドと貴公子たちでは種類が違う。貴公子たちは貴公子。アルナルドは、男だ。リンディがディアデに言ったように、本当にリンディが欲しいと思ったのなら、菓子や花を贈りつけるのではなく、腕に抱いてさらってしまえばよかったのだ。この男のように。

「……」

星と月と砂の世界。まるでこの世界に自分とアルナルドの二人しかいないような気がして、そう考えるととても幸せで、リンディは腰に回されているアルナルドの手に手を重ね、そっと指を絡ませた。

南へ南へとひた走る。濃紺の空は、東のほうから少しずつ色を薄くしていく。この砂漠のどこにいたのか、鳥たちが群れをなして飛んでいく影が遠くに見えた。空の星々も昼に座を明け渡すように少しずつ消えていく。風向きが変わる。夜明けの最初の光が差した瞬間、銀の砂漠は金の砂漠に姿を変えた。ああ、と感動の吐息をこぼしたリンディは、ようやく正面に迫る山脈に気がついた。頂《いただき》に雪を残す山々も、山肌をオレンジ色に染めている。これもまた心に迫る光景だ。リンディは美しく荘厳な山々を見つめて尋ねた。

「あれが国境の山脈?」

「そうだ。あれを越える。日が昇る前に着けてよかった」

アルナルドの声もどこかホッとしている。たしかに昼間の暑さの中、砂漠を越えようとしたら、リンディたちより先に馬が倒れてしまうだろう。それにしても、とリンディは思った。

(たった数時間よ。数時間で砂漠を越えて……、いいえ、それどころか、王都から丸一日よ。一日で国境まで来てしまった……)

とてもシスレシアの常識では考えられない。アルナルドはやはり野生の獣なのだと思い、楽しくてクスクスと笑った。

ワスタスの村を出た時と同じように、砂地に小石が交ざり始め、あちこちに低木が生える地帯に入った。進むほど緑が増え、丈高い草の海に突入すると、奇妙な形の木々が疎《まば》らに生えるようになる。その先はふいに森になっていて、当然アルナルドは森に突っこんだ。

「ねぇ、方向は合っているの？　星が見えないのに大丈夫なの？」

「星が見えない代わりに山が見える」

「ああ、そうなのね」

納得した。なるほど山も、不動の目印だ。リンディは羊歯類《しだ》が放つ芳香を感じ取ると、顔を覆っていたストールをグイと引き下ろした。夜明けの森のいい匂いのする空気を胸いっぱいに吸いこむ。ずっと砂漠を走ってきたにしろ、森の潤いというものを肌でも感じることができるほどだ。国境ということはシスレシアの南端だ。王都周辺とは気候が違うのだろうと思った。

爆走していた馬が駆歩《かけあし》程度に速さを落とした。大きな起伏を越えたところで、リンディは谷底に川を発見した。それほど幅はないが、水量が豊富で、しかも流れが早い。

「アルナルド。あの川を渡るの？　流されそうで怖いわ……」

「渡ることは渡るが、もう少し流れの緩やかなところだ、安心しろ。岸辺に出たら休憩をする」

「休憩？　よかったわ、とても喉が渇いているの」

リンディはホッとしてほほえんだ。

川岸は森から伸びてきた地を這う草で、緑の絨毯《じゅうたん》のように覆われていた。その下草には満開の紫色の大振の花が一面に咲いていて、馬で踏んでしまうことが可哀相に思えた。川に沿って少し下ると、休憩にちょうどよく開けた場所があり、アルナルドはそこで馬を止めた。

出発前に肉包みパンを一つ食べただけだったので、軽食をとる。固いパンと干し肉とチーズだ。齧りついて歯で嚙みちぎる、ということも、すでに抵抗なくできるようになったリンディは、屋外での食事が楽しくて、ご機嫌で食事をした。喉の渇きと空いた腹が癒され、のんびりと景色を眺めていたリンディは、間近にそびえ立つ山脈を見上げて、まさか、と恐ろしい疑問を抱いた。

「……アルナルド。まさかとは思うのだけど、あの山脈も馬で突っ切っていくつもり……？」

「俺一人なら突っ切るところだが、おまえがいるからな。ちゃんと安全な道を通るよ」

「それを聞いて安心したわ。こんな山を突っ切るなんて、正気の沙汰ではないもの。ご覧なさい、岩山よ？　ほとんど崖のようなものではないの。あんなところをラウフに走らせたら、いつか滑って落ちてしまうわ、やめてください、ラウフが可哀相よ」

「俺の心配よりラウフの心配か」

アルナルドは大笑いをすると、右手の山肌を指差した。

「もちろん、馬では崖は登れない。山羊を使うんだ。あそこに見えるだろう」

「……噓でしょうっ」

リンディは目を疑った。ほとんど垂直に見える山の岩肌を、たしかに山羊らしき動物が登っているのだ。しかも何頭も。リンディはふるえ上がった。

「お、落ちたら即死ではないのっ、いやよ、わたし、怖いっ、登りたくないっ」

「安心しろ。山羊の道は通らない。山の民が使う道がある。そこを使って山を越えるんだ」

「道があるのね、よかったわ、本当によかったわ……」

心底ホッとして弱々しくほほえむと、アルナルドは笑いながらリンディの頭を撫でた。お腹も満足をして落ち着いたリンディは、立ち上がってアルナルドに聞いた。

「川で手足を洗う時間はある？」

「ああ、洗ってこい。砂漠を抜けてきたからな」

「そう。服の中にまで砂が入っているの、とても気持ちが悪いのよ」

リンディは顔をしかめて川に寄ると、ブーツを脱ぎ、川に落ちないように注意をして、手足と顔を洗った。川の水はひどく冷たいが、疲れた体がキリッと引き締まるような感じがして気持ちがいい。むくんで熱を持った足をひたすと、はああ、と息をこぼしてしまうほどの気持ちよさだった。それから衣服を全部脱ぐと、バサバサと勢いよく振って砂を落とした。髪をほどいてみると、三つ編みの中にまで砂が入りこんでいる。リンディは驚きながらも笑い、山の清涼な風に手伝ってもらって、髪の砂を払った。

その様子をじっと見ていたアルナルドが立ち上がり、リンディのそばに来る。リンディは笑顔で言った。

「あなたも顔を洗ったら？　水が冷たくてとても気持ちがいいの。それから服の砂を落とすといいわ。パラパラと落ちるのがわかるくらい、砂が入っているわよ」

「ああ、そうだな」

「うん？　なあに？」

「体の砂を払ってやろうと思って」

「それなら背中を……、まあ、もう。やめてちょうだい」

リンディはきっぱりと言った。アルナルドは砂を払うと言ったくせに、後ろから抱きしめると体を撫でてきたのだ。腹から脇を撫で上げてきた大きな手が、乳房を包む。リンディは容赦なくアルナルドの腹に肘鉄《ひじてつ》を食らわせた。う、と小さくうめいたアルナルドだが、抱きしめる腕をほどいてくれない。リンディはギュッと眉を寄せて、アルナルドの腕の中で振り返った。

「離れてちょうだい」

「どうして駄目なんだ。昨夜はあんなに可愛く鳴いて、よがったじゃないか」

「本当に無神経ね、アルナルド。いいから離れて」

「乱暴にはしなかっただろう？　おまえが大事なんだ、リンディ、最高に優しくしたし、いつだって優しくする」

「そういうことではないの」

ベタベタと背中を撫でるアルナルドの腕を掴み、子供に説明するようにリンディは言った。

「わたしはあなたと違って野生の獣ではないの。だからこんな野山では、絶対にしたくないのよ」

「そこの山を越えればセフェルナルだ、俺はそこの皇太子だぞ。それを野生の獣というか」

アルナルドは高く笑って、さらにいっそうリンディを強く抱きしめた。リンディは不愉快全開という表情でアルナルドの胸を叩いた。

「離しなさいっ」

「無理だな」

「なんですって？」

「おまえが俺を誘ったんだろう。こんな気持ちのいい場所で、こんな綺麗な体を見せつけて」

「見せつけてなんかいないわっ」

「だが俺は、おまえの美しさに釘《くぎ》づけだ。いつもなら、たとえおまえの次に美しい女が脱いだとしても、完璧《かんぺき》に自分を律することができる。だが、相手がおまえだと駄目だ……」

「……」

「リンディ、グリューデリンド、なにからなにまで美しくて可愛くて……、たまらない。おまえを見ると、欲しい気持ちが抑えられなくなる……」

アルナルドの黒い瞳が熱を帯び、さらに深みを増す。ふざけてもからかってもいない。本気でリンディが欲しい、骨抜きなんだという想いが伝わってくる。リンディは寄せていた眉をほどくと、ふふふ、と小さく笑った。アルナルドにこんな眼差しを向けられ、こんなふうに欲しがられると、とても気分がよくなる。不思議だわ、とリンディは思った。十四歳で社交界にお披露目されてから、貴公子たちに何百、何千と言われてきた言葉だが、少しもこんな浮き立つような気持ちになったことはない。

　アルナルドに言われるから嬉しいのね……。

　リンディは思った。アルナルドは特別な男なのだ。なぜならそばにいることを、髪や肌にふれることを、褥に組み敷くことを、自分の意思で、自分が許した男だからだ。

　リンディは無意識の上目遣いでアルナルドを見つめ、いたずらそうに笑って言った。

「いいわ。見るだけなら許すわ」

「リンディ……、おまえにふれたい……」

「……ふれるだけよ。ふれることも許してくれ。お願いだリンディ、おまえにふれたい……」

「……ふれるだけよ。昨夜のようにわたしと一つになろうとしたら許さないわ」

「わかった。おまえを抱くには、褥と壁と屋根がいるんだろう？　これからは持ち歩くよ」

　馬鹿なことを言うアルナルドを笑い、リンディは自分から口づけた。アルナルドの手が昨夜の行為を彷彿《ほうふつ》とさせる、優しいがいやらしい手つきで背中を撫でる。それだけでリンディは感じて体をふるわせた。腰のくぼみをしつこく撫でていた手が、まるでリンディに気づかれないようにとでもいうように、そろりと尻に下がる。アルナルドの大きな手で柔らかな丸みを揉まれ、ふう、と吐息をついてアルナルドの胸にもたれかかり……、リンディはふふっと笑った。

「肌ざわりが悪いわ……」

「おい……、よせ、誘うな……」

「砂だらけで肌ざわりが悪いのよ」

「リンディ……」

うめくように言うアルナルドを笑うと、リンディはアルナルドの飾帯をほどき、長衣の前ボタンを外した。肌着の上からも鍛えられた胸がよくわかる。リンディは吐息をこぼして肌着の前を開いた。盛り上がった胸と、しっかりと筋肉のついた引き締まった腹があらわになる。綺麗だわ、とリンディは思い、鞣革のような肌にそっとふれた。くそ、とうめいたアルナルドが、リンディの尻を掴んで体を密着させる。ズボンの上からでもアルナルドが完全に興奮していることがわかった。リンディはクスクスと笑い、アルナルドの胸に唇を寄せて囁いた。

「でも駄目よ」

「くそ……、おまえは魔物だ……っ」

うなったアルナルドが噛みつくようなキスをしてきた。片腕で腰を抱き寄せられ、片手が乳房を愛撫する。リンディの体にはっきりと熱がともった。唇をふさがれたまま、うん、と喉で甘く鳴くと、ふいにアルナルドに抱き上げられ、紫の花が咲き乱れる緑の褥に押し倒された。

「アルナルド、いや……、ふれるだけと言ったでしょう……」

「挿れない。おまえの嫌がることはしない。約束は守る」

「……、それなら、許すわ……」

吐息とともに答えたリンディに、アルナルドは再び深い口づけをした。柔らかな乳房の感触を手のひらで十分に楽しみ、桜桃のような飾りは唇と舌で存分に味わった。あ、とあえかな声をこぼしたリンディが、アルナルドの髪に手を差しこんで言う。

「ふれるだけと、言ったではないの……」

「ふれるだけだ。唇で、舌で、ふれている」

「屁理屈《へりくつ》、よ、わたしを、困らせ、あ……」

「なにが困るんだ。どこが困る？」

「あ、駄目よ、やめて……」

「なるほど大変だ。ここがこんなに硬くしこって……、こちらなど、熱い湖のようになっている……」

「いや、やめて、指も駄目……」

アルナルドのいたずらな手がリンデイの秘密の場所を探る。熱い蜜の湖を指先で優しくかき回されてリンディが首を振ると、耳元にキスを落としたアルナルドが囁いた。

「いやがるな……、指も挿れない……」

「ああ、あ……」

「おまえに嘘はつかない……、頼むから、俺を信じてくれ……、いやだと言って、俺を拒まないでくれ……」

「ああ、アルナルド……」

信じるわ、と答える代わりに、男の背中に腕を回した。アルナルドはこめかみにキスをくれ、その優しさとは裏腹に、リンディがトロリとあふれさせる蜜を硬くしこった花芽に塗りつけるのだ。過敏になっている花芽を指先でぬるぬるとこねられ、リンディは短い声をあげながら仰け反った。

「あ、あっ、アルナルド、アルナルド…っ」

アルナルドによって快楽を教えこまれた体は、アルナルドの指先一つでたちまち甘くとろけた。昨夜アルナルドを受け入れた場所が、ジクジクと痛いほどにうずいている。意地の悪い指が、蜜溜まりから花芽へと、何度もヌルヌルと行き来する。そうしながらもアルナルドは体をずらし、胸の先を吸い、舌で転がすのだ。ふるえるほどの快感に襲われて、リンディの足がビクッと跳ねた。

「ア、ルナルド、あっあっ、駄目……っ」

「……いきそうか？」

「ん、ん……っ」

リンディは美しく上気した顔で小さくうなずいた。チュ、とキスをくれたアルナルドが愛撫の手を止め、膝立ちになってズボンの前を緩めた。猛々しいものを取り出すとリンディが胸をあえがせた。アルナルドは優しく微笑って言った。

「欲しいだろうが、挿れない。こんなにトロトロに濡らして、感じているのはわかるが……」

「…アルナルド……」

「昨夜、女になったばかりだ。もっと時間をかけないと、痛い思いをする。おまえの体がまだ、開いていない」

「それなら、どうして……」

リンディのためらいがちな視線が、アルナルドが緩くしごいている剛直に向けられる。挿れるつもりもないのになぜ出したのだ、ということだろうと思い、アルナルドは微苦笑をして答えた。

「このままでは馬に乗れないからな。手伝ってくれ。こいつをなだめる」

「手伝うって……、わたしに、さわれというの……？」

「いいや。それはおまえがこれにさわりたいと思った時に教える。今はこうして膝を抱えていてくれ」

「アルナルド？　なにを……、まあ、なんてことをするのかしら……」

リンディに両膝を合わせて抱えさせ、腿の間に己れのものを挟みこんだのだ。ふつうに愛を交わすよりも破廉恥な行いに、リンディは羞恥するより呆れてしまった。

「あなたは本当にケダモノね……」

「違う。男はみんなケダモノなんだ」

「そんなに押しつけない、…あ、あんっ、やぁ…っ」

アルナルドが腰を振ると、熱塊がリンディの敏感な部分をずるりとこすった。感じて十分にしこっているところをそんなふうに刺激されて……、しかも、アルナルドの欲望自身でだ。

リンディにはあまりにも倒錯的に思えたが、ふつうではない、ということに興奮もした。アルナルドはリンディの蜜を、可憐な花に塗り広げながら器用に腰を使う。クチクチというやらしい音がしてくる頃には、リンディは快感で惑乱していた。

「駄目、駄目ぇ…っ、ああ、いや…っ、駄目、駄目っ、駄目ぇ…っ」

浅く速い呼吸に合わせてリンディの声も短くなる。背中が自然と弓ぞり、仰け反った喉元と揺れる乳房がアルナルドを視覚から十分に興奮させた。体の奥から寒気に似た快感が一気に広がり、リンディはついに絶頂を迎えた。

「あっあっ、ああ……っ」

跳ねる体をアルナルドがきつく抱きしめた。小さくうめいたアルナルドが、詰めていた息を大きく吐きだして、ゆっくりと体を起こした。リンディの足をそっと草地に下ろすと、綺麗な桃色に染まっているリンディの体を眺めて目を細めた。

「……まずいな。汚されたおまえというのも、ひどくそそられる」

「……なに……？」

「おまえは俺にとって魔物だ。たまらない、リンディ……」

「いや、駄目っ」

うずくまったアルナルドが、蜜が絡まり濡れている金色の叢に口づけた。これ以上なにかされたら、動けなくなってしまうわと焦ったリンディが、グイと黒い髪を押しやると、もうなにもしない、とほほえんだアルナルドが立ち上がった。

「体を拭《ふ》いてやる」

「自分で……」

やるわ、と言おうとして、やっと自分の腹にアルナルドの放ったものがついていることに気づいた。あんなことをして、こんなものまで、とリンディは少し憤慨したが、止まらなくなるほどのアルナルドの興奮が自分のせいだと思うと、可愛くも感じてしまった。川の水で濡らした手拭きでアルナルドが体を拭ってくれる。リンディは本当に小間使いのように自分の世話を焼き、大切にしてくれるアルナルドに、うふふ、と可愛らしく笑ってみせた。

アルナルドの手も借りて、身なりを整えた。右を自分で、左をアルナルドに編んでもらいながら、リンディは溜め息をこぼした。

「髪を洗いたいわ。あなたのお部屋まで、あとどれくらい？」

「この山を越えればすぐだ。昼過ぎには着くだろう。ローゼリウスの湯がおまえを待っている」

「ええ。本当に楽しみよ。綺麗に研《みが》いた体をあなたに見せてあげる。平伏《ひれふ》すがいいわ」

「ああ。俺も綺麗に洗った体でおまえの上に平伏そう」

「まあ、なに、それ」

二人でクスクスと笑いを交わした。

再び馬で出発する。早朝の澄んだ空気の中、せせらぎを聞きながら木陰の下を駆歩で進むのはとても気持ちがいい。川幅が少しずつ広くなり、流れも緩やかに、底が見えるほど浅くなったところで、小さな村に入った。

「この村で山羊に乗り換える」

「ラウフはどうするの？　連れていくの？」

「ラウフは放す。こいつは一人で街道を走って、セフェルナル側の村で俺を待っていてくれる。そこでラウフに乗り換えるんだ」

「まあラウフ、本当に賢いのね……」

リンディが感心して、よしよしとラウフの首を撫でると、ラウフは満更でもなさそうに鼻を鳴らし、アルナルドに笑われた。

川辺の村は、ワスタスの村どころではない粗末な村だった。高床式の掘っ立て小屋に等しい家が、まばらに数軒建っている。犬に猫に鶏《とり》や山羊が放し飼いになっていて、アルナルドが村に馬を入れると、村人が総出で笑顔で出迎えてくれた。リンディはほほえんで尋ねた。

「あなたはこの村のかたたちともお友達なのね？」

「ああ。山越えの時はどうしても世話になるからな。無償で塩を譲っている」

なるほど、とリンディはうなずいた。馬から下ろされ、犬や山羊に懐かれて困惑していると、まるで呪文《じゆもん》のようにしか聞こえない言葉で村人と談笑していたアルナルドに呼ばれた。

「リンディ、こいつに乗るぞ」

「……それが山羊なの!?」

振り返ったリンディは目を丸くした。山羊とは今、自分の服を噛んでひっぱっている動物のはずで、アルナルドが角を摑んでいる動物は山羊ではないと思った。それほどにふつうの山羊と違う。とにかく、巨大なのだ。馬に近い大きさだ。リンディが恐る恐る近づいてみると、毛並みもかなり違った。くるくるとよじれた長い毛に覆われている。リンディはそうっと聞いた。

「本当にこれに乗るの……？」

「ああ。俺はこれに乗ってセフェルナルから山を越えた。これは俺の山羊だ」

「躾けてあるのね？　噛んだり、暴れたりしないのね？」

「少なくともラウフよりはおとなしい」

「それならとてもいい子なのね。よろしくね。角がとても立派よ」

リンディが山羊の首を撫でながら挨拶をすると、アルナルドは横を向いて小さく噴いた。セフェルナル一、気性の荒いラウフをいい子と言うのなら、気難しく、気に食わないと思ったらてこでも動かなくなるこの山羊のことも、いい子だと言いそうだと思った。

山羊用の鞍を取りつけるといよいよ山越えに出発だ。目の前の川を、山羊に乗ったまま渡る。人の背丈ほどの、赤土の小さな崖を越え、木々の間を少し進み、いよいよ山に入った。最初のうちは土の地面だし木々も生えているし山らしい山だったが、その木々が背丈を低くし始め、地面に岩が顔を覗かせるようになると、いよいよ岩山の始まりだった。

人や獣がよく通るので道になった、という具合の、細い細い道を登っていく。はじめこそよかったが、ある程度の高さまで来ると、落ちたら終わりという恐怖が勝って、リンディは体を硬くした。ちらりと横に視線をやると、空間しか見えない。本当に山羊の足元にしか道がないのだ。リンディはキッと前を向いた。下を見てはいけないと思った。山羊はカツカツとたしかな足取りで山道を登っていく。山羊に任せていれば大丈夫よ、とリンディが自分を励ましたとたんだ。あろうことか山羊が、ピョンと跳んだのだ。

「――ッ!!」

リンディは両手で口を押さえて悲鳴をこらえた。大声を出して山羊を驚かせてはいけないと思ったのだ。背後でアルナルドがよしよしと頭を撫でてくれた。

「よく悲鳴をこらえた。いい子だ」

「……っ」

リンディは口を押さえたままコクコクとうなずいた。手を離したら怖い怖いと喚いてしまいそうだった。アルナルドはリンディの気持ちを紛らわせようと思ってか、言った。

「山羊の蹄《ひづめ》は馬と違って動く。手のように岩を摑むことができるんだ。ただ岩に乗っているだけではない、岩を摑んでいる。だから滅多なことでは滑って落ちたりはしない」

「んっ」

「この先は道が途切れているところがたくさんあるが、山羊は跳ぶ力も優れているから、簡単に跳ぶ」

「んん……」

「岩から岩へではなく、道から道へだ。足場は平らだし、怖がることはない。板切れほどの幅もあるしな」

「……」

まったく、少しも気が紛れないとリンディは思った。この高さで、板切れほどの幅の道しかないなんて、しかもそれを跳びながら進むなんて、知らないほうがまだましだと思う。その間にも山羊は、ヒョイ、ピョーン、と跳び進むのだ。恐ろしすぎてもう声も出せなくなった。

そんな恐怖の空中散歩をしばらく続けたところで、行く手にぽっかりと狭い洞窟が現れた。山羊はそこへカツカツと入っていく。ああ、洞窟なら地面もあるし、怖くないわ、とほっとしたのも束《つか》の間《ま》、どうも山羊の歩き方がおかしいことに気づいた。ヨタ、ヨタ、という歩き方だ。まさか、と背筋をふるわせたリンディは、絶対に下を見ないようにして、アルナルドに尋ねた。

「アルナルド。もしかしてこの洞窟は、地面がないのかしら……？」

「そうなるな。これは洞窟ではなく山の裂目だ。地上まで亀裂が続いている」

「……」

「心配するな。足を滑らせたところで、亀裂より山羊の体のほうが大きい。下まで落ちることはない」

「……」

聞かなければよかった、とまたしてもリンディは後悔した。山羊が亀裂に挟まるから落ちないとか、そんなことは問題ではない。地上何百マイレかわからないが、そんなにも高いところを歩いている、しかも地面がない、壁に足を突っ張って歩いている、ということが気絶しそうなほど恐ろしいのだ。真下から吹き上げてくる風が、冥府《めいふ》からの風に思える。リンディははるか遠くに見える出口からの明かりを一心に見つめ、どうかどうか無事にあそこまでたどり着けますようにと祈った。

ヨタ、ヨタ、と進む山羊に揺られて、永遠に出られないのではないかと思っていた山の裂目をなんとか抜けた。出たところで板切れほどの幅しかない、棚のような通路しかないのだ。それでも地面があることに安堵したリンディは、ホッとしたのと同時に怒りが湧き上がり、アルナルドを振り仰いで怒った。

「いいかげんにしてちょうだい、アルナルド！　なにが道なの!?　これは道ではないわ、足掛かりと言うのよっ!!」

「れっきとした山の民の道だぞ」

「わたしは山の民ではありませんっ!!　よくもこんなところにわたしを連れてきたわねっ」

「たしかにな」

アルナルドは地上よりも雲のほうが近い高さにいるというのに、楽しそうに笑った。

「セフェルナルでこの道を使って山を越えるのは男だけだ。おまえはここを通って山を越えた最初の女になったぞ。喜べ」

「そんなことを喜ぶ女性はいないわっ!!　覚えていらっしゃいアルナルド、地上に下りたら必ず仕返しをしてあげるわっ!!」

「ああ、楽しみにしている」

またしても笑うアルナルドに心底腹が立つ。下を見たら恐ろしくて粗相をしてしまいそうなので、リンディは上を見た。そして、ああ、と感動した。深い、深い青色の空が広がっている。星が見えてもおかしくないほど澄んだ空だ。王都の空はもっと薄い水色で、こんな、吸いこまれそうに深い青空など見たこともない。砂漠やこうした空といった、大きな自然と相対すると、自分の小ささがよくよくわかる。小さくて無力な、何者でもない自分。実際に帰る国も家も失ったリンディにとって、何者でもないということは恐怖だが、同時に、何者にもなれるのだという希望も持てる。

ふと、彼方《かなた》、王都の方向に目を向けた。夜明け前に越えてきた砂漠の向こうに、筆でトントンと描いたような森が遠くまで見える。けれどシスレシア一の高さを誇っていた王都の塔は見えない。宮殿にいた頃は、シスレシア一高い塔、始祖王を讃《たた》える塔を誇りに思ってきたが、ここからでは影も見えないのだ。本当に自分は狭い狭い世界しか知らず、そこがすべてだと思って生きてきた小さな人間だと思った。

リンディは背後のアルナルドにトンと体を寄せ、空を仰ぎながら言った。

「わたし、あなたと一緒に来てよかった……。なんだか今、自分の心臓が動いていて、呼吸をしていて、生きているのだということを、初めて実感しているの……。おかしいわね」

「おかしくはないだろう。山羊が道を踏み外してこの崖から転落したら、みな即死だ。それを考えたら、生きていることを実感もするさ」

「……あなたなんかに打ち明けるのではなかったわ」

感動を台無しにされたリンディは、アルナルドにからかわれたのだとはわからず、ツンとした顔で前方を睨んだ。背後でアルナルドが笑いを嚙み殺していることも、もちろん知らない。

尾根を登り切ったところで、リンディは、まあ、と歓声をあげた。

「セフェルナルね！」

眼下にセフェルナルの国が広がっていた。森がある。山もある。そしてああ……。

「…海だわ……、海が見える……」

遠く、きらきらと光っている真っ青な海。生まれて初めて海を見たリンディは感激した。まろやかな丸みの水平線にも目を奪われる。ここから見ると、右から左へとぐるりと海に囲まれていて、セフェルナルが半島なのだとよくわかる。山羊を止めてくれたアルナルドが、微笑を浮かべて説明した。

「俺の離宮はあの海のすぐそばにある。夜になれば、海に星が落ちていく様が見られるぞ」

「ああ、素敵……、早く見たいわ……」

「真ん中のやや左手に河が流れているのがわかるか。あれはこの山から流れた水が海に注ぐ河だ。セフェルナルだけの河だから水争いもない」

「ええ……。その川のそばにある、城壁で囲まれたところが王都？」

「いや、城壁に囲まれているのは王宮だ。王都自体には壁はない。道を歩いていて王宮が見えたら、そのあたりからが王都ディーレだ」

「ではそれほど広くはないのね」

「ここから見渡せるほどの小さな国だ。国全体が王都のようなものだ」

「そして海とこの山脈が天然の城壁なのね」

深く納得した。あの海を渡ったり、この山脈を越えることを考えれば、シスレシアの王都の城壁など子供騙《こどもだま》しのようなものだろうと思った。

海から王都、そしてもっと手前へと視線を戻してきたリンディは、山裾一帯を見て息を止めた。帯状に、明らかにほかの畑とは違う緑色の畑が広がっていたのだ。そして点々と残る、黒く焼け崩れたままの村々……。

「……シスレシアが焼いた、村と畑ね……」

「ああ」

「あの村々には、もう、人は住んでいないの……？」

「ああ」

「そう……」

アルナルドは詳しいことは言わない。リンディを追い詰めないための気遣いだと、リンディにもわかっている。自分の国がしでかしたことを現実にこの目で見て、いったい自分はどうすればいいのか。どうすべきなのか。それすらもわからなくて、リンディの胸は石でも飲みこんだように重く、痛んだ。

「あんな……、ことを、した国の、元王女が、あそこへ行くのね……。恨まれているでしょうね。憎まれて、いるでしょうね……。でも、なにを言われても受けとめるわ」

「昨日も言っただろう。俺たちはシスレシアに報いを受けさせた。それでご破算だ。十人殺されたからといって十人殺し返しても、死んだ人間は生き返らない。逆に、再び十人殺される。それではセフェルナルのような小国はもたない。それを何百年の歴史の中で、セフェルナルは学んでいる」

「……でも……」

「命は金に換えられないが、残された者は、金があれば生きていけることも事実だ。だから俺たちはおまえの兄に相応の金を払わせた。それでいいんだ。俺たちは恨むより生きることを選ぶ。そういう国民性なんだ」

「……」

「それに今のおまえなら大丈夫だ。シスレシア王国第二王女グリューデリンドのままだったら、子供たちから石を投げられたかもしれないが、三つ編みのリンディならな。みなおまえのことを好きになる」

「……そうだといいけれど……」

アルナルドの言葉は根拠もなにもなくて、少しも慰めにならない。リンディは心の中で溜め息をこぼした。

再び恐怖の板切れ通路を進む。登りより下りのほうが何倍も恐ろしい。リンディは無意識に、頑張って、頑張って、と山羊を励ました。そのうちに板切れの幅が広くなり、なんとか「道」と呼べるほどになる。山肌をぐるりと回ると、枯れ沢に出た。子供の頭ほどもある石で覆われた枯れ沢に山羊を進め、アルナルドは言った。

「春先、ここには雪解け水が一気に流れる。だからこの沢を下れるのは夏から秋までだ。ここを下れないとひどい遠回りをすることになるからな。おまえは運がいい」

「待って……、待ってちょうだいアルナルド、下るですって？　この枯れ沢を、下るの!?」

「ああ。ここを一気に下ればすぐにふもとの村に着く」

「信じられないわ、アルナルド、この勾配《こうばい》を見てっ」

「山だぞ。これくらいの勾配は当たり前だろう。行くぞ」

「待って、待って、……ううっ」

アルナルドはなんの躊躇《ちゅうちょ》も見せず、走りだしたが最後、下まで絶対に止まれそうもないほど急な枯れ沢を駆け下りた。リンディの感覚としては垂直に近いし、山羊が蹴った石が後ろからゴロゴロ落ちてくるし、崖を渡ってきた時とは種類の違う恐怖に襲われる。アルナルドのことを野蛮だとは言いたくないが、しかしこの行動は絶対に野蛮だと思った。

心臓が痛くなるほど恐ろしくて急な下りは数分で終わり、あとはリンディでも耐えられるほどの緩やかな傾斜となった。枯れ沢の幅も広くなり、高山植物の黄色や紅色の花がちらほらと見える。枯れ沢が大きく右へ曲がるところで沢を逸れ、左の山肌に開いた、またしても裂目のようなところへ山羊を進めた。リンディは少し涙ぐんで尋ねた。

「ここも、山の裂目なの？　この下に、地面はないの……？」

「いや、これは人の力で岩をくりぬいた、正真正銘の道だ。切り通しだな。ちゃんと地面はある」

「よかったわ……、さっきの山の裂目が本当に怖かったの、もう二度と、絶対に、あそこは通らないわ」

「どうして。あそこを使えば二日でシスレシアに行けるんだぞ。里帰りにちょうどいい、……」

「いいえ。たとえ一日かかろうとも、わたしは商人たちが使う街道で山を越えます。二度とあなたとは山を越えないわ」

リンディのプンプンと腹を立てた声が切り通しに響く。なにがおかしいのかアルナルドが笑った。

さして長くはない切り通しを抜けると、そこは休憩にちょうどいい広さの岩棚になっていた。山羊を止めたアルナルドが言った。

「少し休憩だ。山のいい空気を吸って、腹も減っただろう」

「ええ、本当に」

リンディは冷たい声で答えた。あんな怖い思いをさせて、なにが山のいい空気なの、と腹を立てながら山羊から下ろしてもらう。自分の足で地面に立てることにものすごい安心感を覚えた。岩棚の端まで行ってみると、すぐ下に森が広がっていることがわかった。真後ろは一本の木も生えていない岩山なのに、この棚を境に一気に植生が変わることに驚いた。

「面白いわね。この棚のところで、気温かなにかが変わるのかしら」

「気温というより、湿度だな。霧はここから下にしか出ない。湿った風がちょうど、ここで山にさえぎられて下へ流れているんだ」

「だいぶ山を下ってきたということ?」

「ああ、もう半分は下りている。この下の森だが、地面は岩だらけで実際は山だ。シスレシアの森を越えたようにはいかない。もうしばらく山羊で移動だ。離宮に着いたら、すぐに寝心地のいい寝台を提供するから、それまで頑張ってくれ」

「ああ、寝台も嬉しいけれど、ローゼリウスの湯を使ってみたいわ。とてもいい香りがするのでしょうね。王都には乾燥させたローゼリウスしかなかったのよ。本当に楽しみ」

にっこりとリンディは笑った。風呂やいい香りが大好き、という様子は、いかにも女の子らしくて可愛い。アルナルドは目を細め、ローゼリウスの湯だろうがなんだろうが、おまえの望むものはすべて用意してやる、と思った。

山向こうの村で分けてもらった、バナナともち米を蒸したものと、塩をまぶして焼いた羊肉に、塩水で煮た豆というお弁当を食べた。リンディはもう味についてどうこう思わない。食べるものがあるだけでありがたいと思えるようになっていた。最後にアルナルドが、瓜《うり》に似ているが瓜より何倍も甘く、汁気も多い果物を食べさせてくれて、休憩を終えた。アルナルドが敷物を丸めて山羊の背中に取りつけている間、リンディは棚の端に立って森を見渡した。ケー、ケー、という鳴声に気づいて空を見ると、隼がゆっくりと旋回しながら飛んでいる。アルナルドの鳥、ヴァーゼね、とリンディは思った。しっかりとついてきて、本当に賢い。この森で餌を取ってヴァーゼも休憩かしら、と考えていた時だ。アルナルドが聞き馴れない言葉でなにかを叫んだ。驚いたリンディが振り返ると、アルナルドが必死の形相でリンディの腕を摑み、力任せに引き寄せ、胸の中に抱きこんだのだ。

「アルナルド？　アルナルド、どうしたの…!?」

「……っ」

頭上でアルナルドの低いうめき声が聞こえた。リンディを抱きしめていた腕が力を失い、だらりと落ちる。同時にガクッというふうにアルナルドの体からも力が抜け、リンディに覆いかぶさるように体重をかけてきた。

「アルナルド……っ」

ただならぬことが起きたのだとリンディは悟った。なんとかアルナルドを抱き留めようとしたが、体重差がありすぎて、押し潰されるように地面にへたりこんでしまった。どうにかアルナルドの頭を抱えて顔を出したリンディは、アルナルドの背中、右肩のあたりに通常の矢の半分ほどしか長さのない、小型の矢が刺さっていることに気づいた。

「アルナルド！」

抜いていいのかいけないのかもわからない。アルナルドは意識を失っているらしく、いくら呼びかけても反応しない。ひどい混乱に陥ったリンディは、さらに、岩棚の上からも、下り道からも見知らぬ男たちが現れたことで、頭の中が真っ白になってしまった。この男たちがアルナルドに矢を射ったことは間違いがない。男たちはみなストールで顔を覆っているが、これまで見てきた遊牧民や、山向こうの村の人々、そしてアルナルドとも巻き方が違う。遮熱や防砂のためというより、顔を見せないために巻いているように見える。しきりになにか言っているが、まったく言葉がわからない。答えないリンディに業を煮やしたのか、男の一人がリンディの腕を摑み、力任せに引き寄せた。アルナルドの体がドサリと岩棚に倒れ伏す。

「放しなさい、無礼者っ」

リンディは力のかぎり抗ったが、腕を摑む男の手はびくともしない。男たちは肩に弓矢をかけ、鉈《なた》に似た形の刀を腰に下げている。そして、顔を隠しているのだ。ここは山の民の道だ、とアルナルドが言っていたことを思いだしたリンディは、ハッとした。

(山の民とは山賊のことだわっ)

理解した時、山賊の一人がアルナルドを岩棚から森へと蹴り落とすところを見てしまった。

「……イル＝ラーイ!!」

とっさに、リンディはそう叫んでいた。アルナルドではなくイル＝ラーイと。次の王となる者だけが持てる尊称、セフェルナルの人々が敬意を持って呼ぶ、イル＝ラーイと。

とたんに山賊たちが興奮してなにかを叫びだした。リンディは猛烈な怒りに駆られた。自分の腕を摑んでいる山賊に思いきり体当たりをし、賊が虚をつかれたところで腕を振り払っ

た。切り通しの出口に立てかけてあったアルナルドの剣を取ると、リンディは山賊たちに怒鳴りつけた。

「彼はわたしの男で、わたしのものよ!! このわたしっ、グリューデリンド・エスタリア・デア・フォンビュッテルの男を手にかけるなどっ、万死に値するわっ!!」

王女として育ってきたリンディは自尊心が高い。アルナルドは恋人でも、ましてや夫でもないが、自分の男だ。自分が選び、自分のすべてを好きにすることを許したたった一人の男だ。その大切な男に矢を射こまれ、ゴミのように足蹴にされて山から捨てられるなど、命と引き替えにしても許してはおけない。

これまでさわったことすらない剣を、怒りに任せて抜いた。研ぎ澄まされた刃が真夏の光をギラリと反射させる。リンディは叫んだ。

「そこへ直りなさいっ!! おまえたち、一人残らず首を刎ねてやるわっ!!」

山賊たちに向かって突進した。賊たちは驚愕した表情で、待て待て、あるいは、違う違う、という身振りをする。リンディは美しいまなじりを吊り上げ、叫んだ。

「命乞いなど聞かぬ!! 直れっ!!」

怒りを噴き上げ、明確な殺意を持って剣をふるった。山賊たちはなにかを叫びながらも、一目散に逃げていった。しばらく剣を構えて待ったが、山賊たちが戻ってくる様子はない。

リンディは剣を放り出すと、岩棚の端から限界まで身を乗り出して下を見た。

「アルナルド! アルナルド!!」

けれど木々にはばまれ姿を見つけることもできない。もちろん、返事も返ってはこなかった。この下は岩だらけなのだとアルナルドは言っていた。

「でも、木が緩衝材《かんしょうざい》になっているはずよ、少しは落下の衝撃を減らしてくれているはず……っ、落ちたからって、死んだとは限らないわっ」

だがそれでも、アルナルドは意識がなかった。岩に頭を打っていたら、とても危険だ。事態は一刻を争う。リンディは恐怖と混乱で体をふるわせたが、ギリッと唇を噛んで自分を奮い立たせた。

「しっかりしなさい、グリューデリンド！　怖がるのもおろおろするのも、やることをすべてやってからよっ！」

とにかく、アルナルドを助けなければならない。

リンディはすっくと立ち上がると、空を見上げた。ヴァーゼが飛んでいる。指笛など鳴らせないリンディは、大声でヴァーゼを呼んだ。

「ヴァーゼ！　ヴァーゼ!!　お願い、ここに来て!!」

人の言葉が通じるとは思っていなかった。けれどヴァーゼは、まるでアルナルドの指笛を聞いたとでもいうように、真っすぐにリンディ目指して下降してくると、リンディの伸べた腕に留まってくれたのだ。柔肌にヴァーゼの鋭い爪が食いこみ血が流れたが、リンディは痛みすら感じていなかった。

「ヴァーゼ、よく聞いて。この下に、この岩棚の下に、あなたの主がいるの。わたしは助けを呼んでくるから、あなたは目印として、この上で飛んでいてちょうだい。お願いよ、餌を取りにいかないで、ここで飛んでいて。あとであなたの好物をたくさんあげるから。お願いね」

アルナルドがやっていたように餌を与えたくても持っていない。リンディは噛みつかれる恐れも考えず、ヴァーゼの嘴《くちばし》にキスをして、空に放した。あとはヴァーゼを信じるしかない。リンディは放り出していた剣を拾い上げると、ストールを腰に巻いてそこへ剣を下げた。剣は男にとって大事なものだ。放り捨てていくわけにはいかない。切り通しの奥へ逃げこんでいた山羊を見つけると、縦長の顔を両手で包んでお願いした。

「アルナルドが大変なの。あなたの主よ。ふもとの人に助けを呼びに行かなければならないの。だからお願い、わたしを乗せて、ふもとまで連れていって」

山羊の鼻にキスをした。山羊はうんともメーとも言わなかったが、リンディが鞍によじ登ろうと悪戦苦闘していると、前脚を折って乗りやすいようにしてくれた。

「ありがとう。ああ、あなたの名前を聞いておくのだったわ。さぁお願い、どこでもいいわ、人のいるところまで走ってて っ」

山羊の扱いなどわかるわけがなかったが、首筋をトントンと叩くと、山羊は心得たといった様子で切り通しを出て、そのあとは走るというより跳びながら岩山の道を下りていった。岩山が森へと変わる。森の中でも山羊は、岩から岩へと跳び移ってふもとを目指してくれる。アルナルドでさえこんな無謀なことはしないだろうと思うほどに、リンディはまさしく野蛮に山を下りた。

岩だらけの地面が徐々に土の地面に変わり、ふつうの森のようになってきた。そのとたん、山羊の走る速度が落ちる。ああ、そうだったわ、とリンディは気づいた。

「山羊は岩場を登るのが得意だったわね。なにしろあなたの蹄は、手のように岩を掴むんですものね」

ということは平地を走ることは苦手なのだろう。それでも馬の並歩《なみあし》程度には走ってくれている。頑張って、とリンディは山羊を励ました。ふもとの村がどこにあるのかリンディにわかるはずがないので、進む方向は山羊任せだ。それでもとにかく、山を下りれば人に出会うだろうと思って森を進んだ。

木々がまばらになり、ちょっとした小山のような盛り上がった場所を山羊が越えたところで、進む方向に村を見つけた。山羊はそこを目指していたらしい。リンディはギュッと山羊の首を抱いた。

「ああ、あなたは本当に賢いのね。大好きよ」

今度は山羊は、メェー、とどこか甘えるような声で鳴き、リンディを落とさない程度に飛び跳ねながら村へ向かった。

そこは小さな村だった。炭焼きを主な仕事にしているようで、家の数と同じだけ炭焼き小屋がある。村の周囲にはこぢんまりとした畑が作られていて、山羊と豚は放し飼いではなく小屋に入れられていた。リンディが山羊とともに村に入ると、外で遊んでいた子供たちや、井戸端で野菜を洗っていた女たち、炭を収納庫に運び入れていた男たちが、みな一斉に驚きの声をあげた。なにしろ山岳地帯で暮らす巨大な山羊に乗った女の子が、大きな剣を腰に差し、ぼろぼろの有様で山から下りてきたのだ。それだけでも驚くのに、金色の髪に青い目をしている。セフェルナルでは決して見ない、正真正銘の異国人だ。

遠巻きに見つめられ、怖がられてもいると感じたリンディだが、細かいことを説明している時間はない。山羊の背から飛び降りると、パッと見た中で一番年嵩《としかさ》の男に真っすぐに近寄った。

「助けてほしいの！」

男は困惑をあらわにしてリンディを見る。言葉が通じないのだ。リンディは空を指差し、円を描いて飛んでいるヴァーゼを指差して、さらに言った。

「あの鳥の下にアルナルドが…っ、イル＝ラーイがいるのっ。怪我をしているの、動けないのよ、お願い助けに行ってて っ」

「イル＝ラーイ？」

その言葉だけ、男に通じた。リンディは何度もうなずいて、怪我をしている、助けて、と言ったが、どうしても通じない。男もなにやら言ってくる。その言葉は東の大陸にあるコキナスという国の言葉に似ている。試しにリンディはコキナス語で状況を説明してみたが、それでも通じなかった。

「ああ、どうしようっ、本当に時間がないのよ…っ」

　アルナルドが心配で涙ぐんだ時、村の外れにつないである馬に気がついた。水と飼い葉を与えられて、ご機嫌そうに尾を振っている、漆黒の毛並みの大きな馬……。

「ラウフ！」

　間違いない。アルナルドの馬、ラウフだ。ということは、アルナルドはここで山羊と馬を乗り換える予定だったのだ。

「ああっ、あなた、本当にいい子よっ、大好きよっ」

　リンディは改めて山羊の鼻にキスをすると、馬に駆け寄った。馬のほうもリンディに気づいたのか、前脚で土をかく。村人たちが大声でなにかを言ったが、リンディは構わずに馬をつないでいる綱をほどこうとした。そのとたん、村の男たちがわっと寄ってきて、なにかを口々に言いながら、よせ、やめろ、という身振りをするのだ。リンディはきっぱりと言った。

「盗むわけではないのよ、王都に行きたいの！　どうしても馬が必要なのよっ！」

　とうとう綱がほどけた。今度は男たちはわーっと逃げだす。いったいなにをそんなに怖がっているのかしらと思いながら、リンディは馬の鼻面を抱きしめた。

「ラウフ、先に来ていてくれてよかったわ！　アルナルドが大変なの、王都へ報せに行かなければならないの、どうかわたしを王都へ連れていって」

　祈るようにギュッと馬の頭を抱きしめると、馬はしきりにフンフンとリンディの匂いを嗅《か》ぎ、満足したのかなんなのか、ゆっくりとリンディに背中を向けた。

「よかったわ、ありがとう、鞍を載せてもいいのね」

村人たちよりも意思が通じる気がして、リンディは心強く思いながら脇の柵にかけてあった鞍を持ち上げた。ところがこれが予想以上に重いのだ。もともと重いものを持ったことがない、腕力がないということも原因だろうが、リンディは鞍を抱えたまま尻餅《しりもち》をついてしまった。急いで立ち上がり、鞍を馬に乗せようとするのだが、どんなに頑張っても自分の胸より上に持ち上げられない。馬が心配そうにチラリ、チラリとリンディを見るのもいたたまれない。どうしよう、椅子を借りようかしら、と思って途方に暮れていると、遠巻きにしていた村の男が数人、恐る恐るそばに来て、鞍を取りつけてくれた。

「ありがとう、本当にありがとう、助かったわ。ついでに手を貸してくださらない？　わたし、一人では馬に乗れないの」

身振りも交えて言ってみると、さすがにこれは通じた。男が手を組んで、ここに足をかけろという身振りをする。ブーツのまま手を踏んでごめんなさい、と思いながら指示されたとおりにすると、ヒョイ、と持ち上げてくれた。動く人間踏み台みたいだわ、とびっくりしながら馬にまたがり、リンディはもう一度礼を言った。

「ありがとう。できればアルナルドを助けに行ってほしいの、イル＝ラーイよ、あなたがたのイル＝ラーイ。あの鳥の下よ」

村人たちが、イル＝ラーイ、イル＝ラーイ、と言い交す。リンディはうなずいて、最後に尋ねた。

「王都はどの方向？　王都……、ディーレよ」

ディーレ、も通じた。村人たちが一斉に、真っすぐ山裾の方向を差す。リンディはうなずくと、馬の首を撫でながらディーレの方向を示した。

「ラウフ、あちらよ。王都に行きたいの、お願いね」

そうして軽く馬の腹を蹴った。馬はまるで笑ったようにブルンと鼻を鳴らすと、いきなり全力で疾走を始め、村の周囲に立てられた柵を飛び越えて林に突入した。

「待っていてアルナルド、必ず助けに行くわ…っ」

リンディは馬に乗ってはいられるが、操ることはできない。だから鞍に摑まって、ただ馬の進む方向へ任せた。

「山の向こうからここまで一人で来られたのだもの、ここから王都までも行けるわよね」

リンディはラウフを信頼している。信頼はしているが、さすがはアルナルドの馬といおうか、やはり道を無視して林の中を爆走するのだ。賢い馬だが乗っているリンディのことまで考えていないらしく、顔や体に小枝がバンバン当たる。避けられる枝は避けているが、なにしろ馬の足が早いので、視力がついていかない。林を抜けて小さな川に出た時には、額や頬、手の甲にたくさんの擦り傷をこしらえていたし、編んでいた髪もいつのまにかほどけてしまっていた。

小さな崖を飛び降りて川を渡り、向こう岸の小さな崖に飛び乗ると、森が始まった。木の上からなにかの蔦が垂れ下っていたり、倒木の下をくぐり抜けていったりするので、ぼんやりしていると蔦に絡まって落馬か、あるいは倒木に顔面を強打して落馬するので、リンディはエイと体を倒して馬の首に抱きついた。ますます馬の速度が上がったが、大怪我をするよりはましだし、なにより可能な限り早く王都に助けを求めたい。あの山の中で大怪我をして倒れているアルナルドの姿がつぎつぎと頭に浮かび、リンディは不安と恐怖で泣きだしそうになった。

ふいに森を抜けた。ホッとして体を起こすと、なだらかな丘の向こうに、彼方まで続く緑一色の畑が見えた。もちろん馬は丘を駆け下り、畑の中にも突進する。腰の高さまで育った濃い緑の作物は夏野菜、それも収穫期なのか、農民たちが総出で果実を摘んでいた。そのだ中を、せっかくの作物を踏みつけ、蹴り飛ばして馬は走っていく。作業の手を止め、唖然《あぜん》とした顔でリンディを見る農民たちに、リンディは心の中で、ごめんなさいと謝りながら突き進んだ。

ありとあらゆる作物を蹴散らしながら一直線に畑を突っ切っていくと、正面のずっと向こうに城壁らしきものが見えた。

「……王宮だわっ！」

王宮が見えればそこからが王都だとアルナルドは言っていた。セフェルナルの王都、ディーレまで、やっとたどりついたのだ。リンディはキッと城壁に視線を向け、待っていて、待っていてアルナルド、と心の中で言い続けた。

畑の終わりを示す柵を飛び越えると、そこからはもう街だ。賢い馬はふいに進路を変えて、街の中央を走る街道へ向かった。野山と違い街中は建物をぶち抜いて走っていくわけにはいかないし、たいていの都なら街道がそのまま目抜き通り、中央通りとなって、王宮正面へ真っすぐに続いている。街道こそが宮殿への最短距離なのだ。

農民たちの家々が並ぶあたりを過ぎると、いよいよ商店が増え、それにともなって人出も多くなった。人を撥ねたら大変だわ、と思い、言葉は通じないが警告のつもりでリンディは叫んだ。

「どいてちょうだいっ、お願い、避けたり止まったりできないのよ、危ないからどいてっ、道をあけてっ」

あちこちから悲鳴があがった。ごめんなさい、と謝りながら、同時に道をあけてとリンディが叫ぶと、ふいに指笛が響いた。アルナルドが鳥を呼ぶ時とは違う、かなり長い指笛だ。指笛は次々と伝達され、それにともなって目抜き通りの人々がサアッと道をあけてくれた。暴れ馬が来たぞ、という合図なのかどうかわからないが、ともかくも、

「ありがとうっ、感謝するわっ！」

リンディはそう言って、王宮まで一直線に続くがら空きの道を風のように走り抜けた。

「……見えた、城門だわっ！　いやだ、閉まっている……っ」

堀に架かる橋は下ろしてあるが、門はがっちりと閉められているのだ。門番の衛視もリンディに気づき、止まれ止まれという身振りをする。リンディは叫んだ。

「止まれないのよ！　門を開けて！」

それでも衛視は槍《やり》を構えて止まれと合図するのだ。リンディはギリッと奥歯を噛むと、腰

の剣を引き抜いた。

「止まれないの！　いいから門を開けなさい！　開けないならあなたがたを斬って門を破りますっ!!」

剣を振りかざした。衛視たちは驚愕した表情で槍を落とすと、慌てて門を開け始めた。だが間に合わない。馬が橋に駆け上がった時、半分も開いていなかった。通り抜けられなければ馬ごと門に激突して大惨事になる。リンディは唇を引き締めた。

「……いいえ。抜けるわ、絶対にっ」

ここを抜けなければアルナルドを助けることはできないのだ。馬も同じ思いなのか、まったく速度を落とさずに門を目がけて走りこんでいく。衛視たちが堀へ飛びこんで危険を逃れる中、リンディはぴったりと馬に体を寄せて、城門の隙間《すきま》に突っこんだ。

「……っ！」

両膝が門扉にこすれ、鋭い痛みを感じた。もう本当にギリギリのところで門を抜けたのだ。前庭には宮殿正面まで続く、幅の広いゆったりとした段差の、水の階段が設けられていた。きちんと刈りこまれた植栽と花々で美しく飾られた階段の両脇には、もちろんちゃんと馬道がある。けれど馬は、主さながら傍若無人に水を蹴散らして階段を駆け上がっていく。宮殿の中から兵士や使用人たちが一斉に飛び出してきた。そしてリンディは見る。

宮殿正面の回廊に立ち、真っすぐにリンディを見ている一人の男。体格のいい壮年の男だ。アルナルドの服と似ているが、こちらは白い服だ。その上に鮮やかな緑色の長衣をまとっている。男はすぐさま前庭に出ている男たちになにかを指示し、回廊から身を翻して消えた。

馬は止まらない。正面入口はすぐ目の前だ。リンディは言った。

「だれかラウフを止めて！　わたしでは止められないの、言葉のわかるかた、ラウフを止めてちょうだいっ！」

ついに馬が最後の植栽を飛び越え馬車回しに下り立った。このままでは玄関に激突してしまう、と思ったリンディが、ギュッと目を閉じた時、

「ラウフ！」

太い声が響いた。とたんに馬が高く前脚を上げた。振り落とされると思ったリンディが必死で馬に抱きつく。脚を下ろした馬は、急激な停止で心臓に負荷をかけないためか、馬車回しを何周もしながら徐々に速度を落とし、ついに回廊に立ってリンディを見ていた男の手で手綱を取られた。

「大丈夫かな、お嬢さん」

男が流暢《りゅうちょう》なシスレシア語で言った。リンディは荒い呼吸が治まるのも待たず、口早に答えた。

「アルナルドが大変なの、山賊に襲われて岩棚から落ちてしまったのっ、意識がないのよ、岩に頭を打っているかもしれない、早く救助をっ」

「岩棚とは、どのあたりの棚か、わかるかな？」

「ヴァーゼを、ヴァーゼを飛ばしてあるわっ、街道沿いではないの、山羊とラウフを交換す

る村っ、炭焼きを、している……っ」

「わかった。お嬢さんはもう喋らないほうがいい、呼吸ができていない、倒れてしまうよ。さあ、下りて。まずは剣をこちらに」

「……」

リンディは返事の代わりに何度もうなずいて、男に剣を渡そうとした。ところが手が固まってしまったように開かないのだ。混乱して涙ぐむと、大丈夫だ、と言った男がリンディの手を握り、ゆっくりと一本ずつ指を開いてくれた。剣を取った男がそれを控えていた者に渡す。リンディはからからに乾いた口で言った。

「お願いよ、アルナルドを……」

それが限界だった。体力と気力が尽き、リンディは意識を失って、馬の背から滑り落ちた。

「おっと」

男はリンディを抱き留め、丁寧に腕に抱えて、周りに集まってきた兵士たちに指示をした。

「アルナルドがベルクエンデの岩棚から転落した。山の民に襲われたらしい、恐らく毒矢を射こまれているはずだ。解毒剤を持ち、至急救助に向かえ」

兵士たちが一斉に救助の準備に取りかかる。男がリンディを抱いて王宮へ足を向けると、あとをついて歩く男が抑えた声で言った。

「陛下。もしやこの女子が、皇太子殿下が連れ帰ると仰せであった、シスレシアの第二王女でしょうか……？」

「そうであろうな」

男……、セフェルナル国王は、ははは、と笑って答えた。

「輝く黄金色の髪に、海のような青い目、ふるえるほどの美女とくれば、間違いはない」

「御意《ぎょい》」

「その王女が、たった一人でベルクエンデの岩棚からここまで駆けてきたのだ。しかも、アルナルドにしか扱えない、あの気性の荒いラウフを駆ってな。これでアルナルドは生涯、王女に頭が上がらないぞ」

国王は王宮中に響くような大笑いをした。


頬を撫でる優しい風でリンディは目を覚ました。

「…、ん……」

体に馴染《なじ》む柔らかな寝台に寝ている。一瞬、シスレシアの王宮の自分の部屋かと思ったが、すぐに、シスレシアはなくなったのだと思い出した。父王や甥たちに離宮で暮らすことを許可してもらう代わりに、セフェルナルの皇太子のものとなり、セフェルナルへ下ることを決めた。

(そうよ、そして野山を馬で駆け、美しい砂漠や、二度と味わいたくない恐ろしい思いをして国境の山脈を越えて……)

リンディはハッとして勢いよく寝台から身を起こした。

「アルナルド！」

一気に心臓が早鐘を打った。そうアルナルドは恐らく自分をかばうために山賊の矢を受け、あの岩棚から落ちたのだ。

「アルナルド、アルナルドは無事なのっ⁉」

部屋には小間使いとおぼしき女の子が控えていた。改めて尋ねてみたが、またしても言葉が通じない。アルナルドと同じ黒い髪に黒い瞳。お仕着せもシスレシアの小間使いとはまったく違い、頭からすっぽりとかぶる型のドレスだ。広く開け放たれた窓から心地よい風が入り、その風を目でも楽しめるように垂らされた薄絹がふわりと揺れる。開放的な雰囲気の部屋。シスレシアとはなにもかもが違う。ここはセフェルナルなのだ。そして自分は言葉も通じない異邦人……。

「アルナルド……、アルナルド…っ」

アルナルドが無事かどうかさえたしかめることができない自分が本当に腑甲斐《ふがい》ない。小間使いが慌てて寝台のそばに来て、人懐こい笑顔で、寝ていてください、体を横にしてくださ い、というような仕種を見せた。けれどリンディは、アルナルドを救助に向かってくれたのか、自分の要請は理解されたのか、山を下り、馬で野山を駆け抜けてきた行動は無駄ではなかったのか、なによりもアルナルドのことが知りたくてじっとしてはいられなかった。

「先ほどの男性、シスレシア語のわかる男性はどこ？　あのかたのところへ連れていってちょうだい」

通じないとわかっていながら小間使いに尋ね、同時に寝台から飛び降りた。だが床に足がついたとたん、リンディはぺしゃりと座りこんでしまった。自分でもびっくりするくらい足に力が入らない。あんまり驚いたので思わず小間使いを見つめてしまうと、小間使いも驚き、それからうろたえた表情をして、待っていてください、という身振りをした。パタパタと部屋を駆け出ていく小間使いを見送って、リンディは床に座りこんだまま、キュッと唇を噛んだ。

「ずっと山羊やラウフに乗ってきたから、足が疲れすぎてしまったのね……」

馬などに乗るのは生まれて初めてだったのに、アルナルドの救助を頼むため、操縦のできない馬にただひたすらすがりつくように乗っていたのだ。まったく使ったことのない体のあちこちを、知らぬうちに酷使していたのだろうと思った。情けなくも床に座りこんだまま小間使いが戻るのを待っていると、しばらくして先ほどの男……、シスレシア語を流暢にあやつる壮年の男がやってきた。

「気がついたのか、お嬢さん。無理をしてはいけない」

「ありがとう……」

男にひょいと抱え上げられ、寝台に載せられたリンディが礼を言うと、男は引き寄せた椅子に腰掛けて、ニコニコしながら言った。

「まったく無茶をしたね。岩棚からここまで馬で、しかもラウフで駆け通してくるなど、それをやって平気なのはアルナルドくらいのものだ」

「でもそうするしかなかったの、とても急いでいたのよ。アルナルドは無事なの？　助けには行ってくれたの？」

必死な面持ちでリンディが尋ねると、男は深くうなずいて答えた。

「無事だよ。今、こちらへ向かっているところだ」

「怪我は？　ひどいの？」

「たいしたことはない。幸運にも夏ということもあり、葉の茂った木々の枝が落下の衝撃を和らげてくれたようだ。肩を打っているが、骨は折れてはいない。毒も、山の民が解毒してくれたことだしな」

「……毒ですって!?」

「そうだ。山の民は矢尻に神経性の毒を塗って敵に射こむ。もっとも、お嬢さんを狙っていたということだから、死に至る量は使われていなかっただろうしな」

「わたしを狙っていただとか、死ぬほどの毒ではないとか、そんなことはどうでもいいわっ」

リンディの心に怒りが再燃した。まるでゴミのようにアルナルドを森へ蹴り落としたあの無礼者ども!!　リンディは怒りで目をきらめかせて言った。

「あの者どもは、倒れたアルナルドを森へ落としたのよっ！　夏だから木々の枝があってよかったとあなたは言ったわね、ええ、そのとおりよ、けれどわたしが王都にたどり着けなければ、アルナルドはあそこで山の獣たちに食べられていたかもしれないのよっ」

「お嬢さん、そう興奮しないで、……」

「絶対に許しませんっ！　一人残らず成敗してくれるわっ、あの者たちがなにをしたのか、その身に思い知らせてやりますっ！」

「お嬢さん、お嬢さん。落ち着きなさい。矢を射ったのは山の民だが、解毒をしたのも山の民だ。打った肩の手当ても山の民がしてくれたのだよ」

「あの者どもが矢をっ、……あの者どもが解毒をしたですって？　アルナルドの怪我の手当ても……？」

「そうだ」

今にも寝台から飛び出していきそうだったリンディは、男の言葉を聞いて混乱した。アルナルドを襲ったくせに助けるとは、まったく理解ができない。男は微苦笑をして説明した。

「山の民は、アルナルドだとは気づかなかったのだそうだ。ストールを巻いていなかったようだしね。アルナルドだとわかっていたら、山の民は決して手を出したりはしない」

「アルナルドだとわかっていれば……？」

「そうだ。ずいぶんと前に、山の民が交易で卑怯な真似をしたことがある。交易隊を殺して、塩の代金を払わずにすまそうとした。それを聞いたアルナルドはもちろん怒ってな。一人で山の民を殲滅《せんめつ》寸前まで追いこんでしまった」

「まあ……」

「ああ、アルナルドを怖がらないでほしい、お嬢さん。あれは滅多なことでは怒らない。だが一度怒りに火がつくと、イル＝ラーイの名のとおりの男になってしまう」

「イル＝ラーイ……魔王……」

そういえば、とリンディは思い出した。アルナルドが岩棚から落とされた時、リンディは思わずイル＝ラーイと叫んでいた。そのとたん、山賊たちは急に興奮をして……。

（……いいえ、あれは興奮したのではなく、恐れ、慌てたのだわ……）

相手がアルナルドがアルナルドだとわかって。それによく考えれば、山越えの時は山賊たちの道を使うとアルナルドは言っていた。山賊たちに襲われる心配がないとわかっていなければ、あの道を使えるはずがないのだ。リンディはうろたえ、後悔した。

「ごめんなさい、それならわたし……、わたしがいたから……、わたしをかばって、アルナルドは矢を受けたの……」

「お嬢さん。お嬢さんが気にすることはない。女性を守ることは男として当たり前のことだ」

「でもわたし……、わたしがこんな姿だから、セフェルナルにはいない髪の色だから、だからただの旅人だと思われて狙われたのだわ……、わたしのせいだわ、ごめんなさい、せめてストールで髪を覆っておけばよかった……、ごめんなさい、アルナルドはセフェルナルの皇太子なのに、危険な目に遭わせて……っ」

「だから、お嬢さんのせいではない」

涙ぐむリンディを元気づけるように、男がそっと肩に手を置いた。

「ただの旅人なら、山の民の道など進めるわけがない。それも、お嬢さんのような女性を連れてなど、正気の沙汰ではない」

「……」

「アルナルドも、早くお嬢さんを連れ帰りたかったのだろうが、無茶をしたものだ。怖い思いをさせて申し訳なかった。アルナルドに代わって、わたしが謝るよ。そして、息子を助けてくれて、ありがとう」

「あ……、そんな、どうしましょう、わたし…っ」

リンディは驚愕した。まさかセフェルナル国王だとは思わなかったのだ。リンディはたちまち顔を赤くし、ついで青ざめた。さんざん無礼な口を利いたのだ。

「申し訳ございませんでした、国王陛下…っ、そうとは知らず、わたくし、ご無礼を…っ」

慌てて寝台から下りて礼をしようとしたが、それを国王がそっと止めた。

「よいから。体を休めなさい。お嬢さんは自分で思っている以上に疲れている。気がついていないのかもしれないが、顔にも手にも、小さな怪我をしているんだ。どこかを打っているかもしれない。今は気を張っていて痛みを感じないだけだ。とにかく、休みなさい」

「いいえ陛下、わたし…わたくしはっ、陛下からそのようなお優しい言葉を賜《たまわ》れる立場ではないのです、わたくしは……っ、陛下の、国に…、民に、火……、火を放った、シスレシアの、王女なのです…っ」

「王女殿下……」

「ど、どのようにお詫《わ》び申し上げればよいのかっ、こ、言葉も、見つからず……っ」

「よいから。そのことはもう、よいから……」

真っ青な顔で涙をこぼし、寝台の上ではあったが平伏すリンディに、国王は優しい声で、もうよいから、よいから、と繰り返し言ってくれる。

「謝罪なら、シスレシアの新元首にいただいた。王女殿下の兄上であるな」

「は、はい……、陛下の国に非道を働きました先王は、気落ちの病に陥り、陛下に謝罪を申し上げることもできず……」

「わかっているよ、話は聞いている。お父上は気の毒なことをした。古い大国の王にはよくあることだ。周りにいる者がよくなかったのだよ」

「ありがとう、存じます……、陛下の寛容なお心に、ただただ、拝謝いたします……」

「あなたの気持ちはよくわかっている。そのような気持ちで、一人、セフェルナルに来ることは、とても勇気がいったことだろう。よくわかっているから」

「……はい……」

「ああそう、ところで王女殿下のお名前は？」

「あ…っ、申し訳ございません、名乗りもせずにご無礼を…っ。わたくしの名はグリューデリンドと申します。グリューデリンド・エスタリア・デア……、フォンビュッテルです……」

フォンビュッテルを名乗ることがこんなにも心苦しいのは初めてだ。リンディが体を小さく、硬くすると、国王はそれに気づかない振りをして、そっとリンディの肩を叩いた。

「ではグリューデリンド。アルナルドが戻るまで、体を休めていなさい」

「はい……、はい、お気遣いを賜り、ありがとう存じます」

最後まで顔を上げないリンディに、国王は困ったように微苦笑をして、部屋を出ていった。足音が聞こえなくなるまでじっと頭を下げていたリンディは、ようやく体を起こした。まともな謝罪もできなかった自分が本当に情けないと思った。そっと涙を拭って溜め息をこぼすと、部屋の隅で控えていた小間使いがそばに来て、リンディを励ますような笑みを浮かべてガラスの洋杯を差し出してきた。礼を言って受け取り、口をつけたリンディは目を見開いた。

「まあ、シトローネ水ね！　とてもおいしいわ、こんなにおいしいシトローネ水は初めていただくわ」

リンディがにっこりとほほえむと、小間使いも嬉しそうな笑みでうなずき、洋杯を示して言った。

「リモネン、リモネン」

「ああ、セフェルナルではシトローネをリモネンと言うのね。ええ、リモネン水。とても、とてもおいしいわ」

言葉は通じていないが、気持ちは通じたようだ。ニコニコと笑う小間使いに、リンディはリモネン水を飲み干して、身振りを交えて言った。

「わたし、湯浴みをしたいの。わかるかしら、こうして……、体を洗いたいの」

さすがに小間使いだけあって、これはすぐに通じた。元気よく部屋を出ていった小間使いが用意してくれたのは、楽しみにしていたローゼリウスの湯だった。

「ああ、ローゼリウス！　とても楽しみにしていたの、なんていい香りなのかしら。そしてこれは、初めて見る湯桶だわ……」

小間使いに手伝ってもらって衣服を脱ぎながら、リンディは好奇心で目を輝かせて湯桶を見た。シスレシアでは巨大なスープ皿のような桶に湯を張って、立ったままだったり、あるいは腰まで湯に使って体を洗っていた。けれど目の前に用意された湯桶は、まるで小さな舟のような形をしているのだ。小間使いに身振りで勧められるまま、湯桶に入って体を横たえたリンディは、全身を湯に包まれて、その心地よさにうっとりとした。

「セフェルナルでは、こうして湯浴みをするのね……、とても気持ちがいいわ……ああ、ローゼリウスの中に埋もれているみたい……」

温暖な地域でしか咲かないローゼリウスは、切り花としての寿命はたった一日だから、シスレシアの王都では鉢植えでしか見ることのできない花で、しかもとても高価だった。それがここでは、ふんだんに湯面に新鮮な花びらが浮かべられていて、爽やかな甘い香りを胸いっぱいに楽しめる。全身を湯につけていると、疲れが溶け流れていくような気がした。部屋付きらしい小間使いが体を磨いてくれる間に、べつの小間使いが髪を洗ってくれる。ここ二日の汚れが落ちていき、リンディは生き返った気がした。

「ありがとう、とても気持ちがよかったわ。まあ、香油もローゼリウスなのね」

湯を出て香油で肌の手入れをしてもらいながら、リンディがにっこりとほほえむと、小間使いはなぜか赤面をして、恥ずかしがる。その可愛らしい様子を見て、ディアデのことを思いだした。

「そうだわディアデ……、まだ砂漠のあたりかしら、それとも山脈を越えている頃かしら。ディアデがこちらに着いたら、真っ先にこのお湯を使わせてあげたいわ」

これほど大きな湯桶なら二人で入れるし、それはとても楽しいだろうとリンディは思った。

用意されたドレスは、小間使いのお仕着せ同様、シスレシアのドレスとはまったく違った。シスレシアのドレスはコルセットを使って、胸や腰のくびれを強調させるので、身につけていて苦しいドレスだったが、セフェルナルのドレスはその対極だ。体を締めつけるものは一切着けない。薄絹でできた下着も内着もドレスも、すべてがひとつながりになった型で、胸の下をリボンで緩く締めたあとは、裾まで自然に流している。軽くてふわふわで、足に絡まるのが難点だが、それも裾をつまめば問題はない。窓から入ってきた風で裾が踊り、足元から胸元へ向けて風が抜けていくと、ああ、とリンディは気づいた。

「そうね、セフェルナルはボルトア大陸の南端、シスレシアの王都よりずっと暖かいのだわ。風もシスレシアでは乾燥していたけれど、こちらは湿っているもの。こんなふうに風をよく通すドレスが、涼しくて合理的なのね」

一つ勉強になったわ、とリンディはほほえんだ。

湯につかった効果かどうかわからないが、疲れて力の入らなかった足腰も、立ち歩ける程度に復活した。けれどしばらくは馬にも山羊にも乗りたくないと思う。薔薇とリモネンの花で作った化粧水を顔に馴染ませていると、小間使いが、髪はどうしますか、と身振りを交えて尋ねてきた。リンディは髪に手を差しこんで答えた。

「まだ湿っているから、きちんと乾いてから結うわ。わかるかしら、乾いてから。乾いてから、あとでお願いね」

戸惑った表情をする小間使いの手を取って、わざわざ髪にさわらせて、濡れているでしょう？　と言うと、やっと通じたようだ。小間使いは大きくうなずいて、リンディの黄金色の髪をうっとりと眺めた。その時だ。

「まあっ」

窓から突然、黒い風のように鳥が飛びこんできたのだ。大きな鳥……。

「…ヴァーゼ！」

リンディが笑顔で鳥を呼ぶと、狭い室内を器用に旋回した隼が、リンディの肩にとまった。小間使いは小さな悲鳴をあげて、怖がりながらも追い払おうとするので、大丈夫よ、と身振りで小間使いを止めた。

「この子はアルナルドの隼なの。イル＝ラーイの鳥よ」

「イル＝ラーイ！」

「そう、だから大丈夫よ、とても賢いの。それにしてもヴァーゼ」

肩に鳥の爪が食いこんで痛む。リンディは苦笑をしながら鳥に言った。

「よくもわたしを獲物にしてくれたわね。主からわたしを獲ってこいとでも言われたの？もうすぐそこまで来ているというわけね」

言うが早いか、リンディはパッと化粧椅子から立ち上がった。はばたいた鳥は窓から出ていき、リンディは驚く小間使いを振り返りもせず、部屋を飛び出した。

廊下の窓から外を見てみると、棟で四角く囲まれた中庭が見えた。ということは、正面出入口は廊下をぐるっと回った、向こう正面の棟にある。リンディは裾をつまむと、正面の棟へ向かって走りだした。宮殿内を走るだなんて、以前のリンディだったら考えられないはしたなさだ。アルナルドのせいでかなり野蛮になってしまったらしい。そう思ったリンディは、責任は取ってもらうわ、アルナルド、と楽しく思いながら廊下を駆けた。

たまにすれ違う使用人たちは、みな一様に驚いた顔をして、それからすぐに笑顔でリンディに礼をした。黄金色の髪をなびかせて笑顔で走る美しい少女が、春の女神のように見えたのだ。

広い王宮内を駆け抜けて、正面の棟に入る。廊下の窓から外を見てみると、先刻リンディが傍若無人に馬で駆け上がってきた、水の階段が見えた。間違いなく前庭だ。そして。

「……アルナルド！」

傍若無人の筆頭であるはずのアルナルドが、お行儀よく馬道を駆けてくる姿が見えた。介添えもなく、ちゃんと一人で馬に乗っている。肩を打ったと聞いていたが、腕を吊《つる》してもいない。見た感じアルナルドは無事だ。無事に、自分のもとへ帰ってきたのだ。嬉しさで胸がいっぱいになり、リンディは窓から身を乗り出して叫んだ。

「アルナルド！」

気づいたアルナルドが笑顔になり、軽く馬の腹を蹴って歩様《ほよう》を速めた。早くアルナルドを抱きしめたい！　そう思って身を翻したリンディは、中央階段を二階へと駆け下りると、廊下を横切って、二階部分を取り巻く回廊に出た。手摺りから下を見る。アルナルドはようやく馬道を半分来たところだ。

「なにをのんびりしているの、アルナルド」

リンディはいたずらそうに目を光らせ、回廊の手摺りにまたがった。アルナルドがギョッとした表情を浮かべ、さらに馬の速度を上げてこちらへ駆けてきながら、やめろ、よせ、という身振りをする。

「リンディ、リンディ！　やめろ、間に合わなかったらどうする！」

「間に合わないですって？　わたしを受けとめられない男に用はないのよ！」

もう片足も手摺りの外側に下ろしたリンディは、くそ、と悪態をついて手綱から両手を放し、必死の形相で駆けてくる愛《いと》しい男の腕に向かって飛び降りた。

「待っていたわ、アルナルド！」

「くそっ、この、じゃじゃ馬め！」

たまたま近くに居合わせた使用人たちが、これは間に合わない、と思って一斉に目をつむったくらい、ギリギリのところでアルナルドはリンディを抱き留めた。勢いあまって二人揃って馬上から転げ落ちそうになったが、なんとか落馬を免れると、それすらもおかしくて二人は大笑いをした。

「リンディ、まったく、なんて無茶をするんだっ」

「あら、わたしをこんな女にしたのはあなたでしょう？」

そしてまた二人で大笑いをする。気のすむまで笑い合い、そうしてやっと互いが無事で、こうしてまた会えたということを実感できた頃、笑いは自然と治まった。しっかりとアルナルドの腕に抱かれたリンディは、アルナルドを改めて見つめ、その頬を撫でた。

「擦り傷に、切傷があるわ……」

「それはリンディ、おまえもだ。顔に傷がつくようなことをさせて、悪かった」

「わたしは少し、お転婆をしただけよ。……ああ、アルナルド、頭に包帯が……怪我をしたのね。ひどいの……？」

アルナルドの頭に巻かれたストールの下から、わずかに包帯が覗いている。心配で涙ぐむリンディに、アルナルドは明るい笑みで答えた。

「心配はいらない。少し岩で切っただけだ」

「肩は……？　肩も打ったと聞いているわ……」

「ひどく痛めていたら、おまえを抱き留めてやれなかったぞ」

「…そうね、そうね……、ああアルナルド、無事でよかった……」

「俺は問題ない。勇敢な春の女神のおかげで助かった。それよりもおまえが心配だ、リンディ。この俺ですら耳を疑うようなことをしたそうだな」

「一人で山を下りたことかしら？　あの時は夢中だったからなにも思わなかったけれど、今考えるととても恐ろしいことをやりとげたのね、わたし」

「それだけではない。おまえが聞いたら激怒するような噂が、山の民からふもとの村からこの王都まで広まっているぞ」

そう言ってアルナルドは大笑いをするのだ。なにが楽しいのかちっともわからないリンディは、心配が怒りにすり替わり、涙をこぼしながらアルナルドの胸を叩いた。

「笑いごとではないわっ、あなたのことが心配で心配で…っ、あなた、あの岩棚から落ちたのよ!?　し、死んでしまうのではないかと思ってて っ、わたし、わたし……っ」

「……泣くな。悪かった、おまえに心配をかけて」

「心配くらい、いくらでもかけてくださって結構よ…っ、ただそれを、笑いごとにしないで…っ」

「悪かった。悪かったよ、泣かせてすまない。だが大丈夫だ。俺は大丈夫だ、リンディ」

「な、なにが、大丈夫なのよ…っ」

「俺はイル＝ラーイ、魔王の名を持つ男だ。そう簡単には死なない」

「本当よ、本当よ…っ」

「本当だ。おまえを残して俺が逝《い》くわけがない。おまえは俺の大事な女だ」

「アルナルド……」

アルナルドの胸にすがると、アルナルドがきつく抱きしめてくれる。この腕の中が世界のどこよりも安心すると思って吐息をこぼしたリンディに、アルナルドが真摯《しんし》な声で言った。

「悪かった、リンディ、おまえに無茶をさせて。無事でよかった……本当によかった……」

「……」

危険な目に遭い、怪我をしたのは自分のほうなのに、それでもアルナルドはリンディを気遣い、労わってくれる。甘やかな気持ちが心の奥から体中に広がり、リンディはたまらなくなってアルナルドの頬を両手で包んだ。

「…愛してるわ、アルナルド……」

「俺もだ」

どちらからともなく唇を寄せ、深く合わせた。使用人たちが目のやり場に困ってそっぽを向いたことにも気づかず、二人は熱烈な口づけを交わした。


馬車の窓から外を眺め、リンディは顔をほころばせた。

「まあ、可愛らしい町」

白い壁にオレンジ色の屋根の、積み木で作ったような小さな家々が立ち並んでいる。道の両脇にはリモネンの並木があり、人々に木陰と甘酸っぱい花の香りを提供していた。

港町グラーツェン。

王都の宮殿で一晩体を休め、アルナルドが常の住まいとしている離宮にやってきたところだ。すでに夕刻で、日もだいぶ傾いている。昼前には王都を出たのだが、馬車でのんびりと移動していたのでこの時間になってしまった。王都を発つ時にアルナルドが、ラウフを飛ばせば数刻で離宮だ、なぜ馬車で行く、と怪訝な表情で言うので、リンディは、二度と馬には乗りませんと宣言をしてやったのだ。なにしろ足腰が立たなくなるほど疲れるし、お尻など、椅子に腰掛けていてもまだ痛む。急いでいるわけではないのだから、快適さを優先させるのは女の子として当たり前だと思う。

リンディは物珍しそうな顔で馬車を見る人々に、帳越《とばりご》しに微笑を返しながら、ふふっと笑った。

「一人で先に離宮へ行けばよいのに、馬車に同行して……、アルナルドはイライラしているでしょうね」

それでも、一緒にいたいと思ってくれる気持ちがとても嬉しい。

馬車が町の目抜き通りを逸れて、緩やかな上り坂に入った。ここからはオランジェの並木が続いている。リモネンよりもさらに甘い香りの花が満開で、リンディはこれだけでもグラーツェンが気に入った。

坂を上りきって楼門をくぐる。前庭はアルナルドの趣味なのか、マグノーリアの大木があちこちにどっしりと生えている以外は、刈り込まれた芝になっていた。池も噴水もない。これはこれで平明な美しさはあるが、可愛らしさとは無縁だ。いかにもアルナルドらしいと思い、リンディはクスクスと笑った。

「ラウフで突進するなら、池も噴水も花壇も植栽も、たしかに邪魔よね」

ぐるりと馬道を回って離宮正面に到着すると、アルナルドが馬車の扉を開けてくれた。

「ようこそ、我が離宮へ」

「ありがとう、お招きにあずかるわ」

伸べられた手を取ると、たった半日顔を見なかっただけなのに、リンディにさわりたくて我慢ができなくなったのか、アルナルドがひょいと抱き上げてきた。リンディはくすくす笑いながら囁いた。

「皇太子殿下がいいの？　みなが見ているわ」

「俺が姫君の手を恭しく取るとは、誰も思っていないさ」

「まあ。あなたがお行儀よくするのは、国王陛下の前でだけなの？」

「いいや。公式行事の時だけだ」

まったく当たり前の顔でアルナルドは言うので、リンディは声を立てて笑いそうになり、慌ててアルナルドの肩に顔を埋めて声をこらえた。

運びこまれた離宮は王宮よりもいっそう開放的だった。各階の外側をぐるりと回廊が取り巻いている。居室以外のホールというホールの扉は開け放たれていて、よく風が通るようになっていた。床を見たリンディが、まあ、とほほえんだ。

「このタイルはリモネンの花の柄？」

「そうだ。グラーツェンはリモネンの一大産地だからな。リモネンの果実、酒、香油。あらゆるものを作って売っている。あとはオランジェ、オリーバも栽培している」

「そしてお魚も獲《と》るのでしょう？」

「ああ。港は離宮の東側だ。丘を下っていくと港町がある。だが見学は勧めない」

「あら、なぜ？」

「おまえふうに言うなら、みな無礼だからだ。だが馴れてしまえば、みな素朴で人懐こくて、よい民だ」

「隔たりがないということね？　乱暴でなければきっと大丈夫。わたしどうしても、腕を掴まれたり、大声でものを言われることが駄目なのよ。とても怖く感じてしまうの」

「おまえの腕を掴んだり、怒鳴ったりする奴はいないさ。そこまで無礼ではない。そうだな……、ご機嫌麗しゅう、姫君様、と言って腰を折るなど、まずできないな。こんにちはお姫様と言えたら上等なくらいだ」

「それで十分よ。わたしはもう姫君ではないし、シスレシアの元王女だと知ったら、誰も近寄ってこないと思うもの」

「それはない。言っただろう、おまえの噂は流行《はや》り病が広がる勢いでセフェルナル中に広がっていると。みなおまえに会いたがっている」

「いったいどんな噂が流れているの？　作物を踏み荒らしたという悪い噂……？」

「俺の口からはとても言えないな」

アルナルドはそう言って楽しそうに笑い、心配そうな表情をするリンディの頬にキスをした。

離宮には中庭がない代わりに、一階から二階、あるいは二階から三階というふうに、ところどころが吹き抜けになっていて面白い。これもおそらく、湿った海風を逃がすためなのだろうとリンディは考えた。三階が最上階で、海に面した部屋がアルナルドの居室だった。

「さあ姫君、お待ちかねの寝台に到着だ」

「寝台を待っていたわけではないわ。……まあ素敵！　海だわっ」

トンと床に下ろされたリンディは、回廊の向こうに見える海に目を輝かせた。アルナルドからパッと離れて回廊に出ると、視界いっぱいに空と海が広がっていた。今まさに、水平線に日が沈もうとしている。

「なんて美しいのかしら……、オレンジ色に焼けた空も、金色の海も、本当に素晴らしいわ……、それに海。本当にどこまでも広いのね……」

初めて目にする海に感動した。夜になったらこの海に、星が流れて落ちるとアルナルドは言っていた。早く見たい。夜が待遠しいと思って感嘆の吐息をこぼしたところで、アルナルドのわがままな腕が伸びてきて、リンディを抱き寄せた。

「日に焼ける。部屋に入っていろ」

「もう夕方ではないの、……」

素晴らしい景色を堪能していたところを邪魔されて、苦情を言おうとしたリンディだが、その口はアルナルドの唇でふさがれてしまった。日焼けの心配は、リンディに口づけるためのただの口実だったようだ。アルナルドの腕にすっぽりと抱きこめられて、甘いキスを受ける。そっと唇が離れたところで、リンディはふふっと笑った。

「あなた、今日は朝からキスをしてばかりね」

「当たり前だ。昨夜は別々の寝台で寝たんだぞ。どういう嫌がらせなんだ、王妃殿下は」

「それこそ当たり前ではないの。わたしはあなたの妃でもなければ公妾《こうしょう》でもないのよ？皇太子と同じ寝台で眠れるわけがないでしょう」

「立場や身分になどなんの意味が、……」

「あるわ。あそこは王宮で、国王陛下や王妃殿下がお坐《わしま》す国の顔よ。そしてあなたは皇太子。民の規範となる振る舞いをしなくてどうするの。王宮にいる時くらいは道理を考えて、お行儀よくしてちょうだい」

「くそ……、理屈などつまらんっ」

「では次は、理屈のいらない本物の獣に生まれてくるのね」

ふふふっ、と笑ったリンディに、黙れといわんばかりにまたしてもアルナルドがキスをした。深い口づけを交わしながらアルナルドの手が、どうもふしだらな動きを見せて、ドレスの上からリンディの体をまさぐってくる。もう、と思ったリンディは無理やり口づけをほどき、ぐいとアルナルドの胸を腕で押しやって毅然として言った。

「駄目よ。夜になるまでさせないわ」

「どうしてっ」

アルナルドが駄々っ子のような顔で言う。

「おまえは俺の女だろうっ、なぜ俺の女を俺が好きにできないっ」

「あら。考え違いをしているようだから教えておくわ。わたしがあなたの女なのではなく、あなたがわたしの男なのよ」

「なんだと？」

「聞こえなかったの？　あなたが、わたしの、男なの。だからあなたになにを許すかは、わたしが決めることよ」

「ああリンディ、この俺、イル＝ラーイを下僕扱いできるのはおまえだけだ」

アルナルドは気を悪くするどころか、ひどく愉快そうに笑った。

寝椅子を回廊に持ち出したアルナルドが、リンディを後ろから抱きしめて椅子に座る。

「こうすればおまえは海が眺めていられるし、俺もおまえを抱いていられる。満足かな、お姫様？」

「ええ満足よ。あなたはとても座り心地のいい椅子だわ」

リンディはクスクスと笑い、それから腰に回されたアルナルドの手に手を重ね、静かに尋ねた。

「体の具合は、本当にいいのね……？」

「ああ。昨日、殿医にも見せた。問題ないそうだ」

「毒の後遺症もないのね？」

「ああ。矢尻の毒のことを国王から聞いたのか。それも心配ない。毒を扱う者は解毒の業《わざ》も優れている。彼らは地に伏して俺に許しを乞うた。俺は許した。だからおまえも、もう彼らを許してやれ。剣を抜いて追いかけ回したそうだな」

プククとアルナルドが笑う。なにがおかしいのかわからずに、リンディはいいえと首を振った。

「追いかけていないわ、彼らはすぐに山を下りていったもの。岩棚から落とした相手があなただとわかって、慌てたのでしょうね。彼らはあなたを恐れているのでしょう？」

「それも国王から聞いたか。……俺が彼らになにをしたか知って、俺のことが怖くなったか？　イル＝ラーイの名を持つ男が怖くなったか？」

「……、いいえ」

少し考えて、リンディはきっぱりと答えた。

「わたしは昨日、シスレシアが焼き払った畑や村をこの目で見たわ。言葉にできないくらい、ひどくて……」

「……」

「本当の魔物というのは、罪もない農民を焼き殺せる者をいうのよ。シスレシアこそ魔物の国よ」

リンディは涙をこらえ、小さく体をふるわせた。アルナルドはそっとリンディを抱きしめ、柔らかな髪にキスを落として言った。

「リンディ。忘れろとは言わない。だが、自分ばかりを責めるな。一人で責任を感じなくてもいいんだ」

「……」

「シスレシアは国として正式にセフェルナルに謝罪し、賠償もした。これ以上セフェルナルがシスレシアに求めるものはない。何回も言っただろう、俺たちはご破算をする文化なのだと」

「……ええ。そうね。セフェルナルの民が許してくれるのなら、わたしもきちんと前を向くわ……」

「それでいい。国民たちはおまえを許している。というよりも、すでに好いている。勇猛果敢な春の女神。おまえの絵姿が出回っているらしいぞ」

「作物を踏み荒らしている姿？　いやだわ、困るわ……、きちんと謝りに行かなくては。わざとではないのよ、しかたがなくて、…」

「心配するな、悪評ではない。そんなことを心配するよりも、おまえにはやることがあるだろう」

「国王陛下と王妃殿下に拝謁《はいえつ》を賜り、正式にご挨拶をすることね」

「リンディ。ここは王宮ではなく、魔王のねぐらだぞ」

アルナルドは笑いながらリンディを抱き上げると、部屋にとって返して大きな寝台にポンとリンディを放った。乱暴な扱いをされたリンディは、たちまち眉を寄せて、のしかかってきたアルナルドの顔面を押しやった。

「いやよ、アルナルドっ」

「もう日が暮れた、夜だろう。おまえを抱いてなにが悪い」

「まだ夜ではありませんっ。晩餐をとり、湯浴みをしてからが夜というのよっ。あなたったら、待てもできないの!?」

「待てだと？　今度は俺を犬扱いするのかっ」

アルナルドは大笑いをするとリンディの横に寝転がり、ただリンディを抱き寄せた。

晩の食事には魚が出た。これまで魚が苦手だったリンディだが、塩漬けにされていない獲れたての魚は非常に美味で、グラーツェンでの食事の不安は一気に消えた。食後の散歩がてらに離宮の中を案内してもらい、アルナルドの部屋に引き取って湯浴みだ。

アルナルドははっきりともの欲しそうな目で、リンディの裸身を眺めながら言った。

「リンディ、本当に美しい……」

「いやよ、そばに来ないで」

「湯浴みはすませただろう?」

「いいえ。肌の手入れを終えるまでが女性の湯浴みなのよ。覚えておいて」

「ああ、くそ、なぜ女はこんなに面倒なんだっ」

「面倒なことをしているから綺麗でいられるのよ。ほらご覧なさい。ずっとこんなわたしでいてほしいでしょう?」

「よせ、誘惑するな。わかっていてやっているんだろう、この魔女め」

リンディが浴槽から立ち上がり、アルナルドに見事な肢体を見せつけると、アルナルドは鼻にしわを寄せてうなるように言った。リンディは満足そうにうふふと笑った。駆け引きもなにもない、直情なアルナルドが愛しいと思う。

浴槽を出てふわふわの寝間着を身につけたリンディは、小間使いの手で肌に香油を塗りこめてもらいながら、不貞腐《ふてくさ》れた表情で寝台の背に寄りかかるアルナルドに尋ねた。

「ディアデは今、どのあたりにいるのかしら?」

「なにか問題が起きたという報せもない。もうそろそろ着く頃だろう。命よりも大事なグリューデリンド王女のためだ。最低限の睡眠と休憩で走り通していることだろうしな」

忠犬のようなディアデを思い出したアルナルドが、面白そうにククッと笑う。リンディはたちまち眉を寄せて溜め息をこぼした。

「可哀相にディアデ……。こちらに着いたら、しっかりとした食事をさせて、ゆっくりと休ませなくては。いいわよね?」

「好きにしろ。なんの役にも立たない女だが、おまえのものだからな」

「なんの役にも立たないだなんて、ひどいことを言うのね。ディアデはいつもわたしのことを気にかけてくれて、優しくて強くて、そして美しい、わたしの騎士よ。侮辱しないでちょうだい」

「わかった、わかった。大切に飼ってやれ」

ディアデを犬猫扱いするアルナルドに腹を立てたリンディは、冷たい表情でアルナルドに言った。

「ご寛容なお言葉、ありがとう存じます、皇太子殿下。わたくし、そろそろ部屋にさがらせていただきとうございます。わたくしのお部屋はどちらでしょうか」

「おまえの部屋？　ここだろう」

「こちらはアルナルドのお部屋でしょう？」

「おまえの部屋でもある」

「そうではないの。わたしはあなたとお話をするためではなくて、休むためのお部屋のことを聞いているのよ」

「だから、おまえの部屋は、ここだ」

アルナルドはニヤニヤといやらしい笑いを浮かべて寝台から下りると、リンディを化粧椅子から抱き上げた。出ていろと小間使いに命じてリンディを寝台に転がし、逃がさないとでも言うようにリンディにまたがってゆっくりとシャツを脱いだ。

「これからは夜毎《よごと》おまえを可愛がる。だから同じ部屋でいいんだ」

「あなたがわたしになにをしようとも、わたしは許します。そうではなくて、くつろぐ部屋をいただきたいのよ。髪を梳いたり召し替えたり、お茶を飲む部屋よ」

「ここですればいいだろう。ここはおまえの部屋だ」

「わからないかたね。アルナルド、あなたは皇太子でしょう？　皇太子の部屋を自分のものとして使っていいのは、皇太子妃だけよ。それくらいはご存じでしょう？」

「ああ、よく知っているさ。だから、ここはおまえの部屋なんだ」

「それではまるでわたしがあなたの妃……」

ふ、とリンディは言葉を呑みこんだ。急に心臓がドキドキした。まさか、と思う。まさかそんなはずがない。そう思うのに期待で胸がふくらんだ。緊張しすぎて体が小さくふるえる。リンディは胸の前でギュッと両手を握りしめた。

(期待をしては駄目。駄目よ。グリューデリンド)

自分に言い聞かせた。なぜなら自分は……。

「なにを言っているの、わたしは……、セフェルナルの、敵国だった国の、王女よ……」

「それがなんだ。どこの国の女だろうと、欲しいと思ったら奪う。それが俺だ」

「あなた、は、それでいいかも、しれないけれど……国王陛下や王妃殿下が……、なにより、シスレシアに家族を殺された国民は許さないわ……」

「償いは受けた。俺はいつでも民のために命を懸けてきた。だから民も俺の判断を信頼している。その俺が、おまえを妃にすると決めたんだ。俺の決めたことに反対するような奴はこの国にはいない」

「だけど……」

「俺はセフェルナルの皇太子だ。おまえはその俺を救った女だぞ。誰が反対するものか。それにもうみな、春の女神が駆けてきたと言って盛り上がっている。今さら妃に逃げられたなどと、俺に言わせるつもりか？」

「あなたの、妃になんて、わたし、まだ、…」

「魔王の妻は春の女神だと教えただろう？　それにもう、おまえの純潔は俺が奪った。ならみなにそう言ってもいいぞ」

「な、なに、なんてことを、…」

「抱かれておいて今さらグダグダ言うな。おまえだって俺のことが好きだろう？」

「あな、あなたにはっ、心遣いというものはないの!?」

「ないな。俺は野生の獣だ」

「…っ」

リンディは顔を真っ赤にした。破廉恥なアルナルドの言葉への羞恥と、それを上回る喜び……、リンディを妃にすると決めたと、はっきりと言ってもらった喜びで。

ふっと微笑《わら》ったアルナルドが、眼差しから、表情から、全身から、色気を放つ。おまえだけだと、言葉にするよりもはっきりとリンディにわからせる。卑怯だわ、とリンディは思い、ほほえんだ。こんなふうに女を引き寄せる色香を隠していたなんて。

「リンディ、グリューデリンド……、俺の妃になってくれるな？」

「いいわ。あなたの妃になってあげる」

「どこまでも強気な奴だ。それでいい」

満足そうに笑ったアルナルドが唇を重ねた。たくましい手がリンディの寝間着の裾に忍び入った時、不粋にも部屋の扉がノックされた。

「……っ、なんだっ」

邪魔をされたアルナルドが怒った狼《おおかみ》のように言う。リンディが思わず笑ってしまうと、扉の向こうからセフェルナル語でなにか言うのが聞こえた。聞いたアルナルドが体を起こし、ますます苛立ったようになにかを言い返す。顔は不機嫌そのものだ。なにか問題が起きたのだと思ったリンディは、寝間着を整えて尋ねた。

「どうしたの？　なにが起きたの？」

「……」

「よくないこと？　わたしなら大丈夫よ、だから教えて」

リンディが真剣な表情でアルナルドを見上げると、アルナルドはギリッと奥歯を嚙み、うなるように答えた。

「……猛烈によくないことが起きた。おまえの女騎士が到着した」

「ディアデが!?」

パァッと笑顔になったリンディが、アルナルドを押しのけて寝台から下り立った。ガウンをまとう間も、アルナルドが寝台を殴りつけ、くそ、あの女騎士め、と悪態をついたが、リンディはなだめる言葉もかけずに部屋を飛び出した。

「ディアデ、ディアデ！」

寝室から書斎、居間と走り抜け、応接室に飛びこむ。リンディの大切なディアデが、それはもう埃まみれの姿で立っていた。ディアデは最愛のリンディの姿を認めると、疲れきっているのか、よろけながらもひざまずき、騎士の礼をした。

「王女殿下、到着が遅れて申し訳ありませんっ」

「いいのよ、無事なら。無事に、わたしのもとへ来てくれたなら」

リンディはディアデに駆け寄り、そっと抱きしめた。改めて様子を見てみると、本当にひどい有様だ。リンディは胸を痛め、立ち上がるディアデを支えながら言った。

「食事をとりましょう、ディアデ、お腹が空いていることでしょう。それから着替えて、あ、湯浴みが必要ね。そのあとはゆっくりと休みなさい」

「お心遣い、ありがとうございます、殿下」

ディアデを抱き支えて寝室に戻る。寝台の上では当然アルナルドが、最高にむくれた顔で転がっていた。天敵に等しいアルナルドを発見したディアデもたちまち剣呑《けんのん》な表情になり、殺意に近い闘志を全身から立ち上らせる。リンディは、二人が無言の鞘当てを繰り広げていることにも気づかず、寝台のアルナルドに言った。

「アルナルド、小間使いを呼んで。浴槽の湯を取り替えるように言ってほしいの」

「断る」

「なんですって？」

「断ると言ったんだ。ここは俺の部屋だ。使用人は使用人の部屋へやれ」

「よくもディアデを使用人だなんて言ったわね」

この場合、どう考えても夫婦の寝室に他人を入れたリンディが悪いのだが、結婚の儀式もしていなければ妃としての実感もなく、ましてや男心などまったくわからないリンディだから、ただの意地悪としか思えないアルナルドに嚙みついた。

「あなたの部屋ということはわたしの部屋よ。さっきあなたがそう言ったのよ」

「ああそうだ。おまえの部屋ということは俺の部屋だ。俺の部屋で使用人の世話をするなど許さん」

「許してくださらなくて結構よ。わたしの部屋でわたしがなにをしようと、わたしの自由ですもの。ディアデはわたしの騎士よ、そばに置いてなにが悪いの」

「おい、ここは寝室だぞ」

「知っているわ。だからなに？」

リンディはツンとして言う。アルナルドは信じがたいという表情で言った。

「まさかおまえたちは、いつも一つの寝台で寝ていたのか……？」

「アルナルド、…」

「冗談じゃないぞっ！　この女と俺、二人でおまえを可愛がれというのか!?　冗談じゃない、ああ冗談じゃない！　おまえを抱いていいのは俺だけだっ！」

「わたしのほうこそ冗談ではないわ、アルナルド！　なんて下劣なことを言いだすのっ、わたしの寝室の隣にディアデの寝室があったのよ！　ディアデはわたしの侍衛騎士なのよ、いつでもわたしのそばにいるのが当たり前ではないのっ」

リンディの怒りできらめく目と、不機嫌が炸裂したアルナルドの目がぶつかる。たいていの女性なら、うなりを上げる豹《ひょう》のようなアルナルドを怖く感じるだろうが、リンディは間違ったことはしていないと思えば、どこまでも強気だ。アルナルドの眼差しを弾き返して言った。

「ディアデを湯浴みさせます。あなたは出ていってちょうだい」

「この俺に、出ていけだと……？」

「そうよ。出ていって」

「……」

王女であったリンディ同様、皇太子のアルナルドも、自分の部屋から出ていけと命じられるなど、生まれてこのかたされたことがない。ますます獰猛な顔つきでリンディを睨んだが、惚れている女を怒鳴ることなどできない。この忌ま忌ましい女騎士さえいなければと思って、ディアデを見ると、ディアデは、アルナルドより大切に思われている自分、という優越感のみなぎった表情で見返してくる。眉間に深い縦じわを刻んだアルナルドは、この女騎士め、どうしてくれよう、と目を据わらせたが、ふとよい考えが浮かび、ニヤリといやらしい笑みを浮かべた。

「いいだろう。その女を飼ってもいいと言ったのは俺だ。手元に置きたいのだったな」

「ええ、そうよ。ディアデはいつもわたしのそばにいるの」

「わかった。隣に部屋を用意させる。女騎士が部屋を移りたいと言いだすまで、好きなだけ隣で寝起きさせればいい」

「まあ。ディアデは部屋を移りたいだなんて言わないわ」

リンディがつんけんして言うので、アルナルドは小さく噴いてしまった。幼い主人を持って女騎士も可哀相にと面白く思いながら、ディアデに尋ねた。

「食事を用意させる。着替えもな。ドレスでいいか」

「わたしか!?」

ディアデは面食らったような顔をして、すぐにムッと眉を寄せて答えた。

「ドレスなど着ていたら王女殿下をお守りできないっ」

「あーあー、ズボンだな、わかった。それでは王女殿下に女騎士殿、ごゆっくり」

アルナルドはニヤニヤ、ニヤニヤしながら部屋を出ていった。二人きりになるのを待って、ディアデは声をひそめて、けれど焦って尋ねた。

「殿下。あの男の寝室に寝間着を召した殿下がいるとは、いったいどういうことになっているのですか……?」

「あなたがわたしのものであるように、ディアデ。アルナルドもわたしのものになったのよ」

「本当ですか!?」

「ええ。だからわたしの言うとおり、部屋を出ていったでしょう?」

「ああ殿下っ、ディアデは感激いたしましたっ」

本当に感激してディアデは言った。自分同様と言うのなら、あの忌ま忌ましいアルナルドもリンディの僕《しもべ》になったということだ。さすがは聖フォンビュッテルの王女、この美しさと気高さの前には、いかさまふてぶてしい男も平伏すしかなかったのだろうと思い、ディアデ生涯の主、グリューデリンド王女殿下を心底から誇らしく思った。

気遣いとはとうてい言えないが、言ったことはきちんとやってくれるアルナルドの指示で、ディアデはしっかりとした食事をとり、体を清めることもできた。最後に用意された衣服を着る。下着とシャツを身につけ、ズボンを穿いたところで、ディアデは眉を寄せて首を傾げた。

「これが……、セフェルナルの騎士の服、ですか……?」

なにしろ膝下までの丈しかないのだ。しかもそこで、リボンを使って締めるようにできている。リンディは、見たことがあるわ、と言った。

「たしか……、メイヴィング国の侍従がこのような仕着せだったわ。あちらはこの下に長靴下を穿いていたけれど、セフェルナルでは穿かないのね。きっと気温が高いからだわ」

「侍従の服ですか……」

「メイヴィング国ではね。まだセフェルナルに来て日が浅いのでわからないことが多いけれど、シスレシアとはまったく文化が違うのよ。離宮へ来る前に王宮にも立ち寄ったのだけれど、宮廷貴族たちがいなかったわ。もしかしたら騎士という身分もないのかもしれないわ」

「しかしわたしは王女殿下の…っ」

「わかっているわ、ディアデ。あなたはわたしの騎士よ。セフェルナルにいてもね。大丈夫、騎士の制服がないのなら、わたしがあなたのために作らせるわ。そうよ、華やかで美しい制服にしましょう、刺繍やレースをたくさん取り入れるの」

「いえ殿下っ、わたしはこれで十分ですっ。殿下のおそばにつくということは侍従となんら変わりませんからっ」

ディアデはそう言って、慌てて短ズボンを穿き、腿が半分隠れるほど丈の長い上着を着た。リンディに制服の意匠を任せたら、恐ろしく華美になってしまうと恐れたのだ。着替えたディアデを見て、まあ可愛い、とリンディはほほえんだ。

「ディアデがこれでいいのなら、わたしもいいわ。とても可愛いもの。後ろを見せて？……可愛いわ、後ろベルトがリボンになっているの、とてもいいわ。そうね、上着の脇にスリットを入れたらもっと可愛くなるわ。袖口にはレースをつけましょう。それくらいはいいでしょう？」

「は、はい、殿下。殿下のお気に召すままに」

それくらいでいいなら手を打とうとディアアデは思った。引きつった笑みを浮かべるディアデも、ニコニコと楽しそうにほほえむリンディも知らないが、実はこのお仕着せは小姓のものなのだ。アルナルドのささやかな意地悪だった。

空腹も満たし、身綺麗になったディアデは、リモネン水を飲みながら、声をひそめてリンディに言った。

「グラーツェンへ参ります道々、いろいろと報せを受けました。まずは国王陛下と王妃殿下、皇太子殿下のご家族ですが、無事にバウンホーフの離宮に到着されたようです」

「安心したわ……。アルナルドに改めてお礼を言わなくては。わたしは王政廃止の布告がされたことは聞いたの。そのあとどうなったの？　お兄様は？　ご無事なの？」

「はい。皇太子殿下はウンターヴィーツを含む、王都直轄領を新たなシスレシア国として、その国王にお就きになられました」

ディアデは語った。王政廃止の布告が各地の領主のもとに届いたとたん、みな狼狽《ろうばい》して王都に向かった。みながあれほど憎悪していたシスレシアの象徴、王宮に集《つど》い、ウィクトール やメイヴィングといった大国に攻められたらひとたまりもない、共和制としてボルトア大陸を守るにしても、いったい誰が元首になるのか、この広い大陸を誰が束ねていけるのかと議論は紛糾したという。

「恐らくですが、皇太子殿下がシスレシア国王として、シスレシア共和国の元首におなりになると思われます」

「みながお兄様を推挙したの？」

「皇太子殿下しか大陸全体、世界全体を見る目をお持ちではないからです。善くも悪くもシスレシアは文明の中心でした。これまで併合してきた国々が独立を果たし、ボルトア大陸が小国の集まりになった時、ほかの大陸の大国から攻め入られ、シスレシアの軍備をはじめとするあるゆる最新の技術を持ち去られることは容易に想像がつきます」

そうしてそのあとは、シスレシアがこれまでほかの国々にやってきたように、今度はシスレシアがシスレシアの軍備によって破壊され、脅され、支配されることになる。

「領主たちはシスレシアに対して不満を抱えていましたが、それも平和だったからこその不満です。他国と抗戦することさえできない領主たちは、シスレシアに頼るしか身を守るすべはないのです。外交も防衛もすべてを皇太子殿下に押しつけ、千年王国そのままの、シスレシアから……、上からもたらされる平和を望むはずです」

「そう……」

リンディはゆっくりとうなずいた。アルナルドを王都まで素通りさせるほどシスレシアを……フォンビュッテル一族を憎悪していたのに、すべてが壊れてから初めて、憎むべきフォンビュッテルから庇護《ひご》も得られていたのだと気づくとは、なんという皮肉だろうと思った。

「お兄様は元首の話をお受けになるでしょうね。国民を無用な戦に巻きこまないためなら」

「わたしもそう思います」

「アルナルドもお兄様のことを賢明だと言っていたわ。お兄様なら、物乞いにも、農民にも、娼婦にも、砂漠の民にも、目を向けてくださるでしょう」

「はい」

「それに、セフェルナルとも友好な関係を築けると思うわ。少なくともアルナルドはお兄様のことを、馬鹿にしても、見下してもいなかったもの。きっとお兄様の助けになってくれるはずよ」

「あの……、はい、殿下」

ディアデは、アルナルドを信頼しきっているようなリンディに不信感を抱いた。ディアデから見たアルナルドは、決断力と判断力、行動力は優れているが、野卑で乱暴でおよそ繊細さのかけらもない男だ。身分はたしかに皇太子だが、他国の皇太子と比べて、まったく皇太子らしからぬ振る舞いばかりをする。そんな男のどこを信頼できるというのだろう。だいたいリンディが信頼してきた人々といえば、国王の次に皇太子、その次に自分だ。まさか我が愛する王女殿下は、自分よりもあんな粗野な男を信じているのだろうかと、ほとんど嫉妬に近い感情を抱き、思わずリンディに尋ねてしまった。

「殿下。殿下の一番の僕はわたしですよね？」

「まあディアデ、なにを言うのかしら。当たり前ではないの、あなたはわたしのたった一人の騎士なのよ。あなたのほかに僕はいらないわ」

「王女殿下……、光栄です…っ」

リンディからとろけるようなほほえみを貰い、ディアデは安堵と嬉しさで赤面した。

そこへ、ノックもせずにアルナルドが入ってきた。せっかくリンディと二人で甘い時間を過ごしていたディアデが、邪魔をされて怒りの目をアルナルドに向ける。けれどアルナルドはなにが楽しいのか、ニヤニヤ笑いでディアデに言ったのだ。

「これは女騎士殿、旅の汚れを綺麗に落とされて見違えた。まことに王女殿下の小姓にふさわしい」

「わたしは小姓ではな…ありませんっ、殿下の騎士ですっ」

「いやいや失礼いたしました。では騎士殿。お部屋をご用意させていただきましたので、そちらへどうぞ」

「……っ」

隠そうともしない慇懃無礼《いんぎんぶれい》なアルナルドの態度に腸《はらわた》が煮え繰り返る。叩き斬ってやりたいと心底から思うが、しかしこんな男でもセフェルナルの皇太子であり、なによりも最愛の主がそばに置くことを許した男なのだ。主のためにも表立って喧嘩《けんか》を売るわけにはいかない。しかしディアデの顔には思いきり、不愉快だ、この下郎、という気持ちが出ている。椅子から立ち上がり、ギリッと拳を握りしめると、それをどう勘違いしたのか、リンディがなだめた。

「大丈夫よ、ディアデ。アルナルドはわたしに乱暴なことはしないわ。だからあなたはゆっくりと休んでちょうだい。いいえ、休まなくては駄目。あなたはとても疲れているのよ」

「殿下……、お優しいお言葉、ありがとうございます」

「いいのよ。あなたが倒れたら、わたしも心配で倒れてしまうもの」

リンディはキュウとディアデに抱きついて、忠実な騎士を赤面させ、つい先ほどまでアルナルドの着替え室だった、寝室と続きの部屋にディアデを連れて入った。寝台やテーブル、物入れ、水差しなど、一通りのものが揃っていることを確認したリンディは、ディアデの両手を握り、アルナルドでさえ見たことのない、甘えた表情で言った。

「ゆっくり休んでちょうだい。ディアデ、セフェルナルまでついてきてくれてありがとう。あなたがいてくれて、わたし本当に心強いわ」

「どこであろうと、ディアデは殿下についてまいります」

「嬉しいわ。大好きよ、ディアデ。まだ話がしたいけれど、それはまた明日ね。ゆっくりお休みなさい、ディアデ」

「ありがとうございます、殿下」

ディアデは胸を熱くしてリンディの手にキスを落とした。

リンディが寝室に戻ってみると、明かりはすべて落とされていた。アルナルドは回廊に出しっぱなしの寝椅子に腰掛けて、海を眺めながらなにかを飲んでいる。リンディがそっと隣に座ると、アルナルドが肩を抱き寄せて言った。

「リモネン酒だ。飲んでみるか？」

「リモネンのお酒？　初めていただくわ」

手渡された洋杯から一口飲んで、たちまちリンディは顔をしかめた。

「…っ、わたしには無理。強くてとても飲めないわ」

「だろうな」

アルナルドはふふふと笑うと、別の洋杯を差し出した。

「おまえにはこれだ。花嫁の酒と呼ばれている」

「まあ、花嫁の酒？　可愛らしい名前ね。強くはない？」

「子供でも飲めるような代物だ」

「そうなのね」

それでもリンディは用心してそっと一口含み、たちまち笑顔になった。

「まあ、おいしいっ。甘酸っぱくて、蜂蜜《はちみつ》となにかの果物の香りがするわ。本当にお酒なの？」

「子供でも飲めると言っただろう。厳密には酒ではない。が、酔う」

「不思議ね。野山の動物が食べると、酔ったようになるという果実があるらしいわね。それと同じようなものなのかしら。わたし、酔うのは初めてよ。どんな感じになるのかしら」

うふふと笑いながら、鮮やかな赤色の液体を飲むリンディは、自分の肩を抱くアルナルドが、それはそれは質《たち》の悪い笑いを浮かべたことに気づいていない。アルナルドは杯《さかずき》を口に運ぶことで悪笑いを隠すと、リンディに言った。

「おまえの疲れもすっかり取れて本調子に戻ったら、正式におまえを国王に紹介する」

「それは……、どのようにわたしを紹介するつもりなの……？」

「もちろん、俺の妃にする女だと言うさ」

「あの……、そうなの、あの……、嬉しいわ……」

リンディは顔を真っ赤にした。これまでいやになるほど愛の言葉を囁かれ続けてきたが、こんな修辞もなにもない剝き出しの言葉を貰うのは初めてで、けれどそれがかえって胸に響いた。リンディの体温がふわっと上がったことを感じたアルナルドは、ふふふ、と笑って続けた。

「国王を離宮に呼びつけるか。それとも俺たちが王宮へ行くか。どちらがいい？」

「まあ、国王陛下を呼びつけるだなんてっ。もちろんこちらから王宮へ伺うわっ。でも……」

驚いて答えたリンディは、すぐに難しい表情をして言った。

「わたしはもう王女ではないわ。なんの身分も持たない平民よ。それなのに拝謁を賜るなんて、僭越《せんえつ》ではないかしら……」

「なんだ。女騎士に聞いていないのか。シスレシアは存続しているぞ。身分にこだわるなら、シスレシア王国第二王女と名乗ればいい」

「こだわっていないわ、ただ陛下に正式にお会いできる立場ではないと言いたかったのよ」

「気にするな。国王は身分など職業の一つにしか考えていない。それにセフェルナルには貴族はいない。王族以外、みな平民だ」

「ああ、やはりそうなのね。宮廷で貴族を見かけなかったから……。それなら本当に、ただのグリューデリンドとしてお会いしてもいいのかしら」

「構わない。国王もおまえがシスレシアの第二王女だと知っているだろう？　今さら改めて言うこともないし、謁見《えっけん》するつもりでいるようだが、そんな面倒なことを国王がすると思うか。俺の親父殿《おやじ》だぞ」

「まあ、そんなことを言って。……でも、あの、王妃殿下は、なんと仰せでいらっしゃるの……？」

「母上は俺が妃さえ持てば文句はないと言っていた。おまえがシスレシアの王女だということも気にしていない。無理に母上と付き合うことはないが、仲良くしたいと思うなら、可愛い女の振りをしてみろ」

「可愛いとは、どのような……」

「母上の趣味は手仕事だ。刺繍やらレース編みやら、とにかくイライラするような細かい作業がお好きだ」

「それなら大丈夫、わたし、どちらも得意だし、好きよ。それからシスレシアに置いてきてしまったけれど、人形遊びも好きなの、着せ替えを自分で作って、それをお披露目するためのお茶会をよくしたわっ。王妃殿下は人形はお好きかしら!?」

「いや……、人形遊びをしているところは、見たことがない、が、着せ替え、を、作るのは、きっと気に入るだろう……」

「そうだと嬉しいわっ。お兄様にお願いして、人形と着せ替えを送っていただこうかしらっ」

はしゃぐリンディから顔を背けてアルナルドは笑いを嚙み殺した。人形遊びなど女児のすることだろうと思ったが、未婚の貴族の娘はこんなものかとも思った。

「まあ……、セフェルナルの王家には女子がいないからな。母上のいい話相手になるかもしれない」

「そうだといいわ」

「親父殿もおまえの武勇伝を聞きたがっていることだし、晩餐でもしがてら話してやれ」

「武勇伝？　わたし、なにもしていないわよ？　いったい、なにがどう、陛下のお耳に入っているのかしら……」

リンディは心底訝しそうな、不思議そうな、若干不安そうな表情をする。山賊たちに食ってかかり、国境の山脈から王宮までたった数刻で馬で駆けつけ、さらには城門の衛視に門を開けねば斬ると脅したことが武勇伝ではないなら、なにが武勇伝になるのだと思い、アルナルドは心底楽しそうに笑った。

洋杯を空にしたアルナルドは、さてそろそろリンディにも酔いが回っている頃合だと忍び笑いを洩らし、リンディを抱き上げた。

「寝台が俺とおまえを呼んでいる」

「あら。あなただけ呼ばれているのじゃない？」

「強気でいられるのも今だけだ」

アルナルドはニヤリと笑い、リンディを寝台に転がした。ガウンと寝間着を剝ぎ取って、一糸まとわぬ姿となったリンディを見下ろし、アルナルドははぁと感嘆の吐息をこぼした。

「本当に美しいな……」

「あと二十年経っても、同じことを言わせてみせるわ」

「それは心配していない。おまえの母君も十分綺麗だった」

「呆れた。あなたあんな状況でよく見ていたわね」

「女がいたら見るのが男というものじゃないか」

「あらそう。そして女性という女性に甘い言葉を囁くのが礼儀なのね？」

「誉めなかったら女が気を悪くするだろう？　おい……、おい、リンディ？」

アルナルドがシャツを脱ぎ捨てると、リンディは逆に、ツンとした表情で体を起こし、アルナルドに背中を向けてガウンを羽織ってしまった。正座をして、完全拒否の体勢だ。慌てたアルナルドは背後からリンディを抱きしめた。

「おい、なんだ、どうして機嫌を悪くする」

「あなたは女性なら誰でもいいのでしょう？　ではどうぞ、ほかの女性のところへ行ってちょうだい」

「リンディ、…」

「わたしは誰でもいい女性のうちの一人になるのはお断りよ。あなたの立場や体面を考えて妃になってあげてもいいけれど、寝台は別にするわ」

「リンディ、待て、そうじゃない」

あまりにも幼く、そして真っすぐなリンディの嫉妬だ。アルナルドは可愛くておかしくて、しかしここで笑ってはますますリンディの機嫌を損ねることはわかっていたので、なんとか笑いをこらえてリンディを強く抱きしめた。

「おまえと出会う前のことだ。俺がなかなか妃を持たないものだから、王妃殿下があれこれと姫君方を取り揃えて……、だから世辞を言っていたんだ。社交辞令だ」

「……」

「本当だ、グリューデリンド、俺にはおまえだけだ。おまえは俺が待っていた運命の女だ。これまでも、これからも、おまえさえいればいい」

「わたしに誓える？」

「誓うさ、誓うとも、俺の女神……」

「いいわ。もしもあなたがわたし以外の女性と寝台に上ったという話を耳に入れた時には……」

「ああ、殴っていい、殴ってくれ」

「いいえ。その時は、とびきりはしたない格好であなたを誘惑するわ。あなたがしてほしいようにさわってあげるし、そうね、あなたが望むなら、口に入れてあげてもいいわ。あなたがわたしにするように、わたしもあなたを舌で……」

「それから……？　それからどうしてくれるんだ……、俺の上にまたがってくれるのか……？」

想像をしたのか、アルナルドの声はかすれている。リンディはふふっと笑って言った。

「してほしいならまたがってもいいわ。そうしてあなたのここを握り……」

リンディは後ろ手にアルナルドの股間に手を伸ばした。そこはすでに硬くなっている。それを握るとアルナルドが熱い息をこぼした。

「ああリンディ、それを握ってどうしてくれるんだ……」

「へし折るわ」

「……っ」

冷たく言って、ギュッとそこを握ったとたん、アルナルドが息を呑んだ。リンディを抱く腕がビクリとしたほどだから、そうとう驚いたらしい。リンディがそこから手を離し、わかったかしら、と尋ねると、アルナルドはうめくように答えた。

「わかった。どんなことをされるよりもその仕置きが効く。だがリンディ、わかってくれ。おまえに出会ってからはおまえだけだ……」

「そう。わたしだけにしておいたほうがいいわ」

「おまえだけだ、リンディ、決まってる……、おまえだけだ……」

耳元で何度もおまえだけだと囁かれ、約束されて、リンディの機嫌もようやく直った。アルナルドの胸に体を預け、あなたはわたしのものなのよ、と言うと、アルナルドが笑いも交えて、おまえのものだ、と答えてくれる。

「俺はおまえの下僕だからな。おまえの望むとおりにするさ」

「お利口よ、アルナルド」

うふふ、とリンディは笑った。耳元にキスをくれたアルナルドが、首から肩を撫でるようにして、リンディのガウンを落とす。大きな手で乳房を包まれて、リンディは吐息をこぼした。こんなふうにふれてもらうことに、なぜか幸せを感じるのだ。ところがアルナルドの指の間に胸の先の小さな果実を挟まれて、キュッとされたとたん、声をあげるほど感じてしまった。秘密の場所がジクッとうずいたほどだ。

「あ……あ、待って……」

「まだなにもしていない」

アルナルドの忍び笑いが耳朶をくすぐった。リンディもおかしいと思う。たしかに胸は感じる、感じるけれど、こんな……、自分でも濡れたとわかるくらい感じるなんて。優しく乳房を揉まれ、合間にキュッと先をつままれて、リンディはアルナルドの腕の中で体をくねらせた。

「あ、あんっ、そこ、駄目……っ」

「こんなに可愛くとがって、つまんでくれと言っているのに？」

「駄目、なの…っ、ああ……」

アルナルドの手が乳房を包んだまま、指先でとがりをつまみ、コリコリといじる。体がジンジンとうずいて、たまらなくなって腿をこすり合わせると、アルナルドが低く笑った。

「感じてたまらないだろう」

「ああ、わたし……、変よ……」

「変じゃない。酔っているんだ。花嫁の酒に」

「よ、酔っている、からって、あ、いやっ」

「効くだろう……、ほら」

「あなた、まさか、…っあんっ」

する、と下に伸びたアルナルドの手が、ぴったりと閉じられた腿の間に強引にもぐりこむ。指先が蜜溜まりをかき回した。

「あふれているぞ……、こんなところまで濡らして」

「いや、いやっ……」

「感じるなら素直に乱れろ。いやがるな。どうせ酔いには勝てない」

「や、やはり、あの、お酒…っ、あ、あっ」

ごつごつとした指がじっくりと入ってくる。入口でクチュクチュとかき回されると、さらにトロッと蜜があふれるのがわかった。喉で笑ったアルナルドが答えた。

「花嫁の酒は、本当は、初夜に飲ませる。体の緊張をとき、こんなふうに……感じてたまらなくさせる」

「ひど、いわ…っ、あ、あ、アル、ナルド…っ」

「指一本では物足りないだろう。体がうずいて……、俺が欲しくなっただろう？」

「んんん…っ」

「そうすれば、初めて男を受け入れる時の苦痛を、少しは和らげてやれるからだ。王族の結婚など、本来は愛情などないものだからな。初夜は花嫁ばかりがつらい思いをする」

「でも、あなた、は…、あ、あ……、優し、かったわ……」

「心底おまえに惚れているからだ……、俺の大切な愛しい女だ。後継ぎのためにおまえを抱くわけじゃない。おまえを愛したいから、抱くんだ」

「それ、なら、どうし、て……ああ、駄目……、お酒を、わたしに……」

「おまえにも欲しがってもらいたいからだ。おまえは酔っているんだ、酒に酔っている。酒のせいだ、恥ずかしがることはない……、頼むから、俺を欲しがってくれ……」

「アルナルド……」

「……足を、開いてくれ」

リンディは吐息をこぼし、そろりと足を開いた。アルナルドに欲しがられるのは喜びだ。同じくらい、欲しがってくれと懇願されるのも嬉しい。リンディからの愛を乞われている気がするのだ。

ためらいがちに開いた足の間に、大きな手が入りこむ。たっぷりと潤った泉にクチュリと指が忍び入り、戯れのように浅く出し入れされて、リンディは体をくねらせた。

「ああ……」

「もっと感じろ……、体を開け……」

「あ、あっ」

リンディの蜜口をかき回しながら、同じ手の親指が、リンディのコリコリになった花芽をキュッと押したのだ。あまりに感じて、高い声を上げ、ビクッと仰け反った。

「ああ…、駄目……、駄目っ、駄目ぇ…っ」

感じすぎてアルナルドの腕から逃れようとしたが、低く笑ったアルナルドにたやすく片腕で抱きしめられてしまった。

「逃がさないぞ、リンディ」

「お願い、駄目っ、あ、あっ」

「リンディ、足を開いて」

「できない、できないぃっ」

「ほら、こうして開くんだ」

「やあ……」

アルナルドに腿を摑まれ、グイと開かれる。同時にズルッと奥まで指を挿入されて、リンディの体が前へガックリと倒れた。

「ああ……あ……」

敷布を摑んであえいでいると、そっと中から指を抜いたアルナルドが、トロトロに濡れた指先で硬くとがったリンディの芽をつまんだ。

「やぁっ…、いやっいやっ、やめて…っ」

やわやわと揉まれて、リンディは快楽から逃げるように前へといざった。自然と腰が上がり、四つん這いの体勢になってしまった。アルナルドはそれを待っていたようにニヤリと笑い、リンディの細い腰をがっちりと摑んだ。腿にまで蜜を垂らしている花芯に口づけ、ねっとりと舐め回す。いや、とリンディはあえいだが、言葉とは裏腹にあふれる蜜が、アルナルドの舌を楽しませた。

「ああ、あ、いやぁ……」

リンディの上体が敷布にくずおれる。ヌルリと入ってきた舌を細かく動かされると、蜜口が勝手にアルナルドの舌を締めつけてしまう。体の奥に快楽の塊があって、それがとろけて下りてきたように下腹が重くなった。もっと奥……、深いところが、ジンジンと痛むほどうずいた。どうにかしてほしくて無意識に腰を揺すってしまう。

「も、も、駄目ぇ……、お願、い、もう……っ」

「俺が欲しいか？」

「んっんっ、欲し……っ」

「リンディ、挿れて、と。挿れてと、言ってくれ」

「ああ、アルナルド……、挿れて、挿れてぇ…っ」

「いい子だ」

チュ、とリンディの尻にキスをしたアルナルドが、素早く下衣を脱ぎ去ってリンディの後ろに膝立ちした。とろけきっている花芯に、獰猛な猛りを押しあてる。ゆっくりと時間をかけ、体を馴染ませながらリンディの中に挿入した。とろとろになるまで感じさせ、可憐な花もしっかりと開かせた。まだ熟していないリンディの体だが、口からこぼれた声は甘かった。

「んやぁ……」

アルナルドは微笑した。リンディが大切で可愛いから、愛を交わす行為で苦痛を味わわせたくない。愛情を持って時間をかければ、女の体は応えてくれるのだと思った。じっくりと時間をかけて奥まで押しこむ。アルナルドの先端がリンディの深い部分にあたった。腰を押しつけたまま、リンディの体ごと奥を刺激する。リンディの中を直接揺さぶっているのだ。もだえるリンディのくびれに、めまいがするほど興奮した。繰り返すうちにリンディの呼吸が乱れてきた。

「ああアルナルド……、駄目、やめて、変なの……」

腹の奥に火がともったようになり、それが全身に広がり、汗が噴き出てきた。体中、指先まで痺れた感じになり、さらにアルナルドに奥を攻められているうちに、痺れははっきりとした快感に変わった。全身で感じているのだ。

「いやっいやぁっ、死んじゃう、死んじゃうぅーっ」

アルナルドは激しく動いているわけではない。じっくりゆっくりリンディを揺すっているだけだ。それでもリンディは半狂乱になった。ついにリンディは悲鳴をあげ、体のあちこちをビクビクと痙攣《けいれん》させた。血液の代わりに快感で体がいっぱいになってしまったような、深くて激しくて、それこそ頭の中が真っ白になってしまうほどの極みを迎えた。

リンディは朦朧《もうろう》として、息も絶え絶えだ。アルナルドが指先で軽くリンディの背筋を撫でたとたん、リンディが悲鳴をあげて激しく体をビクつかせた。続け様に絶頂しているのだ。アルナルドは目を細めて忍び笑いを洩らした。

「可愛いリンディ。ハマッたな」

こうなるとどこにふれようがいく。いき続けてしまうのだ。アルナルドはようやく腰を引き、打ちつけた。リンディの中からトロトロと蜜がしたたり落ちる。たっぷりと潤い、アルナルドの形にも馴染んだリンディの中は、苦痛も覚えずアルナルドの蹂躙《じゅうりん》を許した。体は果てしない絶頂の波にさらわれ続ける。肉を打つ音とリンディの艶かしい悲鳴は、アルナルドが果てるまで続いた。

その、音を。

寝室の隣、もとはアルナルドの着替え室だった部屋で聞かされているのはディアデだ。どれほど耳をふさごうが、リンディの高い声が鼓膜を打つ。

(おのれ……おのれあの男っ、我が殿下をっ、我が汚れなき王女殿下をあのように…っ)

血が出るほど唇を嚙み締め、いつか、いつか必ず報いを受けさせてやると心に誓い、ディアデは血涙をしぼった。ともかくも明日にでも部屋を変えてもらうよう、リンディに願い出ようと思ったディアデは、今夜の派手な情交が、酒を使ってでもリンディをよがり狂わせたアルナルドの、「女騎士追い出し作戦」だとは思ってもいなかった。

グラーツェンでは、真冬を除き、ほぼ一年中リモネンの花が咲いているが、もっとも花数が多く香りも素晴らしいのは春だ。

その、春。まだ朝の早い時間だ。

「王女殿下っ、素晴らしくっ、素晴らしく綺麗です…っ」

花嫁のドレスに身を包んだリンディを見て、ディアデは感激して涙ぐんだ。

身長ほどもあるベールに、長く長く引くトレーン。真珠色の生地には、本物の真珠をたっぷりと縫いとめてある。美しい胸と細い腰を強調するプリンセスラインが、これほどまでに似合う女性はいないとディアデは心底から思うのだ。

リンディは、ディアデだけではなく、見ていた者すべてをよろめかせる、極上の微笑を浮かべて答えた。

「ありがとう、ディアデ。でも、こんなに急がなくてもよかったとわたしは思うのよ。このドレスを仕立てるだけでも、いったいどれほどの人に迷惑をかけたか知れないでしょう?」

「迷惑だなんて、殿下っ！　殿下の婚礼準備に携われた者はみな、心から誇りに思っておりますっ」

「でも、シスレシアから仕立屋も針子も呼び寄せて……。いくら花嫁の支度は花嫁の家がすると言っても、やりすぎではない？　セフェルナルにだって、よい仕立屋や針子はいるわ」

「殿下。花嫁の支度は、皇太后殿下並びに国王陛下が、最後に殿下にかけることのできるお心遣いです。できるかぎりのことをなさりたいと思うのは、親心であり兄心です」

「……そうね。このティアラも、お母様がご結婚なさる時に作らせたものなの。これほど精《せい》緻《ち》で美しいティアラを作れる職人はもういないのよ。お姉様のご結婚の時にもお譲りにならなかったものなのに、わたしにはくださって……」

リンディはふっと微笑した。シスレシアに暮らす姉と違い、隣国とはいえ砂漠と山脈にさえぎられ、里帰りすらままならない娘のために、また、敗戦国から戦勝国へと嫁ぐ娘がわずかでも惨めな思いをしないようにという、母親の心遣いなのだろうと思う。持参金も嫁入り道具も、とにかく姉を上回るものだ。

困ったようなほほえみを浮かべるリンディに、ディアデは率直に言った。

「殿下。殿下は一介の公爵家に嫁ぐわけではないのです。このセフェルナル王国の皇太子殿下、次の国王になられるかたに嫁ぐのです。姉君様と同格やそれ以下では、セフェルナル王国に対して礼を欠きます」

「ああ……、そういうこともあるのね」

アルナルドとの出会いが出会いだったから、未だにセフェルナル王国の皇太子に嫁ぐ、という気持ちになれない。なにしろ皇太子らしいアルナルドを見たことがないのだ。リンディはふぅと溜め息をこぼした。

「式を挙げるのはいいけれど、アルナルドにもう少しお行儀を躾けてからにしたかったわ」

「はあ……。皇太后殿下もセフェルナル王妃殿下も、強引に準備を進められましたね……」

ディアデは首を傾げた。皇太子の結婚式となれば、各国の帝族、王族も招待しなければならない。公務など一年以上先まで埋まっていることがざらだというのに、たった八ヵ月先の結婚式に招待するなど、異例中の異例だ。

「どうしてでしょうか。二年待っても、王女殿下の美しさは変わらないというのに」

「わたしが子を宿しては困るからよ」

「……っ」

あっさりと言ったリンディの言葉で、ディアデはたちまち顔を真っ赤にした。これから昼過ぎまで食事をとることのできないリンディは、砂糖菓子を口に含むと、小さな溜め息をこぼした。

「結婚のお許しをいただきに陛下と王妃殿下にお会いした日に、アルナルドったら言ってしまったのよ。もうわたしを……してしまったのだから、妃にできなければイル＝ラーイの名がすたるって。お可哀相に王妃殿下は真っ青におなりになるし、陛下などは雷のようなお声でアルナルドをお叱りあそばしたわ。シスレシアの王女に対して不埒極まると」

「そ、そうでしょうともっ」

「それで婚儀を急ぐことになったのよ。わたしはもう王女ではないと思っていたし、アルナルドの妃になるなんて思っていなかったから許してしまったのだけれど、陛下と王妃殿下のお気持ちを知って、とても嬉しかったし、とても申し訳なかったわ」

「で、では殿下、その、本当に、お体は……」

「心配しないで。陛下と王妃殿下のお気持ちに応えるために、結婚のお許しをいただいた日から、アルナルドがわたしにふれることは許していないから」

「ああ、それでアルナルド皇太子殿下のご機嫌がずっと悪いのですね」

ディアデはプクク と笑った。いい気味だと思ったのだ。そこへ、バンと乱暴に音を立てて扉が開かれ、不機嫌の塊のアルナルドが入ってきた。

「リンディ、支度は……」

そこまで言ってアルナルドは固まった。リンディの美しさに今さら度胆を抜かれたのだ。花嫁衣装に身を包んだリンディは、いつもの生意気な小娘ではなく、清廉《せいれん》でいて艶《つや》めく大人の女性となっていた。ゴキュッと喉を上下させたアルナルドに、リンディのほうもまた、まあ、と目を見開いた。

「アルナルド、あなた、儀礼服を着ていると、本物の皇太子に見えるわ」

全身黒ずくめなのは変わらないが、衿《えり》の立ったシャツもズボンも絹織物だし、飾帯には金糸で豪華な刺繍が施されている。肩にかけているマントも、衿周りには宝石飾り、縁にはリモネンの花がびっしりと刺してある。胸元もそっけない紐ではなく、リンディの瞳のような青色の宝石がついたブローチで留めてある。また飾帯に下げている剣も儀礼用の細身のものだ。もともと男らしい美貌を持つアルナルドだが、美しい人ならいやというほど見てきたリンディでさえ、丁寧に櫛で毛並みを梳いた綺麗な黒豹、と思わせるほどの美丈夫ぶりだった。

リンディはまだ茫然と自分を見つめているアルナルドに、クスクスと笑いながら右手を差し出した。

「少しはお行儀よくできそうね」

「あ……、いや、ああ……」

ハッとしたアルナルドは、すぐににやりと笑って美しい花嫁の手を取り、支度部屋から外へとエスコートする。揃いの衣装を着た可愛らしいトレーンベアラーがあとに続き、その後ろからディアデもついていく。アルナルドは浮き浮きと言った。

「婚礼の儀が終われば、晴れておまえは俺の妃だな。思う存分おまえを抱ける」

「まあ。あなたったら、そんなことばかり考えていたの？　呆れたわ。でもよく我慢しました。誉めてあげるわ」

「おまえを愛しているからな」

「ありがとう。わたしもあなたの面倒を見てくださった港町の娼館の皆様には、その都度、絹の靴下をお礼に差し上げていたの。皆様、とても喜んでくださったのよ」

絹の靴下は非常に高価で、おいそれと庶民が手にできるものではない。聞いたアルナルドは、しまったという思いからゾッと背筋に悪寒を走らせ、幼稚な嘘をついた。

「……っ、知らないぞ、なんの話だ…っ」

「皆様とてもわたしに気を遣ってくださって、手とお口であなたをあやしてくださったとお聞きしたわ。わたしが差し上げた絹の靴下をご覧になっていないのなら、本当に寝台には上がっていないのね、いい子だわ、アルナルド。へし折られたくないものね」

「……」

「でも今日からは駄目よ。わたしはあなたの妃です。慰めてほしかったらわたしのところへいらっしゃい。わかったかしら」

「よく、よくわかった。女はおまえだけだ。約束する。おまえの瞳に誓う」

「いいわ。許します」

「……」

リンディがたおやかにほほえんだ。アルナルドはまたゴキュッと喉を上下させた。小娘だと侮っていたことを深く反省したアルナルドは、同時に、父親が母親をこの長年、大切にしている理由を悟った気がした。

離宮から外に出ると、二頭立ての幌《ほろ》を下ろした儀装馬車と、アルナルドの青毛の愛馬が前庭に引き出されていた。婚礼の儀式が行なわれる王都まで、馬車で移動しながら国民からの祝福を受けるのだ。本来なら生家から婚家へ向かうのだが、リンディはすでに離宮で暮らしているので、グラーツェンから王都まで行くことになった。

当然アルナルドが馬車の扉を開けると思っていたリンディは、自分の手を放してヒョイと愛馬にまたがってしまったアルナルドに溜め息をこぼした。こういうところが本当に気が利かないと思ったのだ。ところが。

「リンディ、なにしてる。来い」

「なんですって？」

「花嫁の鞍を特注したんだ。尻は痛くならない」

「アルナルド……」

「来い、リンディ。王都まで風のように連れていってやる」

とんでもないアルナルドの発言には、小間使いも使用人も、アルナルドの側近のカッジオも、もちろんディアデも仰天した。花嫁衣装を身につけた当の花嫁を馬で運ぼうなど、破天荒すぎる。あまりのことにみなが茫然とする中、リンディがクスクスと笑って答えた。

「乗り心地がいいのね？　いいわ」

目をキラキラとさせ、楽しくてしかたないという表情で馬に駆け寄る。リンディを片腕で馬上に掬《すく》い上げたアルナルドは、チュッとリンディにキスをすると、高く笑って馬の腹を蹴った。みなが「あー」やら「わー」やら悲鳴をあげる中、疾風のように馬が走りだす。馬道を無視し、手入れの行き届いた芝を蹴散らして一直線に楼門へ進んだ。ディアデが慌てて馬車につながれていた馬を解き、二人のあとを追う。

楼門前の坂を一気に駆け下り、真っ白な花が満開のリモネンの並木道を駆け抜ける。リンディの頭から風に煽られたベールが飛び、舞い上がった。リンディは笑いながら後ろを向き、言った。

「ディアデ、拾って！」

「はい、殿下！」

「あとであなたにブーケを投げるわっ、ちゃんと受け取ってねっ」

「お任せください、王女殿下っ！」

ディアデの責任感にあふれた返事を聞いて、アルナルドは、へえ、と思った。

「背中を押すのか。あの女騎士はやらないと言って駄々をこねると思っていたが」

「背中を押す？　どういう意味？　もちろんディアデは誰にもあげないわよ、わたしの騎士だもの」

「今日はシスレシア国王が来ている。だから護衛で近衛兵隊長も来ているじゃないか」

「知っているわ。ザウアー伯爵はそれが仕事ですもの。だからなんなの？　どうしてディアデをあげるなどという話になるの？」

眉を寄せて尋ねたリンディに、アルナルドは大笑いをした。

「よし、俺は近衛兵隊長の味方につくっ。おまえは砂漠よりも渡りがたく、山脈よりも越えがたいっ」

「……それは誉めているの？」

「誉めているのさ。我が妃はどんな攻め手をも撥ね返す偉大な女だとな」

「そうよ」

誉められたのだと信じたリンディは、うふふと笑って自慢そうに答えた。

「わたしは魔王の妻ですもの」

「ああそうだ、おまえは俺の春の女神だ」

そう言ってアルナルドはまた大笑いをした。

街道沿いの人々が祝福の花をまく。満開のリモネンの並木道を、漆黒の魔王に抱かれた春の女神は、黄金色の髪をなびかせて走り抜けた。

あとがき

こんにちは、花川戸菖蒲です。ハニー文庫では初めてお話をお届けします。

今回のお話は、古い大国の王女様と、大国が蛮族と蔑む国の皇太子の冒険物語……いやいや、恋愛物語です。

歴史は古いし文化も高いし、世界で一番優れた国と思っているシスレシア国に生まれた王女・グリューデリンドは、密林の猿の国と侮辱していたセフェルナル国に攻め落とされ、皇太子であるアルナルドに戦勝土産としてお持ち帰りされることになります。それまで知っていた皇太子たちとはまったく違って、粗野で乱暴なアルナルドを心底侮蔑するグリューデリンドですが、シスレシアからセフェルナルへと向かう道中、自分がどんなに傲慢で世界を知らなかったかを痛感させられます。それとともにアルナルドへの見方も、蛮人から、頼れる男というふうに変わっていきます。とにかくグリューデリンドの常識から外れまくるアルナルドと旅を続けるうちに、グリューデリンドも少しずつ成長し、初めての恋というものをするのですが……。甘やかされ、大切にされることが当たり前だったグリューデリンドが、あれやこれやとんでもない目に遭いながらも、子供から少し大人へと成長していく姿をお楽しみいただければと思います。

女の子は好きなので、グリューデリンドもわたくし好みの女の子なんですが、アルナルドもめずらしく気に入っています。いつも彼氏にはあんまり愛がないんですが、こいつはいい（笑）。書いててとても楽しかったです。アルナルドの親友のカッジオと妙な雰囲気を出したかったんですが、ページの都合でできなかったのが心残り（こんなに大量に書いておきながら…）。グリューデリンドの騎士のディアデとコンラートのカップルも、よければいつか書いてみたいです。

イラストをつけてくださったアオイ冬子先生、ありがとうございました!!　グリューデリンドが可愛くてハァハァしました!!　アルナルドもびっくりするくらい美形で!!　アルナルドのくせに!!　いや、好きなんですけど!!　衣装も気にかけてくださってありがとうございました。ドレスも好きですけど、民族衣装も好きなんですよ〜。「アルナルドは真っ黒」というラフの但し書きを読んで、大笑いしてしまいました。いつも真っ黒です、いかなる時でも（笑）。

担当の佐藤編集長、最初っから最後まで、ありとあらゆることをありがとうございました!! 佐藤さんのお名前で発行してもいいと思うくらい、お話作りを手伝っていただきましたよ～♪ グリューデリンドとディアデの百合本が読みたい、と言われた時は、マジで噴き出しました（笑）。ディアデはグリューデリンドが相手でもコンラートが相手でも、好きにされちゃうポジションのような気がします。可愛いタイトルもありがとうございました♪

最後にここまで読んでくださったあなたへ。華やかなドレスとか、キラキラした舞踏会とか出てこなくてごめんなさい!! もうね、女の子が大人になっていく姿とか過程が、すごく好きなんです。自分自身が大人になりきれていないから、ちゃんと大人の女性になってくれると嬉しいのかな。あなたはどんなお話が好きなんでしょうか、やっぱり宮殿でドレスできらきらなお話でしょうか？ よければこんなお話が読んでみたいな、というのをこっそり教えていただければと思います。いやもう、今回、趣味に走ってしまったので…反省しています。お話に出てくる中で、誰か一人でもお気に入りのキャラクターがいればいいのですが。

あ、毎日暑い日が続きます。皆様、ご自愛くださいませ。

花川戸菖蒲

二〇一四年七月

本作品は書き下ろしです

花川戸菖蒲先生、アオイ冬子先生へのお便り、
本作品に関するご意見、ご感想などは
〒101-8405
東京都千代田区三崎町2-18-11
二見書房　ハニー文庫
「千年王国の箱入り王女」係まで。

Honey Novel

千《せん》年《ねん》王《おう》国《こく》の箱《はこ》入《い》り王《おう》女《じょ》

【著者】花川戸菖蒲《はなかわどあやめ》

【発行所】株式会社二見書房
東京都千代田区三崎町2-18-11
電話　03(3515)2311[営業]
　　　03(3515)2314[編集]
振替　00170-4-2639
【印刷】株式会社堀内印刷所
【製本】ナショナル製本協同組合

落丁・乱丁本はお取り替えいたします。
定価は、カバーに表示してあります。

©Ayame Hanakawado 2014,Printed In Japan
ISBN978-4-576-14104-6

http://honey.futami.co.jp/

甘くとろける蜜の恋☆濃蜜乙女レーベル
Honey Novel

ハニー文庫最新刊

純潔の紋章
～伯爵と流浪の寵姫～

浅見茉莉 著 イラスト=コウキ。

マリカが森で助けた貴公子は伯爵・オスカーだった。
再会したが彼はマリカを覚えておらず、さらに側使えとして雇われることに……。